한국
고전
문학
이야기

한국
고전
문학
이야기

1판 1쇄 발행 2022년 6월 20일
1판 3쇄 발행 2024년 12월 23일

지은이	안주영
펴낸이	박찬영
편집	권은영, 김지은, 정예림
디자인	박민정
마케팅	조병훈, 박민규, 김도언, 이다인

발행처	리베르
주소	서울시 성동구 왕십리로 58 서울숲포휴 11층
등록신고번호	제2013-17호
전화	02-790-0587, 0588
팩스	02-790-0589
홈페이지	www.liber.site
커뮤니티	blog.naver.com/liber_book(블로그)
e-mail	skyblue7410@hanmail.net

ISBN	978-89-6582-346-9(44810)

리베르(Liber 전원의 신)는 자유와 지성을 상징합니다.

중고생이 꼭 알아야 할

한국 고전 문학 이야기

안주영 지음

리베르

머리말

우리는 언제 어디서나 의사소통을 하며 살아갑니다. 눈짓으로도, 손짓으로도 의사소통을 할 수 있지만 가장 중점적으로 사용하는 것은 언어예요. 그렇다면 언어를 활용해 효과적으로 의사소통을 할 수 있는 방법은 무엇일까요? 바로 이야기입니다. 우리는 단 몇 줄의 이야기를 통해 누군가를 설득하거나 흥미를 느끼게 할 수도 있고, 상상력을 덧붙여 새로운 세계를 만들어낼 수도 있어요. 이야기는 의사소통할 때뿐만 아니라 그 밖의 많은 순간에서 위력을 발휘하거든요.

여러분은 세헤라자데를 알고 있나요? 목숨을 잃을 위기에 처했지만 1,001일 동안 밤마다 이야기를 이어나가며 페르시아 왕의 마음을 돌렸던 평범한 여자아이 말이에요. 세헤라자데가 왕에게 들려준 이야기들은 '천일야화(千─夜話)'라는 이름으로 불려요.

'천일야화'처럼 우리나라에도 다양한 이야기가 있었습니다. 우리나라 최초의 국가인 고조선을 세운 단군왕검의 이야기, 고구려를 건국한 주몽과 6가야를 건국한 여섯 왕이 태어나고 자란 이야기는 여러분도 들어본 적이 있을 거예요.

조금 더 시기를 확대해 살펴보면 더욱 많은 이야기가 존재해요. 역병을 퇴치하기 위해 사람들이 지어 부른 노래, 많은 이를 웃거나 눈물짓게 만든 시, 부당한 현실을 비판하는 소설과 수필, 피지배층의 생생한 삶을 담은 판소리와 민속극…….

　이 책에서는 아주 오래전 상고 시대부터 비교적 가까운 조선 시대 후기까지, 우리나라에 있었던 여러 고전 문학 작품을 소개하고 해설했습니다. 중고등학교 교과서에도 빠짐없이 등장할 만큼 중요한 작품들을 엄선했지요. 물론 그냥 읽어도 재미있고, 우리나라 고전 문학사를 공부하기 위해 읽어봐도 좋은 작품들이랍니다.

　각 장의 끝마다 '역사 함께 읽기'를 덧붙여 작품이 창작된 당대의 역사적 배경을 간략히 설명하기도 했어요. 우리나라 문학과 역사를 유기적으로 이해할 수 있으니 일거양득이지요.

　독자들은 이 책을 통해 우리나라의 고전 문학에 한 발짝 가까이 다가갈 수 있을 거예요. 문학과 역사뿐만 아니라 당시 사람들의 삶까지 짐작할 수 있을 테고요. 결과적으로는 우리를 이뤄온 옛 정신과 토대에 대해서도 깊이 알 수 있으리라 생각합니다.

차례

상고 시대의 한국 문학

　상고 시대는 언제를 가리키는 말일까요? 사전에서 '상고(上古)'라는 말의 의미를 찾아보면, 문헌을 통해 알 수 있는 한 가장 오래된 옛날을 뜻한다고 나와 있습니다. 우리나라 문학에서는 상고 시대를 원시 시대부터 통일 신라 시대까지로 보고 있어요.

　우리 민족은 구석기 시대부터 한반도와 만주 지역을 중심으로 살기 시작했습니다. 신석기 시대를 거쳐 청동기 시대에는 우리나라 최초의 국가인 고조선이 성립되었어요. 고조선 멸망 전후에는 철기 문화를 기반으로 부여, 고구려, 옥저, 동예, 삼한(마한, 진한, 변한) 등의 나라가 출현했고요.

　우리나라 문학은 고구려의 동맹 같은 제천 의식에서 시작되었습니다. 하늘에 제사를 지낸다는 뜻의 제천 의식은 시, 노래, 춤이 합해진 원시 종합 예술의 형태를 지녔어요. 여기에서 문학, 음악, 무용이 탄생했답니다. 또한, 제천 의식은 「단군 신화」 같은 여러 신화도 만들어냈어요. 당시 신화는 서사시의 형태로 불렸을 것이라고 추측된답니다. 이처럼 원시 시대에는 구비(口碑) 문학, 즉 입에서 입으로 전해지는 문학이 주를 이루었지요.

　삼국 시대와 통일 신라 시대에는 한자가 보급되면서 구비 문학에서 기록 문학으로 문학 형식이 달라졌어요. 이로 말미암아 조금씩 문학의 틀이 갖추어지기 시작했지요. 삼국 시대에는 신화뿐만 아니라 전설과 민담도 융성하면서 설화 문학이 상당한 수준으로 발전했습니다. 설화 문학은 설화마다 일정한 줄거리를 가지고 구전되지만 말하는 사람에 따라 내용이 재구성되는 문학 형태를 말해요. 설화 문학은 서민들이 주로 즐겼고, 한문학은 상류층인 귀족들이 주도했지요. 또한, 이 시기에는 향찰로 표기된 우리말 노래인 향가가 지어지고 있었답니다.

입으로 전해져 온 옛이야기
설화

 '옛날, 옛날, 아주 먼 옛날에…….' 이렇게 시작하는 이야기 중에는 설화가 많을 거예요. 설화는 우리 민족 사이에서 구전되어 온 이야기입니다. 종류로는 신화, 전설, 민담이 있지요.

 '신화'는 신이나 영웅의 위업, 민족의 오랜 역사를 주요한 소재로 다룹니다. 아득히 먼 옛날을 배경으로 삼고 특별한 장소가 등장하지요. 주인공은 대부분 신이고요. 신화에서는 이야기가 신성함을 갖추는 게 중요하거든요. 우리나라의 초기 신화로는 「단군 신화」, 「주몽 신화」 등 건국 신화가 많아요.

 '전설'은 어떤 공동체의 내력이나 자연물의 유래를 소재로 하는 경우가 많고, 구체적인 증거물이 있다는 것이 특징이에요. 증거물이 있어야 전설의 내용을 뒷받침해 줄 수 있으니까요. 대표적인 전설 작품으로는 「조신의 꿈」을 들 수 있어요. 지금은 남아 있지 않지만 정토사라는 구체적인 증거물이 있거든요.

 '민담'은 전설과 같이 민간에 전해 내려오며 흥미 위주로 꾸며진 이야기예요. 이야기의 배경이 되는 뚜렷한 시간과 장소가 알려지지 않아 화자가 자유롭게 이야기할 수 있습니다. 신화나 전설과는 달리 증거물이 꼭 필요하지도 않아요. 게다가 민담 속에 등장하는 주인공은 특별한 존재가 아니라 그냥 보통 사람이랍니다. 자기 앞에 놓인 상황을 해결해 나가는 내용의 이야기가 대다수예요. 대표적인 민담으로는 지독하게 인색한 사람이 등장하는 「자린고비 설화」를 예로 들 수 있어요.

하늘과 땅이 결합해 새로운 세계가 열리다
- 「단군 신화」

___ 🖉

우리나라 사람들이 가장 좋아하는 숫자는 무엇일까요? 최근에는 서양 문화의 영향을 받아 '7'이 꼽히지만, 그전에는 '3'이었습니다. 삼시 세끼, 삼세판, 삼위일체(三位一體, 세 가지의 것이 하나의 목적을 위해 통합되는 일) 등에서 알 수 있듯이 '3'은 완전한 구조를 지닌 숫자인 데다가, 균형과 조화를 뜻한다고 여겨졌기 때문이지요.

'100'이라는 숫자에도 특별한 의미가 담겨 있어요. 숫자 '100'의 옛말인 '온'은 '전부, 모든, 완전'이라는 뜻이거든요. 그래서인지 우리나라 사람들은 아기가 태어난 날로부터 백 번째 되는 날에 백일잔치를 열거나 합격을 기원하면서 백일기도를 드리곤 하지요.

우리나라 사람들의 특징을 두 가지만 더 들어 볼게요. 대부분의 한식에는 마늘이 들어갑니다. 김치를 비롯해 찌개, 국, 반찬 등을 만들 때 필수적인 식재료지요. 우리나라 사람들은 마늘을 건강 유지에 꼭 필요한 음식이라고 생각해요. 그래서 쌈을 먹을 때 생마늘을 같이 먹기도 하지요. 또 우리나라 사람들은 유서 깊은 신성한 나무에 소원을 적은 종이를 매달거나 나무를 바라보면서 정성을 다해 빌기도 해요.

지금까지 소개한 내용, 즉 우리나라 사람들이 숫자 '3'과 '100'에 특별한 의미를 부여하고 마늘을 즐겨 먹으며 나무 앞에서 소원을 비는 것은 놀랍게도 「단군 신화」와 깊은 관련이 있습니다. 『삼국유사』에 실려 있는 「단군 신화」는 고조선의 건국 신화예요. 지금부터 단군의 탄생과 고조선의 성립 과정을 살펴보면서 앞에서 소개한 내용이 신화 안에 어떻게 녹아 있는지 찾아보도록 할까요?

「단군 신화」에는 '환인 – 환웅 – 단군'으로 이어지는 3대가 등장합니다. 하느님인 환인과 그의 아들인 환웅은 천상적 존재예요. 환웅은 하늘에 있었지만 항상 인간 세상을 구하고자 했습니다. 환웅의 뜻을 알아챈 환인은 인간 세상을 내려다보고는 널리 이롭게 할 만한 곳이라고 생각했어요. 이것이 단군의 건국 이념인 '홍익인간(弘益人間)'이랍니다.

환인은 환웅에게 천부인(天符印, 신의 위력과 영험함을 상징하는 물건. 방울, 검, 거울로 추정됨) 세 개를 주면서 인간 세상을 다스리게 했어요. 환웅은 무리 3,000명을 거느리고 태백산의 신단수(神壇樹, 신에게 제사를 지내는 제단인 신단에 서 있는 나무) 아래로 내려와 인간 세상을 다스렸지요. 그렇다면 단군은 어떻게 탄생했을까요?

곰 한 마리와 호랑이 한 마리가 같은 굴에 살고 있었다. 이들은 늘 신웅(神雄, 환웅)에게 사람이 되고 싶다고 빌었다. 이에 신웅이 신령한 쑥 한 심지(묶음)와 마늘 스무 개를 주면서 당부했다.

『삼국유사』
고려 충렬왕 때인 1281년경에 승려 일연이 쓴 역사책이다. 우리나라 역사서 중 최초로 「단군 신화」를 수록했고, 고구려·백제·신라의 역사와 신화, 전설, 시가 등 다양한 이야기가 실려 있다.

"너희가 이것을 먹고 백 일 동안 햇빛을 보지 않는다면 소원대로 사람이 될 것이다."

곰과 호랑이는 쑥과 마늘을 받아서 먹었다. 곰은 기(忌, 몸과 마음을 깨끗이 하고 언행을 조심함)한 지 삼칠일(三七日, 21일) 만에 사람이 되었으나 기하지 못한 호랑이는 사람이 되지 못했다. 여자가 된 웅녀는 혼인할 상대가 없었으므로 늘 신단수 밑에서 아이를 밸 수 있기를 기원했다. 이에 환웅은 웅녀의 소원을 받아들여 임시로 사람으로 화신한 뒤 웅녀와 혼인했고 웅녀는 아들을 낳았다. 아들은 단군왕검(檀君王儉)이라 불렸다.

-「단군 신화」에서

환웅은 사람이 되고자 하는 곰과 호랑이에게 쑥과 마늘을 주면서 100일 동안 햇빛을 보지 말라고 당부했어요. 「단군 신화」에서 곰과 호랑이는 각각 곰과 호랑이를 숭배했던 부족을 의미해요. 이처럼 집단에서 자신들과 특별한 관계가 있다고 믿어 신성하게 여기는 특정한 동식물이나 자연물을 토템(Totem)이라고 합니다. 이에 비추어 볼 때 곰은 사람이 되었지만 호랑이는 사람이 되지 못한 것은 곰을 숭배하는 부족이 호랑이를 숭배하는 부족을 이긴 것이라고 단순하게 해석할 수도 있어요.

그렇다면 환웅이 곰과 호랑이에게 쑥과 마늘을 준 이유는 무엇일까요? 「단군 신화」에서 쑥과 마늘은 주술적인 성격을 지닌 소재입니다. 세속적 존재인 곰과 호랑이가 사람이 된 후 신성한 존재인 환웅을 만나기 위해서는 통과 의례를 거쳐야 해요. 여기서 통과 의례란 쓴맛이 나는 쑥과 매운맛이 나는 마늘을 먹으며 고통을 견디고 마침내 성장하는 과정을 말해요.

통과 의례를 거친 뒤 비로소 사람이 된 웅녀는 환웅과 혼인해 단군을 낳았습니다. 단군은 하늘과 땅의 정기를 모두 받은 특별한 존재예요. 어머니인 웅녀가 지상계를 대표하는 존재이고, 아버지인 환웅은 천상계를 대표하는 존재이니까요. 이처럼 건국 신화의 주인공은 신성한 인물로 나타나지요.

단군은 평양성에 도읍을 정하고 고조선을 건국한 뒤 1,500년 동안 나라를 다스렸습니다. 1,908세에는 산신(山神)이 되었고요. 여러분 중에는 어떻게 이런 일이 가능하냐며 고개를 절레절레 젓는 사람도 있을 거예요. 「단군 신화」의 비현실성은 단군의 신성성을 강조하는 역할을 합니다. 따라서 허황되게 느껴질 수도 있는 「단군 신화」의 내용을 있는 그대로 받아들이지 말고 '상징'으로 받아들여야 해요.

그렇다면 「단군 신화」의 내용을 통해 추측할 수 있는 당시 사회상은 무엇일까요? 환웅은 신단수 아래로 내려올 때 풍백(風伯), 우사(雨師), 운사

고조선
우리나라 역사상 최초의 국가로 기원전 2333년경 단군왕검이 건국했다. 중국 랴오닝 지방과 대동강 유역을 중심으로 발전했다. 위만이 집권한 이후 더욱 강력한 국가로 성장했지만, 기원전 108년 중국 한에 의해 멸망했다.

(雲師)를 거느리고 왔습니다. 각각 바람, 비, 구름을 주관하는 주술사로 농사를 지을 때 중요한 요소들이지요. 당시 사회에서 농경 생활을 얼마나 중요하게 여겼는지 알 수 있습니다. 앞서 언급했듯이 당시 사람들에게 곰과 호랑이 등 토테미즘(Totemism, 토템을 숭배하는 사회 체제 및 종교 형태)이 있었다는 것도 알 수 있지요.

또한 환웅과 웅녀의 혼인을 하늘을 숭배하는 이민족과 곰을 숭배하는 토착민의 결합으로 해석할 수도 있어요. 이를 토대로 「단군 신화」의 내용을 재구성해봅시다. 하늘을 숭배하는 이민족을 A, 곰을 숭배하는 토착민을 B, 호랑이를 숭배하는 토착민을 C라고 할게요. A는 B와 C가 살고 있던 지역에 들어와 발달한 문명을 앞세우며 결합을 시도했어요. C보다 우월한 B가 A와 혼인 관계를 맺었고, 그 사이에서 단군이 탄생했습니다. 그리고 하나의 국가가 세워졌고요. 자, 어떤가요? 이렇게 보니 「단군 신화」가 좀 더 현실적으로 느껴지지요?

단군왕검
한민족의 신화적인 시조이자 고조선의 국조로 대종교에서는 신앙의 대상이기도 하다. 그의 생애에 대한 기록은 『삼국유사』, 『제왕운기』, 『세종실록』 등에 간략하게 쓰여 있다.

'단군왕검'이라는 명칭을 통해서는 당시 사회가 제정일치(祭政一致, 제사와 정치가 일치한다는 사상. 또는 그런 정치 형태) 사회였음을 짐작할 수 있습니다. '단군'은 종교적 제사장을, '왕검'은 정치적 통치자를 뜻하거든요.

짧은 신화 안에 다양한 사회상이 담겨 있지요? 또한 우리 사회에 널리 퍼진 '3', '100', 마늘, 신성한 나무 등과 관련한 내용도 찾을 수 있었지요? 이처럼 「단군 신화」는 현재 우리나라 사람들의 풍습과도 깊은 연관을 가진 건국 신화랍니다.

강화 참성단(인천 강화)
단군왕검이 하늘에 제사를 지낸 곳으로 알려져 있다.

알을 깨고 등장한 '고구려의 자부심'
-「주몽 신화」

한국사 수업 시간에 자주 보았을 삼국 시대 지도를 떠올려 보세요. 삼국 가운데 고구려의 영토가 가장 넓었지요? 고구려는 한반도 북부, 만주, 요동 지방을 무대로 활약한 고대 국가였습니다. 그래서 우리나라뿐만 아니라 중국에도 고구려 시대의 무덤이 남아 있어요.

고구려 시대의 대표적인 무덤으로 중국 지린성 지역에 있는 무용총을 꼽을 수 있습니다. 무용총은 1935년에 발굴되었는데 벽면에 남녀가 줄을 지어 춤추는 모습이 그려져 있어 무용총이라는 이름이 붙었지요. 아래 그림은 무용총의 오른쪽 벽에 그려진 〈수렵도〉입니다. 여러분에게도 익숙한 그림일 거예요. 〈수렵도〉에는 험준한 산악 지대에서 사슴과 호랑이를 사냥하는 무사들의 모습이 그려져 있습니다. 이를 통해 고구려 사람들의 굳센 정신과 기상을 엿볼 수 있지요.

수렵도
무용총 벽에 그려져 있는 그림이다.
고구려 무사들이 동물 사냥을 하는
장면이 역동적으로 표현되어 있다.

무용총(중국 지린성)
고구려의 대표적인 굴식 돌방 무덤이다. 돌로 널방을 짠 뒤 그 위에 흙을 덮어 봉분을 만들었다. 널방의 벽과 천장에는 벽화를 그렸다.

고구려 사람들은 10월에 추수 감사제인 동맹이라는 제천 행사를 치렀습니다. 이때 사냥이나 활쏘기 대회를 함께 벌였어요. 노래와 놀이도 즐겼고요. 고구려를 건국한 주몽 역시 백 번 쏘면 백 번 다 맞힐 정도로 활을 잘 쏘았답니다. 주몽이라는 이름부터가 '활 잘 쏘는 사람'이라는 뜻의 부여 말이었거든요. 「주몽 신화」는 「단군 신화」처럼 『삼국유사』에 실려 있습니다. 두 신화를 비교해 보는 것도 재미있을 거예요. 지금부터 주몽의 탄생과 고구려의 건국 과정이 담긴 「주몽 신화」를 감상해 보도록 해요.

시조(始祖, 한 나라의 맨 처음이 되는 조상) 동명성왕의 성(姓)은 고씨요, 이름은 주몽이다. 이보다 앞서 북부여의 왕 해부루가 동쪽으로 도읍을 옮긴 뒤 나라 이름을 동부여로 고쳤다. 해부루가 죽자 금와가 왕위를 이었다. 금와는 태백산(太白山, 여기서는 '백두산'을 의미함) 남쪽 우발수에서 한 여자를 만났다.

그 여자가 말하기를, "나는 하백(河伯, 물을 다스리는 신)의 딸로서 이름은 유화라고 합니다. 동생들과 놀러 나왔다가 천제(天帝, 하느님)의 아들인 해모수를 만나 웅신산 밑 압록강가에서 같이 살았는데, 어느 날 그는 하늘로 올라가 돌아오지 않았습니다. 부모는 내가 중매 없이 남을 따라간 것을 책망하여 여기에 귀양 보냈습니다."라고 했다.

-「주몽 신화」에서

소개한 글은 「주몽 신화」의 앞부분입니다. 동명성왕, 즉 고주몽의 아버지는 천제의 아들인 해모수이고 어머니는 하백의 딸인 유화예요. 여기까지만 봐도 「단군 신화」와 「주몽 신화」의 공통점을 발견할 수 있습니다. 첫 번째 공통점은 「단군 신화」에서 '환인 – 환웅 – 단군'으로 이어지는 3대(三代)가 등장한 것처럼 「주몽 신화」에서도 '천제 – 해모수 – 주몽'으로 이어지는 3대가 등장한다는 점이에요. 두 번째 공통점은 단군이 하늘과 땅의 정기를 모두 받아 태어난 것처럼 주몽도 하늘과 땅(물)의 결합으로 태어났다는 점이지요.

동명성왕
고구려의 초대 왕으로 이름은 주몽이고 추모왕이라고도 한다.
기원전 37년부터 기원전 19년까지 재위했다.

다시 부여의 금와왕과 유화가 만난 상황으로 돌아가 볼까요? 유화의 이야기를 들은 금와왕은 이상히 여겨 그녀를 방 안에 가뒀습니다. 방에 햇빛이 들어왔는데 유화가 몸을 피해도 햇빛은 그녀를 쫓아 와서 비추었어요. 결국 유화는 햇빛을 받아 잉태했고, 알을 하나 낳았습니다. 이 대목에서 고구려 사람들의 태양 숭배 사상을 엿볼 수 있어요.

금와왕은 유화가 낳은 알을 버리게 했지만 새와 짐승들이 알을 보살펴 주었습니다. 결국 금와왕은 알을 유화에게 돌려주었지요. 얼마 후 알에서 외모가 뛰어나고 골격이 기이한 아이가 나왔습니다. 이 아이가 바로 주몽이에요. 주몽이 알에서 태어났다는 것은 하늘의 기운을 받았다는 의미입니다. 알은 조류가 낳는 것이고, 조류는 하늘을 자유롭게 날아다니는 생물이기 때문이에요. 또한, 알은 하늘에 떠 있는 태양처럼 동그랗지요.

금와왕의 아들들은 주몽의 재주를 시기해서 그를 죽이려고 했어요. 이를 알게 된 주몽의 어머니는 주몽에게 빨리 부여를 떠나라고 말했지요.

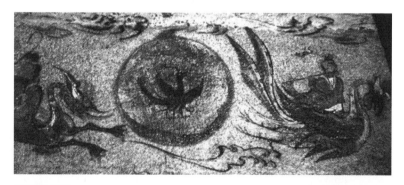

삼족오(三足烏)
고대 동아시아 지역의 전설에 등장하는 새로 태양 속에 산다고 전해지며 세발까마귀라고도 불린다. 고구려 고분 벽화에서 발견된 적이 있다.

세 벗과 함께 도망치던 주몽은 어느 강에 이르러 더는 달아나기 힘들어지자 다음과 같이 외쳤습니다. "나는 천제의 아들이요, 하백의 손자이다. 서둘러 가야 하는데 나를 뒤쫓는 자들이 거의 따라왔으니 어떻게 하면 좋겠느냐." 그러자 물고기와 자라가 다리를 만들어 주었어요. 무사히 강을 건넌 주몽은 남쪽 졸본에 이르러 고구려를 세웠습니다. 이때 주몽의 나이는 12세였어요.

주몽이 고구려를 건국하기까지의 과정을 살펴보니 「단군 신화」와의 차이점이 드러납니다. 우선 주몽이 단군과 다르게 알에서 태어났다는 점이 눈에 띄지요? 또한 「단군 신화」에서는 곰과 호랑이를 숭배하는 토테미즘이 나타났지만 「주몽 신화」에서는 태양 숭배 사상이 드러났어요.

두 신화의 차이점은 건국 과정에서 더욱 확실하게 나타납니다. 단군은 큰 시련과 갈등 없이 나라를 세웠지만 주몽은 나라를 세우기 전에 시련과 갈등을 겪었지요. 이는 영웅의 일대기 구조와 관련이 있습니다. '영웅의 일대기 구조'란 영웅이 주인공인 이야기에 나타나는 일종의 공식이에요. 지금부터 이 공식에 해당하는 내용을 하나씩 소개할게요.

첫 번째는 '고귀한 혈통'입니다. 이는 주몽이 하늘과 땅(물)의 정기를 받고 태어난 것을 통해 알 수 있어요. 두 번째는 '비정상적인 잉태나 탄생'이에요. 주몽은 유화가 낳은 알에서 태어났지요. 세 번째는 '기아와 구출'입니다. '기아(棄兒)'란 길러야 할 의무가 있는 사람이 남몰래 아이를 내다 버린다는 뜻이에요. 금와왕은 유화가 낳은 알을 버리게 했지만, 알은 새와 짐승들 덕분에 다시 유화에게 돌아왔지요. 네 번째는 '비범한 능력'입니다. 주몽은 외모가 뛰어나고 머리가 영특했을 뿐만 아니라 활을 잘 쏘았어요. 다섯 번째는 '성장 후 시련'이에요. 주몽은 자신을 죽이려고 하는 금와왕의 아들들을 피해 도망쳤는데 도중에 강을 만나 길이 막히는 시련을 겪었어요. 여섯 번째는 '위기 극복과 성공'이에요. 길이 막혀 당황하던 주몽은 물고기와 자라가 놓아 준 다리를 건너 무사히 도망쳤고, 결국 고구려를 건국했어요.

　어떤가요? 영웅 이야기의 공식에 딱 들어맞는 이야기지요? 영웅의 일대기 구조는 「주몽 신화」 이후 서사 문학에 영향을 끼쳤어요. 그중에서도 특히 「주몽 신화」는 서사 구조가 탄탄해서 2006년 TV 드라마로 제작되어 큰 인기를 끌기도 했답니다.

오녀산성(중국 랴오닝성)
고구려의 시조인 동명성왕(주몽)은 도읍으로 정한 졸본에 오녀산성을 세웠다.

조신은 왜 정토사를 세웠을까
-「조신의 꿈」

　충북 충주에는 통일 신라 시대에 세워진 정토사라는 절이 있었습니다. 이 절에는『조선왕조실록』을 보관했던 충주 사고(史庫, 고려와 조선 시대에 역대 실록 같은 국가의 중요한 서적을 보관하던 서고)가 있기도 했지요. 하지만 정토사는 왜란 때 없어졌고, 충주댐이 생기면서 그 터마저 물속에 잠겼어요. 지금은 찾아갈 수 없는 절이 되었지만 정토사에 얽힌 전설은 현재까지도 전해지고 있습니다. 이 전설이 바로『삼국유사』에 기록된 「조신의 꿈」이랍니다. 「조신의 꿈」의 내용은 다음과 같아요.

　신라 시대에 세달사라는 절의 장원(莊園, 궁정·귀족·관료나 절이 소유한 토지)이 명주(지금의 강원도 강릉) 날리군에 있었어요. 승려였던 조신이 이 장원을 맡아 관리했지요. 그런데 조신은 명주 지역 태수인 김흔의 딸을 보고 그만 사랑에 빠졌습니다.

『조선왕조실록』
조선 태조 때부터 철종 때까지 약 470년간의 역사적 사실을 편년체로 기록한 책이다. 『고종황제실록』과 『순종황제실록』은 일제 강점기에 일본인들이 주관해서 편찬했기 때문에 일반적으로 실록에 포함되지 않는다. 왼쪽 사진은 1865년에 편찬된 『철종실록』이다.

조신은 남몰래 낙산사 관음보살 앞에 가서 김씨 낭자와 살게 해 달라고 빌었어요. 남몰래 소원을 빈 것은 조신이 승려의 신분이었기 때문입니다. 하지만 김씨 낭자에게 따로 배필이 생기자 조신은 관음보살을 원망하며 울다가 잠깐 잠들었어요.

꿈속에서 김씨 낭자는 조신에게 함께 살자고 제안했습니다. 이 말을 들은 조신은 얼마나 기뻤을까요? 두 사람은 40년 동안 함께 살면서 다섯 명의 자녀를 두었습니다. 하지만 너무 가난해서 떠돌이 생활을 했어요. 10년간은 부부가 늙고 병들어 구걸하기도 힘들어졌지요. 안타깝게도 큰아들은 15세 때 굶어 죽었고, 10세인 딸이 밥을 구걸하다가 개에게 물렸습니다. 부부는 탄식하며 한없이 눈물을 흘렸어요. 부인은 눈물을 닦으며 조신에게 다음과 같이 말했어요.

"처음 당신을 만났을 때 저는 젊고 아름다웠으며 깨끗한 옷을 입고 있었습니다. 음식 하나도 당신과 나누어 먹었고 옷 한 벌도 나누어 입었습니다. 제가

낙산사 건칠관음보살좌상(강원 양양)
낙산사는 신라 문무왕 때 만들어졌다가 고려 시대 몽골의 침입으로 소실되었다. 조선 시대 들어 세조가 사찰을 다시 세울 것을 명했는데 관음보살 좌상도 이 무렵에 제작된 것으로 보인다.

집을 나온 뒤 함께 살면서 부부의 정은 깊어지고 사랑은 굳어졌으니 실로 당신과 저는 두터운 인연이라 하겠습니다. 하지만 해마다 병이 깊어지고 굶주림과 추위가 심해지는데도 곁방살이나 하고 있고, 보잘것없는 음식조차 빌어먹을 수가 없으니, 문전걸식하는 부끄러움은 산더미보다 더 무겁습니다. 아이들이 추위에 떨고 배고파해도 돌봐 주지 못하는 처지에 어찌 부부간의 정을 나눌 수 있겠습니까? 꽃다운 얼굴과 화사한 웃음도 풀 위의 이슬이요, 지초(芝草)와 난초 같은 약속도 바람에 나부끼는 버들가지나 마찬가지입니다.

이제 저는 당신에게 누(累)가 되고 또한 당신으로 말미암아 근심스럽습니다. 가만히 지난날의 즐거운 일들을 생각해 보니, 바로 그것이 근심의 시작이었습니다. 당신과 제가 어찌해서 이런 지경에 이르렀습니까? 여러 새가 함께 굶어 죽는 것보다는 차라리 짝 잃은 난조(鸞鳥, 중국 전설에 나오는 상상의 새)가 거울을 향해 짝을 부르는 게 나을 것입니다. 추우면 버리고 더우면 가까이하는 것은 인정상 차마 못 할 일입니다. 하지만 이제는 어쩔 도리가 없는 데다가 서로 헤어지고 만나는 것도 운수가 있는 법입니다. 원컨대 제 말에 따라 헤어지기로 합시다."

-「조신의 꿈」에서

부인은 생활고가 너무 심해서 예전처럼 부부간의 애정을 지키기 어렵다고 말했습니다. 고운 얼굴과 밝은 웃음은 풀 위의 이슬처럼 금방 사라지고, 부부간의 고귀한 약속은 바람에 나부끼는 버들가지처럼 흔들릴 수밖에 없다고 하면서요.

부인은 현실이 너무 괴로워서 예전의 기뻤던 일까지 부정적으로 인식하고 있습니다. 그러면서 온 가족이 함께 굶어 죽는 것보다는 각자 살길을 찾는 것이 나을 거라고 제안했지요. 조신은 부인의 제안을 받아들였습니다. 아이는 각자 두 명씩 데리고 가기로 했어요. 조신은 부인과 작별하고 길을 떠나려 하다가 꿈에서 깨어났어요.

　조신이 꾸었던 꿈의 내용에는 당시 백성들의 힘들었던 삶이 적나라하게 담겨 있습니다. 통일 신라 말기에 지도층은 왕위 쟁탈전을 벌이느라 백성들의 삶에 관심이 없었어요. 사치를 일삼던 귀족들은 국가 재정이 궁핍해지자 백성들을 심하게 착취하기도 했고요.

　과중한 세금을 납부해야 했던 백성들은 극심한 가난에 시달렸어요. 조신의 가족처럼 토지를 잃고 떠돌이 생활을 하거나 화전민이 되기도 했지요. 화전민(火田民)이란 농사 지을 땅이 없어서 풀과 나무를 불태워 없애

포석정(경북 경주)
8세기 후반 신라에서는 왕이 자주 바뀌며 왕권이 추락했고, 귀족들의 사치로 국가 재정이 궁핍해졌다. 사진 속 포석정은 신라의 왕족·귀족들이 연회를 열며 풍류를 즐겼다고 전해지는 곳이다.

고 그 자리에 농사를 짓는 농민을 말합니다. 몇 년 지나면 지력이 떨어져 농작물이 잘 열리지 않았으므로 다른 땅을 찾아 이동해야 했지요.

꿈에서 온갖 고통을 겪고 깨어난 조신의 모습은 어땠을까요? 놀랍게도 조신의 수염과 머리털은 모두 하얗게 변해 있었습니다. 조신이 꿈에서 겪은 괴로움이 그만큼 컸다는 뜻이지요. 조신은 꿈을 꾸기 전에 자신이 바랐던 세속적인 욕망들이 덧없다는 것을 깨달았습니다. 속세에서 살고자 했던 마음도 싹 사라졌지요. '꿈'을 통해서 새로운 깨달음을 얻었으니까요.

조신은 꿈에서 큰아들을 묻었던 땅을 파 보았는데, 그곳에서 나온 돌미륵을 보고 비로소 승려의 본분에 눈을 떴습니다. 조신은 돌미륵을 물로 씻은 뒤 근처에 있는 절에 모셨어요. 그리고 장원이라는 직책에서 물러나 전 재산을 털어 정토사를 세우고 그곳에서 부지런히 정진했지요.

설화 문학 가운데 전설에는 구체적인 증거물이 나옵니다. 「조신의 꿈」에서는 조신이 세운 '정토사'가 증거물에 해당해요. '세달사', '명주 날리군'

정토사지 홍법국사탑(국립중앙박물관)
충북 충주 정토사 옛터에 있던 탑을 경복궁으로 옮겼다가 현재는 국립중앙박물관에서 소장하고 있다. 홍법 국사는 통일 신라 말부터 고려 초까지 활동한 승려로, 국사 칭호는 고려 목종 때 받았다.

등 구체적인 절의 이름과 지명이 등장하는 것도 전설의 특징이에요. 이야기의 신빙성을 높여 주지요.

전설 작품으로는 조금 독특하게 「조신의 꿈」만의 특징도 있습니다. 바로 '현실 – 꿈 – 현실'로 이어지는 환몽 구조예요. 이 구조를 지닌 작품에서는 주인공이 현실에서 바라던 것을 꿈속에서 이룬 뒤 꿈에서 깨어나 새로운 깨달음을 얻어요. 김만중의 「구운몽」, 김시습의 「남염부주지」 등 「조신의 꿈」 이후에 나타난 다른 문학 작품에서도 환몽 구조를 발견할 수 있답니다.

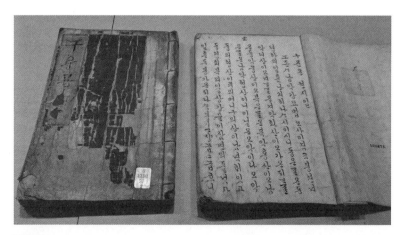

『구운몽』
김만중이 1687년에 지었다고 전해지는 고전 한글 소설의 대표적인 작품이다. 성진이라는 불제자가 꿈에서 부귀영화를 누렸다가 깨어난 뒤 모든 게 일장춘몽에 불과하다는 것을 깨닫고 불교에 귀의하는 내용이다.

구두쇠 영감이 잔치를 벌인 이유는?
- 「자린고비 설화」

1998년 충북 음성군에서는 특이한 상 하나를 제정했습니다. 바로 '자린고비상'이에요. '자린고비'란 돈이나 재물을 쓰는 데에 몹시 인색한 구두쇠를 낮잡아 이르는 말입니다. 구두쇠에게 상을 준다고요? 얼핏 들으면 이해가 가지 않는 상이지요.

'자린고비상'이 생긴 이유는 다음과 같아요. 조선 시대, 지금의 충북 음성군에 조륵이라는 사람이 살았습니다. 그는 머슴살이를 하면서 하루하루 근근이 살아갔어요. 그래서인지 조륵은 지독한 구두쇠였습니다. 파리가 장독에 빠졌다가 날아가자 파리 다리에 묻은 장이 아깝다고 생각할 정도였어요. 조륵은 "저 장 도둑놈 잡아라!"라고 외치며 단양 장벽루까지 파리를 쫓아갔지요. 결국 파리를 잡은 그는 파리 다리에 묻은 장을 빨아먹었답니다.

어느 날, 조륵은 길가에서 달걀 하나를 주웠습니다. 달걀에서는 암컷 병아리가 나왔어요. 병아리는 무럭무럭 자라 암탉이 되었고 암탉이 낳은 달걀에서는 계속 암컷 병아리가 나왔지요. 덕분에 조륵의 재산은 계속 늘어났어요.

조륵은 부자가 되었지만 여전히 구두쇠처럼 생활했습니다. 그러던 어느 날, 조륵의 하인이 급하게 뛰어와서 족제비가 닭 한 마리를 물고 갔다고 말했어요. 조륵은 그 사건을 이제 자신에게 주어진 복이 끝나고 재산이 나갈 징조라고 생각했습니다. 그는 이제부터 돈을 잘 써야겠다고 생각했지요.

이후 조륵은 마을 사람들을 위해 잔치를 벌이거나 가난한 농부들에게 논밭을 나누어 주었어요. 흉년이 들었을 때는 굶주린 사람들을 위해 곳간에 있는 곡식을 풀기도 했지요. 영조는 조륵의 공을 기려 자인고비(慈仁古碑, 자애롭고 어진 사람을 기리는 비)를 세워 주었어요. 이 비의 이름에서 '자린고비'라는 말이 나왔다는 설도 있답니다.

조륵의 이야기를 살펴보니 그가 단지 인색하기만 한 구두쇠는 아닌 것 같지요? 충북 음성군에서는 조륵의 절약 정신과 봉사 정신을 기리기 위해서 '자린고비상'을 제정한 거예요. 따라서 자린고비상 수상자를 보면 어렵게 절약한 돈으로 이웃 사랑을 실천한 사람이 많답니다.

「자린고비 설화」는 설화 가운데 민담에 해당합니다. 민담은 흥미 위주로 꾸며진 이야기예요. 따라서 신화나 전설을 읽을 때보다 가벼운 마음으로 부담 없이 읽을 수 있어요.

자인고비(충북 충주)
조륵은 자신이 죽은 뒤에도 자손들이 관직이나 품계를 받지 않고 청렴하게 살기를 바란다는 유언을 남겼다

「자린고비 설화」에는 다양한 이야기가 있어요. 전국적으로 자린고비에 관한 설화나 동화가 40여 개나 있거든요. 하지만 '자린고비' 하면 가장 먼저 떠오르는 이야기는 조기와 관련된 이야기일 거예요. 어떤 내용인지 간단히 소개할게요. 한 구두쇠가 조기 한 마리를 사서 천장에 매달아 놓았습니다. 그러고는 식사를 할 때 가족들에게 밥 한 숟가락을 떠먹고 조기를 한 번씩만 쳐다보게 했지요. 어린 자식들은 조기가 너무 먹고 싶어서 조기를 자꾸 쳐다봤어요. 그러자 구두쇠는 얼마나 물을 마시려고 그러느냐며 자식들을 나무랐어요.

이처럼 「자린고비 설화」에는 한 명의 자린고비가 나오는 내용이 많지만, 두 명의 자린고비가 경쟁하는 내용도 있어요. 충주 자린고비와 서울 자린고비가 대결하는 다음 이야기를 읽어 볼까요?

충주 자린고비가 서울 자린고비한테 한 번 속은 적이 있어. 충주 자린고비는 서울까지 올라가도 담배를 가지고 가는 사람이 아니야. 담배밭에 가서 풋담배(퍼런 잎을 썰어 그 자리에서 말린 잎담배) 한 잎을 뚝 떼서 주머니에 넣고 가거든. 가다 누굴 만나면 이렇게 말하지.

"아, 난 담배는 여기 있는데, 눅어 못 피우겠으니, 담배 하나만 주."

올라갈 제 얻어 먹고 내려올 제 얻어 먹고 이랬단 말이야. 몇 번을 그 짓을 하다가 한 번은 서울을 딱 갔어. 가서 이놈이 서울 자린고비를 만났지.

"담배는 있는데 눅어 못 피우니, 담배 한 대 주."

"어디 봅시다."

그런데 서울 자린고비가 화롯가에 가서 풋담배를 썩썩 비벼서 피우면서,

"난 이런 것도 없어서 못 피우."

이러면서 말아서 피웠지 뭐야. 그 담배는 결국 서울 자린고비에게 뺏겼어.

-「자린고비 설화」에서

윗글을 보니 누군가가 옆에서 이야기해 주는 듯한 느낌이 들지 않나요? 조사자가 이야기를 채집할 때 말해 준 사람의 말투를 그대로 기록했기 때문이에요. 그래서 "이 사람은 이 사람은"처럼 같은 말이 반복되는 부분, 군더더기 표현이 보인답니다.

충주 자린고비는 다른 사람에게 담배를 빌릴 구실을 마련하려고 일부러 피우지도 않을 풋담배를 가지고 다녔습니다. 찔러도 피 한 방울 안 나올 것 같은 충주 자린고비 앞에 막강한 자린고비가 등장했어요. 서울 자린고비는 충주 자린고비의 풋담배를 빼앗아 피웠습니다. 결국 서울 자린고비가 승리를 거두었지요.

이처럼 「자린고비 설화」는 해학성이 두드러지는 이야기가 대부분입니다. 절약 정신이 너무 지나친 자린고비들이 등장해 우스꽝스럽고 과장된 상황을 보여 주지요. 풍자성을 지닌 이야기이기도 해요. 지나치게 인색해 인정이 없고 비인간적인 자린고비들을 풍자하고 있으니까요. 하지만 씀씀이가 헤프고 일확천금(一攫千金, 단번에 천금을 움켜쥔다는 뜻으로, 힘들이지 않고 많은 재물을 얻음을 이르는 말)을 노리는 몇몇 현대인들에게는 검소함과 부지런함이 중요하다는 교훈을 주기도 합니다.

이외에도 「자린고비 설화」에는 흥미진진한 이야기가 많습니다. 몇 가지만 더 소개해 볼게요. 한 자린고비 며느리가 생선을 사러 갔다가 이것저것

만져만 보고 집으로 온 뒤 생선을 만진 손을 씻은 물로 국을 끓였다고 해요. 그런데 역시나 자린고비인 시아버지가 생선 만진 손을 물독에 넣어 씻었다면 두고두고 국을 끓여 먹을 수 있지 않았겠느냐며 며느리를 나무랐어요. 또 다른 자린고비는 쪽박에다가 장을 담아 아들에게 주고는 몇 해 동안 먹으라고 당부했어요. 게다가 부채를 아끼기 위해 부챗살을 하나하나 펼쳐서 부치거나 부채가 아닌 고개를 흔들어 부치는 자린고비도 있었어요.

자린고비들의 절약 방법이 기발하기는 하지만 현실성이 없거나 과장된 부분이 많아서 현재 우리에게는 그냥 흥미로운 이야기로만 느껴질 수도 있어요. 하지만 조륵처럼 근검절약해서 어려운 이웃에게 베푸는 정신은 우리가 꼭 되새겨야 할 덕목이지요.

자린고비 조륵선생 유래비(충북 충주)
우리나라가 외환 위기 상황을 맞아 경제적으로 어려웠을 때, 조륵의 근검절약 정신을 기리고 본받기 위해 세운 것이다.

2과

이야기의 한 부분이 시가로 탄생하다
고대 가요

배경 설화와 함께 전해진 노래가 있습니다. 바로 삼국 시대 초기까지 불렸던 고대 가요예요. 원래 고대 가요는 이야기의 한 부분이었다가 서사에서 서정적인 부분이 독립하며 탄생했어요. 원시인들의 종합 예술이 삼국 시대에 이르러 문학, 음악, 무용 등으로 나누어지다가 시가의 형태로 구체적인 모습을 드러내거든요.

초기에는 「구지가」처럼 집단 활동이나 의식과 관련한 노래가 등장했어요. 나라를 세우기 위해 내려온 신을 맞이하려고 여러 사람이 의식을 치르며 불렀지요. 이후 유리왕이 지은 「황조가」처럼 개인의 감정을 노래한 서정시가 등장했어요. 유리왕은 한 나라의 왕이었지만 「황조가」를 통해 여느 사람과 다를 바 없는 자기 내면의 비애와 고독을 하소연했습니다.

고대 가요가 창작된 당시에는 노래를 기록할 문자가 없었어요. 입에서 입으로 전해지다가 후대에 와서야 한자로 기록되었지요. 그러다 보니 고대 가요의 본래 모습을 구체적으로 알기는 어려워요. 누가 만들었는지, 언제 만들었는지 정확히 알 수가 없기 때문이에요. 게다가 고대 가요는 시간이 흐르며 복잡하게 변형되었을 가능성도 있지요.

현재까지 전해지는 고대 가요는 주로 4행시로 짤막하고 간결한 형태입니다. 즉, 고대 가요는 우리 시가의 초기 형태를 잘 보여 주는 문학 갈래랍니다.

"우리에게는 왕이 필요합니다"
- 「구지가」

경남 김해시 구산동에는 '구지봉'이라는 작은 산봉우리가 있습니다. '구지봉'의 '구(龜)'는 거북을 뜻하는 한자예요. 구지봉과 연결된 수로왕 비릉이 거북의 몸에 해당하고, 서쪽으로 뻗은 봉우리가 거북의 머리 모양 같아서 붙은 이름이랍니다. 공원으로 조성된 구지봉과 그 주변에는 산책 길이 잘 만들어져 있어요.

하지만 이곳을 그냥 동네에 있는 공원이라고 하기에는 뭔가 예사롭지 않 습니다. 구지봉 주변에는 국립 김해박물관과 수로왕비릉이 있고, 조금 떨어 진 곳에는 수로왕릉이 있어요. 게다가 구지봉 정상부에는 거북 모양을 한 청동기 시대의 고인돌이 있고요. 고인돌에는 '龜旨峰石(구지봉석)'이라는 글 씨가 새겨져 있어요. 조선 시대의 명필가였던 한석봉이 쓴 것이라고 해요.

구지봉 고인돌(경남 김해)
가야의 건국 설화를 간직한 구지봉 정상부에 놓여 있다.

수로왕릉(경남 김해)
금관가야(가락국)의 초대 국왕이자 김해 김씨의 시조인 김수로왕의 무덤이다. 납릉(納陵)이라고도 부른다.

또한 구지봉 정상부에는 여섯 개의 알 모양인 '천강육란석조상'이 설치되어 있었어요. 하지만 역사적으로 고증(考證, 옛 문헌이나 물건을 바탕으로 사물의 특징·가치·제작 시기 등을 밝히는 일)되지 않았다는 이유 때문에 '천강육란석조상'은 수로왕릉 연못 근처로 옮겨졌지요.

수로왕릉과 수로왕비릉을 통해 추측할 수 있듯이 구지봉과 관련 있는 설화는 『삼국유사』에 실린 「김수로왕 신화」입니다. 신화의 내용과 함께 이 신화에 삽입된 고대 가요인 「구지가」도 함께 감상해 보도록 해요.

개벽한 이후 이곳(지금의 김해)에는 아직 나라 이름이 없었고 임금과 신하 간의 호칭도 없었습니다. 아홉 명의 우두머리인 구간(九干)이 모여 마을을 다스렸지요.

서기 42년의 어느 날이었습니다. 마을 북쪽에 있는 구지봉에서 수상한 소리가 들려왔어요. 구간과 200~300명의 마을 사람들은 소리가 나는 곳에 모여들었지요. 사람의 모습은 보이지 않고 "이곳에 사람이 있느냐?"

라는 말소리만 들렸습니다. 구간은 "우리가 여기 있습니다."라고 대답했지요. 그러자 그 소리는 "이곳이 어디냐?"라고 물었어요. 이에 구간은 "구지봉입니다."라고 말했지요. 그 소리는 "옥황상제께서 나에게 명하시기를, 이곳에 와서 나라를 새롭게 열고 임금이 되라고 하셨다. 그러니 너희는 구지봉의 흙을 파면서 다음과 같이 노래하라."라고 말했어요.

龜何龜何(구하구하)	거북아, 거북아
首其現也(수기현야)	머리를 내어라.
若不現也(약불현야)	내놓지 않으면
燔灼而喫也(번작이끽야)	구워서 먹으리.

-「구지가」전문

그 소리는 계속 말했습니다. "이 노래를 부르면서 춤추어라. 그러면 너희는 하늘에서 내려 주는 대왕을 맞아 더욱 기쁘게 춤출 수 있을 것이다." 구간은 이 말대로 마을 사람들과 함께 노래 부르며 춤추었어요.

얼마 후, 하늘에서 붉은 보자기에 싸인 황금 상자가 내려왔어요. 상자 안에는 황금알 여섯 개가 들어 있었지요. 마을 사람들은 너무 놀라고 기뻐서 황금알을 향해 수없이 절했어요.

다음 날, 황금알에서 각각 사람이 태어났습니다. 가장 먼저 태어난 사람이 바로 김수로왕이었어요. 그는 금관가야를 세우고 왕이 되었지요. 나머지 다섯 명도 각각 나라를 세워서 총 여섯 나라가 만들어졌어요. 이 여섯 나라를 6가야라고 불렀답니다.

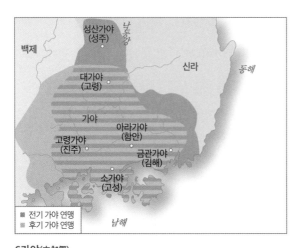

6가야(六伽倻)
낙동강 하류에 있던 여섯 개의 가야국이다. 금관가야, 아라가야, 고령가야, 대가야, 성산가야, 소가야를 말한다.

알에서 태어난 김수로왕을 보니 앞에서 살펴보았던 「주몽 신화」가 떠오르지요? 고주몽과 김수로처럼 알에서 태어난 건국 시조를 다룬 설화를 난생 설화(卵生說話)라고 해요. 「박혁거세 신화」와 「석탈해 신화」도 난생 설화에 속하지요.

「박혁거세 신화」는 『삼국사기』와 『삼국유사』에 전해져요. 사로국의 여섯 촌장은 임금을 세우는 문제로 회의 중이었습니다. 그때 하늘에서 번갯불이 쳤고, 우물가에는 백마와 함께 커다란 자주색 알이 놓여 있었어요. 알이 깨지자 그 안에서 용모가 단정한 사내아이가 태어났습니다. 촌장들은 아이에게 박혁거세라는 이름을 지어주었고, 아이가 13세가 되었을 무렵 임금으로 세웠어요.

「석탈해 신화」는 어느 멀리 있던 나라의 왕비가 알을 낳았다는 내용으로 시작합니다. 왕비는 알을 궤짝에 넣은 뒤 바다에 버렸어요. 궤짝은 진한 앞바다로 흘러갔지요. 한 노파가 궤짝을 주워 안에 있던 아이를 키웠어요. 아이는 몹시 똑똑하고 풍채가 좋았는데, 자라서 신라의 제4대 왕이 되었다고 해요.

「김수로왕 신화」를 비롯한 다른 난생 설화들의 내용도 흥미롭지만, 무엇보다 「구지가」의 내용이 강렬하게 다가오지 않나요? 다소 엽기적으로 느껴질 수도 있는 「구지가」는 집단적이고 주술적인 성격을 지니고 있습니다. 현재 전해지는 우리 노래 가운데 가장 오래된 작품으로 추정되기도 해요.

「구지가」의 성격이 '집단적'인 이유는 「김수로왕 신화」를 통해 알 수 있듯이 여러 사람이 함께 불렀기 때문이에요. 특히 여러 사람이 춤추면서 노래를 불렀다는 점에서 원시 종합 예술적인 모습이 나타나지요. 그렇다면 「구지가」의 성격이 '주술적'인 이유는 무엇일까요?

「구지가」의 1구에서 '거북'은 주술의 대상입니다. 십장생 가운데 하나인 거북은 예로부터 신령스러운 존재로 인식되었어요. 「구지가」에서도 거북은 신령스러운 존재를 상징하지요.

오릉(경북 경주)
신라 초기의 왕릉으로 박혁거세, 박혁거세의 왕비 알영, 제2·3·5대 신라 왕이 함께 묻혀 있다.

그렇다면 2구의 '머리'는 무엇을 의미할까요? 신령스러운 존재의 '머리'이므로 왕이나 우두머리를 뜻합니다. 결국 주술의 핵심 내용은 거북에게 머리를 내어놓으라는 거예요. 즉, 왕이 출현하기를 기원하고 있습니다. 하지만 거북의 머리를 내어놓지 않으면 구워서 먹겠다고 협박하고 있네요. 그만큼 왕의 출현을 바라는 마음이 강하다는 것을 알 수 있어요. 「구지가」의 주술적인 성격은 이후 「해가」, 「처용가」 등으로도 이어지지요.

　「구지가」는 집단의 소망을 담아 주문이나 술법을 외는 주술요에 가깝지만, 여러 사람이 구지봉의 흙을 파면서 부른 노동요로 보거나 왕을 맞이하는 행사에서 부른 영신군가로 보는 해석도 있습니다. '영신군(迎神君)'이라는 말이 왕을 맞이한다는 뜻이거든요. 이뿐만 아니라 '거북'과 '머리'의 의미도 학자마다 다양하게 해석하고 있답니다.

십장생(十長生)
오랫동안 존재한다고 여겨지는 열 가지 동식물 및 사물을 말한다. 일반적으로 해, 산, 물, 돌, 구름, 소나무, 불로초, 거북, 학, 사슴을 가리키나 달, 대나무, 복숭아 등이 포함되기도 한다. 사진은 경복궁 자경전 뒤쪽 굴뚝에 그려져 있는 십장생이다.

이별의 한이 물처럼 흐르다
- 백수 광부 아내의 「공무도하가」
____ ✎

여러분이 학교 수업 시간에 배우는 시나 현대인들이 좋아하는 시 중에는 서정시가 많습니다. '서정시(抒情詩)'란 개인의 감정이나 정서를 주관적으로 표현한 시를 뜻해요. 그렇다면 현재 전해지는 우리나라 시 가운데 가장 오래된 서정시는 무엇일까요? 바로 고조선 시대의 노래인 「공무도하가」랍니다.

「공무도하가」는 중국 문헌에서 전해지다가 조선 시대에 편찬된 『해동역사』에 한시로 기록되었습니다. 이 작품은 유일하게 전해지는 고조선 시대의 시라 문학사적 가치가 높아요. 그래서일까요? 「공무도하가」는 오랜 세월이 지난 지금까지도 우리나라의 많은 예술가에게 영감을 주고 있어요.

1995년에 가수 이상은은 〈공무도하가〉라는 6집 앨범을 발표했고, 2009년에 소설가 김훈은 『공무도하』라는 책을 출간했으며, 2014년에는 진모영 감독의 영화 〈님아, 그 강을 건너지 마오〉가 개봉했어요. 현재의 예술가들에게도 각별하게 다가온 「공무도하가」는 어떤 내용을 담고 있을까요?

「공무도하가」를 살펴보기 전에 이 작품과 관련된 설화의 내용을 먼저 소개할게요. 「공무도하가」는 한문으로 기록된 설화 속에 한역(漢譯) 시의 형태로 삽입되어서 전해졌어요. 입에서 입으로 전해지던 노래를 한자로 번역해 기록했다는 의미에서 한역이라고 한답니다.

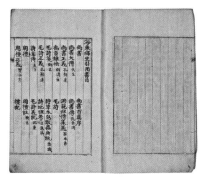

『해동역사』
고조선부터 고려 시대까지의 역사를 기록했다. 조선 정조~순조 때 한치윤이 저술한 본편 70권과 그의 조카가 보충한 속편 15권을 합쳐 총 85권이다. 객관적인 서술을 위해 우리나라, 일본, 중국의 역사서들을 참고했다.

고조선에 곽리자고라는 뱃사공이 있었습니다. 어느 날 새벽, 곽리자고는 배를 손질하고 있었어요. 그때 백수 광부(白首狂夫, 머리가 새하얀 미치광이)가 머리를 풀어헤치고 술병을 든 채 강으로 뛰어들었습니다. 백수 광부의 아내가 따라오면서 말렸지만 백수 광부는 결국 물에 빠져 죽었지요.

백수 광부의 아내는 공후(箜篌, 하프와 비슷한 동양의 옛 현악기)를 타며 노래를 지어 불렀는데 그 소리가 아주 슬펐어요. 노래를 마치자 아내도 강에 들어가 죽고 말았지요. 곽리자고는 집에 가서 아내인 여옥에게 이 내용을 말해 주었습니다. 남편의 말을 들은 여옥은 슬퍼하며 공후를 가지고 와 백수 광부의 아내가 지어 불렀던 노래를 다시 불렀어요.

안타까운 이야기지요? 백수 광부의 아내가 공후를 타며 부른 노래가 바로 「공무도하가」입니다. 설화를 알고 「공무도하가」를 읽으면 작품 속 '임'이 백수 광부를 가리킨다는 것을 알 수 있어요. 이제 「공무도하가」의 내용을 살펴볼까요?

公無渡河(공무도하)　　　　　　　임이여, 물을 건너지 마오.

公竟渡河(공경도하)	임은 끝내 물을 건너시네.
墮河而死(타하이사)	물에 빠져 돌아가셨으니
當奈公何(당내공하)	가신 임을 어이할꼬.

－백수 광부의 아내, 「공무도하가」 전문

「공무도하가」는 총 4구로 이루어진 작품입니다. 첫 번째 행인 1구의 해석을 보세요. 작품 제목인 '공무도하'의 의미가 바로 나왔네요. 앞에서 언급한 영화 〈님아, 그 강을 건너지 마오〉는 「공무도하가」의 1구에서 제목을 따온 것이랍니다.

이 작품에서 여러분이 특히 주목해야 할 소재는 1~3구에 나오는 '물'이에요. 각 구마다 '물'에 담긴 의미가 변화하거든요. 1구에서 화자는 물을 건너는 임을 말리고 있습니다. 이때 '물'은 자연물이 아닌 임을 향한 화자의 마음을 표현한 시어예요. 물을 건너듯이 화자의 마음을 쉽게 저버리지 말라는 의미이지요. 따라서 1구에 나타난 '물'은 화자의 사랑을 뜻해요.

공후를 연주하는 모습
공후는 서역에서 전해져 온 악기로 하프와 유사하다. 삼국 시대에 중국을 거쳐 우리나라로 들어왔다. 왼쪽 그림은 명 화가 구영이 공후를 연주하는 여인의 모습을 그린 것이다.

2구에서 임은 화자의 말을 듣지 않고 물을 건넜습니다. 화자와 임은 물을 사이에 두고 서로 떨어져 있어요. 그러므로 여기에서 '물'은 임과의 이별을 상징해요.

3구에는 임이 물에 빠져 죽은 상황이 나타나 있습니다. 임과 화자는 생사의 갈림길에서 완전히 갈라졌어요. 이제 다시는 서로 만날 수 없지요. 이때 '물'은 임의 죽음을 의미해요. 이처럼 「공무도하가」에서 '물'은 화자의 심리나 상황에 따라 여러 의미를 함축한 소재로 사용되었습니다.

그런데 백수 광부는 왜 물에 빠져서 죽었을까요? 술을 많이 마셔서 홧김에 그랬을까요? 아니면 오랜 고민 끝에 극단적인 선택을 한 걸까요? 백수 광부와 아내의 정체, 백수 광부의 행동에 관해서는 여러 학자의 다양한 해석이 있습니다. 대표적인 해석 몇 가지만 소개할게요.

첫 번째 해석에 따르면 술병을 들고 물에 뛰어든 백수 광부는 술의 신, 즉 주신(酒神)이라고 볼 수 있어요. 공후를 타며 노래 부르는 아내는 음악의 신, 즉 악신(樂神)이라고 볼 수 있고요.

두 번째 해석에 따르면 백수 광부는 신화적 존재라고 볼 수 있습니다. 백수 광부가 물에 뛰어들어 죽은 것은 기존 질서가 무너지고 새로운 질서가 등장한 상황을 나타내지요.

세 번째 해석에 따르면 백수 광부는 무당이라고 볼 수도 있습니다. 현대 소설이기는 하지만 김동리의 「무녀도」에도 이와 비슷한 상황이 나와요. 잠깐 「무녀도」의 내용을 소개할게요.

무당인 모화는 경주 어느 마을에서 벙어리 딸 낭이, 어려서 집을 나갔다 돌아온 아들 욱이와 살고 있었어요. 모화는 욱이가 예수교라는 종교에 귀의한 사실을 눈치챘습니다. 모화는 욱이의 성경을 불태우려다가 이를 말리는 욱이를 칼로 찔렀어요. 욱이는 심한 상처를 입어 결국 목숨을 잃었습니다. 이후 시간이 흐르며 마을에는 점점 예수교가 퍼져갔어요.

어느 날, 모화는 오랜만에 굿을 하다가 혼백을 건지겠다며 물속으로 들어갔어요. 그리고는 자취를 감추었지요. 낭이는 뒤늦게 나타난 아버지의 손에 이끌려 마을을 떠났고, 모화 가족이 살던 집은 그대로 버려졌습니다.

「무녀도」는 서구에서 들어온 기독교가 번성하는 반면 토속 신앙이 차츰 사라져 가는 상황을 잘 보여 준 작품입니다. 모자 사이의 갈등을 긴장감 있게 다룬 점도 눈에 띄고요. 김동리는 「무녀도」에서 기독교 혹은 토속 신앙, 그 어느 쪽의 편도 들지 않았어요. 다만 변화하는 시대 앞에 선 인간들의 모습을 비극적으로 그렸지요.

『무녀도』
소설가 김동리가 1936년에 발표한 단편 소설이다. 김동리는 이 작품을 여러 번 고쳐 썼는데, 왼쪽 사진은 1947년에 을유문화사에서 발행한 판본이다.

다시 「공무도하가」로 돌아가 볼게요. 「공무도하가」의 백수 광부를 무당으로 본다면, 그는 굿을 하는 과정에서 죽음을 맞이했다고 해석할 수 있어요. 고조선이 하나의 국가로 자리 잡으면서 법과 제도가 생기자 무당의 힘은 약해졌을 거예요. 무당으로서 설 곳이 없어진 백수 광부는 죽음을 선택했을 테고요.

한편 「공무도하가」에 나타난 이별의 슬픔은 우리 민족의 전통적 정서인 한(恨)과 맞닿아 있습니다. 한은 대부분 이별이나 죽음 때문에 생기는 감정이에요. 이 정서는 백제 가요인 「정읍사」(57쪽 참조)나 고려 가요인 「가시리」(131쪽 참조), 조선 시대 황진이의 시조(226쪽 참조) 등 많은 작품에 계승되었습니다. 이뿐만 아니라 현대 시인 김소월의 「진달래꽃」도 한의 정서를 이어받았지요.

「진달래꽃」
1925년 발간된 김소월의 시집 『진달래꽃』의 표제작이다. 3음보 민요조의 전통적인 리듬으로 이별의 슬픔을 표현했다. 한국인이 가장 좋아하는 시로 꼽힌 적이 있으며 노래로도 여러 번 만들어졌다.

"다정한 꾀꼬리가 부럽구나"

- 유리왕의 「황조가」

앞에서 살펴본 작품 중 고구려 건국 시조에 관한 설화는 무엇이었나요? 네, 맞습니다. 바로 「주몽 신화」였지요. 지금부터 고주몽, 즉 동명성왕의 첫째 아들이자 고구려 제2대 왕이었던 유리왕에 관한 이야기를 하려 합니다. 이 이야기는 단군왕검이나 고주몽의 설화처럼 신성성을 강조한 신화라기보다는 한 인간으로서 유리왕이 겪은 우여곡절을 다루고 있어요.

「주몽 신화」에서 살펴본 것처럼 주몽은 산악 지대인 졸본에 고구려를 세웠습니다. 고구려는 주변의 작은 나라들을 정복하며 평야로 진출했어요. 유리왕은 서기 3년, 압록강변에 있는 국내성으로 도읍을 옮기면서 고구려의 기틀을 마련했습니다. 이후 고구려는 약 400년 동안 국내성을 중심으로 발전했지요.

국내성(중국 지린성)
장수왕이 평양으로 천도하기 전까지 고구려는 국내성을 중심으로 세력을 키워나가며 중앙 집권적 고대 국가의 틀을 마련했다.

수산리 고분 벽화(평남 강서)
고구려 상류층 사람들이 어떤 옷을 입고 살았는지 확인할 수
있는 벽화이다.

유리왕은 우리 역사에서 중요한 업적을 남겼습니다. 여러 모로 능력이 뛰어나 사람들에게 인정받는 왕이기도 했지요. 하지만 그의 삶은 그리 행복하지 않았던 모양이에요. 유리왕에게 가장 큰 영향을 끼친 불행은 아버지인 주몽과 관련한 사건이었답니다.

주몽은 부여를 떠나기 전에 이미 결혼한 상태였습니다. 그의 부인은 임신 중이었지요. 주몽은 증표를 숨겨 놓은 뒤 부인에게 이렇게 말했습니다. 아들을 낳는다면 그 아이를 증표와 함께 자신에게 보내라고 말이지요. 그리고 주몽은 집을 떠났어요.

유리는 아버지를 모른 채 자랐습니다. '아비 없는 자식'이라는 말까지 들었다고 해요. 유리는 어머니에게 자신은 왜 아버지가 없느냐고 물었지만, 어머니는 사실을 말해 주지 않았어요. 아직 어린 유리가 말을 잘못해서 부여 왕자들의 미움을 살까 봐 걱정했기 때문이지요. 시간이 흘러 유리는 자신의 아버지가 주몽이라는 사실을 알아차렸고, 아버지가 숨겨 놓은 증표를 찾아서 고구려로 떠났습니다. 그곳에서 아버지를 만난 유리는 이후 고구려 제2대 왕이 되었지요.

이제 유리왕의 삶은 행복한 방향으로 바뀌었을 것 같나요? 안타깝게도 그의 불행은 왕위에 오르고 나서도 끝이 없었어요.

유리왕이 결혼한 이듬해에 왕비인 송 씨가 먼저 세상을 떠났습니다. 유리왕은 두 명의 여자를 다시 부인으로 맞았지요. 한 사람은 고구려 귀족의 딸인 화희였고, 또 한 사람은 한족(漢族) 출신인 치희였어요. 화희와 치희는 유리왕의 사랑을 독차지하기 위해 자주 다퉜어요. 유리왕은 동궁과 서궁을 짓고 두 사람을 따로 머물게 했지요.

어느 날, 유리왕이 사냥을 떠난 틈을 타 화희와 치희는 싸우기 시작했습니다. 두 사람의 감정은 점점 격해졌어요. 결국 화희는 치희에게 다음과 같은 말까지 했지요. "너는 비천한 한족 출신으로 어찌 이리 예의가 없느냐?"

당시 한족 중에는 상인이 많았어요. 유리왕은 경제적인 도움을 받기 위해 한족과 혼인 관계를 맺었을 거예요. 하지만 몇몇 고구려 사람들은 과거에 한이 고조선을 멸망시켰다는 이유로 한족에 적대심을 가지고 있었습니다. 아무리 그렇다고 해도 멀리 시집온 치희의 입장에서는 화희의 말에 화가 많이 났겠지요? 치희는 자존심이 상하고 분해서 자기 집으로 돌아가 버렸어요.

사냥에서 돌아온 유리왕은 이 소식을 듣고는 말을 타고 급히 쫓아갔어요. 하지만 때는 이미 늦었지요. 유리왕은 나무 그늘에서 잠시 쉬어 가기로 했습니다. 암수 꾀꼬리 한 쌍이 나뭇가지에 앉아 있었어요. 그 모습을 가만히 바라보던 유리왕은 다음과 같은 노래를 지어 불렀답니다.

翩翩黃鳥(편편황조)	훨훨 나는 꾀꼬리
雌雄相依(자웅상의)	암수 서로 정답다.
念我之獨(염아지독)	외로운 이내 몸은
誰其與歸(수기여귀)	누구와 돌아갈까.

-유리왕,「황조가」전문

유리왕이 혼자가 된 자신의 처지를 한탄하며 부른 노래가 바로「황조가」입니다. 이 노래는『삼국사기』에 실려 전해졌어요. 제목의 '황조(黃鳥)'는 꾀꼬리를 가리키는 한자어예요.

「황조가」는「공무도하가」와 함께 우리나라에서 가장 오래된 서정시로 꼽힙니다. 정확히 말하면 현재 전해지는 것 중 가장 오래된 '개인적' 서정시지요. 유리왕이라는 작가가 뚜렷하게 밝혀진 작품이니까요. 화자의 감정인 '외로움'은 3구에 직접적으로 나타나 있네요.

「황조가」역시 다른 고대 가요처럼 4구로 이루어져 있습니다. 길이는 짧지만 이 작품에는 대칭적인 균형이 숨어 있어요. 우리 함께 작품 속에 꼭꼭 숨어 있는 균형을 찾아볼까요?

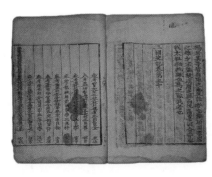

『삼국사기』
고려 인종 때인 1145년 김부식이 왕명에 따라 펴낸 역사책으로 고구려, 백제, 신라의 역사가 기록되어 있다. 현재까지 전하는 우리나라의 역사책 중 가장 오래되었다.

가장 먼저 눈에 띄는 것은 꾀꼬리와 화자의 처지입니다. 둘은 서로 대비됩니다. 암수 꾀꼬리는 정다운 상태지만, 첫 번째 왕비와 사별하고 사랑했던 치희마저 떠나버린 유리왕은 쓸쓸하고 외로운 상황이니까요. 꾀꼬리의 '정다움'과 유리왕의 '외로움'이라는 정서도 대칭을 이루지요.

1, 2구와 3, 4구도 대조를 이룹니다. 1, 2구에서 화자는 정답게 노는 암수 꾀꼬리를 바라보고 있어요. 이 부분은 '선경(先景)'에 해당합니다. 화자가 자신의 감정을 말하기 전에 제시하는 경치나 자연물을 뜻하지요. 3, 4구에서는 화자의 감정이 나타나 있어요. 이 부분은 '후정(後情)'에 해당합니다. 이를 통해 「황조가」는 '선경후정'의 방식으로 시상이 전개되었다는 것을 알 수 있어요.

'치희는 떠났지만 유리왕 곁에는 아직 화희가 있잖아?' 이렇게 생각하며 유리왕의 외로움에 공감하지 못하는 사람도 있을 것입니다. 하지만 앞에서 소개했던 유리왕의 삶을 떠올려 보세요. 유리왕은 아버지를 모른 채 자랐고, 어머니 곁을 떠나 방랑하다가 왕이 되었지만 첫 번째 왕비도 먼저 세상을 떠났어요. 유리왕이 처한 상황으로 보아 그는 다른 사람보다 더 사랑에 굶주렸는지도 모르지요. 치희가 곁을 떠나자 유리왕은 더욱 외롭고 허탈했을 것입니다. 남아 있는 화희마저 자신을 떠나지 않을까 불안했을 수도 있고요. 이처럼 「황조가」에는 신성한 왕이 아닌, 평범한 한 인간의 개인적이고 보편적인 정서가 고스란히 담겨 있답니다.

지금까지 설명한 내용처럼 「황조가」를 해석하는 것이 일반적이지만 이 노래 역시 오래된 작품이다 보니 해석에 여러 견해가 있습니다. 특이하게도 「황조가」를 서정시가 아닌 서사시로 보는 견해도 있어요.

화희에서 '화(禾)'는 '벼'를 의미하고, 치희에서 '치(雉)'는 '꿩'을 뜻합니다. 따라서 화희는 농경 민족, 치희는 수렵 민족을 상징한다고 볼 수 있지요. 두 부족의 갈등을 해결하지 못해서 유리왕이 탄식하고 있다고 해석할수도 있습니다. 이 감정은 개인적인 것이 아니라 부족 간의 갈등에서 생긴 것이므로 서정시가 아닌 서사시로 본 거예요. 이외에도 「황조가」를 고구려 민요로 보는 견해나 첫 번째 왕비인 송 씨를 잃은 슬픔을 노래한 작품으로 보는 견해도 있답니다.

이처럼 「황조가」를 풀이하는 관점은 다양하지만, 작품 속에 표현된 유리왕의 쓸쓸함만큼은 여러분도 확실히 느낄 수 있겠지요? 누가 됐든 소중한 사람을 잃고 혼자 남겨진 유리왕은 무척 슬펐을 테니까요.

"무사하게만 돌아오세요."
- 어느 행상인의 아내의 「정읍사」

  머리가 희끗희끗해진 한 부부가 있었습니다. 부부는 결혼 30주년을 맞아 조금 특별한 여행을 하기로 했어요. 부부가 선택한 여행지는 전북 정읍에 있는 정읍사 오솔길이었습니다. 결혼 30주년 여행치고는 너무 소박한 것 같나요? 그렇지 않아요. 이 오솔길은 단순한 산책길이 아니라 이야기가 담겨 있는 길이거든요.

  특히 오솔길 1코스는 '만남, 환희, 고뇌, 언약, 실천, 탄탄대로, 지킴'이라는 7개의 주제로 구간이 나뉘어 있습니다. 딱 봐도 부부나 연인에게 어울리는 주제로 이루어진 길이지요?

  정읍사 오솔길은 이름 그대로 백제 가요인 「정읍사」를 토대로 만들어진 길이에요. 뒤에서 자세히 살펴보겠지만, 「정읍사」에는 남편이 안전하기를 바라는 아내의 간절한 마음이 담겨있습니다. 정읍사 문화공원에서 월영 마을을 지나 내장호 둘레로 이어지는 정읍사 오솔길을 걸으면서 「정읍사」를 떠올리고 이런저런 대화를 나누다 보면 부부간의 추억과 사랑이 샘솟을 거예요.

  「정읍사」는 현재 전해지는 유일한 백제 노래입니다. 게다가 한글로 기록되어 전해지는 고대 가요 가운데 가장 오래된 작품이지요. 「정읍사」는 오랜 기간 입에서 입으로 전해지다가 『악학궤범』에 한글로 기록되었습니다. 작품을 감상하기 전에 배경 설화의 내용을 먼저 소개할게요.

  정읍에 한 부부가 살고 있었어요. 남편은 행상(行商, 이리저리 돌아다니며 물건을 파는 일)을 나가서 오랫동안 집에 돌아오지 않았지요. 그러자 아내는 높은 산에 올라가 달을 바라보며 남편이 무사하기를 기원했어요. 전해지는 내용으로는 아내가 오른 언덕에 망부석(望夫石, 어느 아내가 멀리 떠난 남편을 기다리다 그대로 죽은 뒤 굳어버렸다는 돌)이 있었다고 하지요.

현재는 정읍사 문화공원에 망부상이 세워져 있습니다. 석상이 된 백제 여인은 두 손을 모은 채 정읍 시가지를 바라보고 있지요. 남편을 기다리며 간절한 마음으로 불렀을 「정읍사」는 어떤 내용일까요? 지금부터 감상해 보도록 해요.

돌하 노피곰 도ᄃ샤

어긔야 머리곰 비취오시라

어긔야 어강됴리

아으 다롱디리

『악학궤범』

조선 성종 24년인 1493년에 성현, 유자광 등이 왕명에 따라 제작한 음악책이다. 음악의 원리, 악기 배열, 무용 절차, 악기 등에 관해 자세히 적었으며 백제 가요인 「정읍사」, 고려 가요인 「동동」 등이 한글로 실려 있다.

져재 녀러 신고요

어긔야 즌 디롤 드디욜셰라

어긔야 어강됴리

어느이다 노코시라

어긔야 내 가논 디 졈그룰셰라

어긔야 어강됴리

아으 다롱디리

〈현대어 풀이〉

달님이시여, 높이 높이 돋으시어

아, 멀리멀리 비추어 주소서.

어긔야 어강됴리

아으 다롱디리

시장에 가 계신가요?

아, (임이) 진 곳을 디딜까 두렵습니다.

어긔야 어강됴리

어느 것이나 다 놓아 버리십시오.

아, 내(임) 가는 그 길이 저물까 두렵습니다.

어긔야 어강됴리

아으 다롱디리

-어느 행상인의 아내, 「정읍사」 전문

「정읍사」는 '기-서-결' 세 부분으로 나눌 수 있습니다. 우선 '기'는 1구에서 4구까지예요. 「정읍사」의 화자인 아내는 달을 바라보면서 소원을 빌고 있습니다. 오랜 세월 동안 남편이 무슨 이유로 집에 돌아오지 않는지 모르는 아내로서는 그가 혹시나 위험에 처했을까 봐 걱정이 많이 되겠지요. 그래서 달에게 높이 떠서 멀리까지 비추어 달라고 기원했어요. 여기에서 '달'은 신성하고 영원한 것을 상징합니다. 아내는 거룩하게 여겨지는 달을 향해 소원을 빌었지요.

3, 4구는 현대어 풀이가 없지요? 특별한 의미 없이 반복된 이 부분은 조흥구라고 합니다. '조흥구(助興句)'란 시에서 흥을 돋우기 위해 운율 조성의 보조 수법으로 넣는 구를 뜻해요. 후렴과 비슷하지요. 운율감이 좋은 「정읍사」는 고려와 조선 시대에 궁중 음악으로도 사용되었답니다.

'서'는 5구에서 7구까지입니다. '져재', 즉 '시장에'라는 구절을 통해 남편이 행상인이라는 것을 짐작할 수 있어요. 아내는 남편이 '즌 디', 즉 '진 곳'을 디딜까 봐 염려합니다. 여기에서 '진 곳'은 말 그대로 질척질척한 땅을 뜻하기도 하고, 부정적인 것이 많은 곳을 의미하기도 해요. 부정적인 것은 무엇을 말하는 걸까요? 남편을 유혹하는 다른 여인일 수도 있고, 남편의 돈을 노리는 강도일 수도 있겠지요.

'결'은 8구부터 11구까지예요. 여기서 8구의 "어느이다 노코시라"는 두 가지로 해석할 수 있어요. 하나는 어느 곳에든 내려놓으라는 뜻이고,

또 하나는 어느 것이나 내려놓으라는 뜻이에요. 내려놓으라는 것은 시장에 물건을 팔러 나갈 때 가지고 간 남편의 짐을 의미하고요.

정읍사의 1구를 보면 아내가 소원을 빌고 있는 시간적 배경을 알 수 있습니다. 바로 달이 뜬 밤이지요. 밤늦게까지 남편이 돌아오지 않았으니 아내는 애가 많이 탔을 거예요. 그러니 아내는 남편이 물건을 많이 팔아 돈을 벌어 와도 소용없다고 느꼈을 것입니다. 가지고 있는 모든 것을 아무 데나 내려놓고서라도 아내는 그저 남편이 무사히 집으로 돌아오기만을 바라고 있으니까요.

'결'에는 여러분이 좀 더 집중해서 봐야 할 구절이 있습니다. 바로 9구의 "내 가논 디 졈그롤셰라"예요. '내'는 아내를 가리키기도 하고, 남편을 가리키기도 합니다. 또는 부부인 두 사람 모두를 지칭하기도 하지요. '가논 디', 즉 '가는 그 길'은 아내가 앞으로 살아갈 길, 임인 남편이 행상을

정읍사 문화공원 망부상(전북 정읍)
어느 여인이 돌아오지 않는 남편을 기다리다가 돌이 되어버렸다는 「정읍사」의 이야기를 토대로 만들었다.

다닐 길, 부부의 인생길 등 다양하게 해석할 수 있어요. 남편을 기다리는 아내의 심정은 이토록 복잡했습니다. 아내는 모든 길이 저물까 봐, 즉 순조롭지 않을까 봐 두려워하고 있어요.

「정읍사」의 화자인 아내는 우리나라의 전통적인 여인상에 가깝습니다. 괴로움을 참고 기다리며 희생하고 순종하는 미덕을 지녔으니까요. 김소월의 「진달래꽃」에 등장하는 화자도 이와 비슷한 여인이지요.

여러분 중에는 이러한 여인들이 답답하다고 생각하는 사람도 있을 거예요. 분명한 점은 전통적인 여인상을 통해 우리가 본받아야 할 점과 비판할 점이 각각 있다는 것입니다. 가족을 위해 자신을 희생하고 사랑을 베푸는 태도는 지금도 충분히 미덕으로 여겨질 만한 점이에요.

내장산(전북 정읍)
전북 정읍시와 순창군 경계에 있으며 호남 5대 명산에 속한다. 단풍으로 유명하다.

하지만 가부장적 제도 아래에서 무조건 순종하거나 희생하는 태도가 바람직한 것은 아니지요. 특히 조선 시대에는 여성들이 심한 억압을 받으며 살아갔어요. 당시 여성들은 활발한 사회 활동을 할 수도 없었고, 주체적으로 의견을 주장하거나 남자 없이 자유롭게 살아가기도 어려웠습니다. 많이 답답했겠지요? 이와 연관된 작품들은 뒤쪽에서 자세히 살펴볼 수 있답니다.

이제 왜 앞에서 소개한 부부가 결혼 30주년 기념 여행지로 정읍사 오솔길을 선택했는지 이해가 되나요? 남편이 어느 곳에 있든 안전하기를 바랐던 아내의 사랑, 두 사람의 남은 인생길이 순탄하기를 바랐던 「정읍사」 속 화자의 마음이 전해졌기 때문일 거예요. 이름 모를 한 백제 여인의 정성이 현재의 부부에게도 와닿은 것이지요. 두 사람은 정읍사 오솔길을 천천히 걸으면서 앞으로의 인생길이 평탄하기를 바랐겠지요.

3과

시에 담긴 우리말
향가

　신라 시대는 승려, 화랑 등 다양한 신분의 사람들이 시를 창작하던 시기였습니다. 이들이 쓴 시를 '향가'라고 하는데, 신라부터 고려 초기까지 창작되었어요. 향가의 가장 큰 특징은 향찰이나 이두로 표기된 우리 고유의 시가라는 점이에요.

　향찰은 한자의 음과 뜻을 빌려 우리말을 표기하는 방법입니다. 자세히 설명하자면 한자의 음으로는 조사나 어미를 표기했고, 한자의 뜻으로는 실질적인 뜻을 가진 형태소를 표기했어요. 이두는 한문의 문장을 우리말 어순대로 재배열한 뒤 토씨나 어미만 향찰 형식으로 붙여 한문과 우리말을 혼합한 표기법입니다. 그때까지만 해도 아직 우리 글자가 없었기에 한자를 빌려 국어 문장을 적었지요.

　향가에는 사람들이 모여 의식을 치르기 위해 부른 의식가, 누군가를 찬양하기 위해 부른 찬가, 민중 사이에서 생겨나 전해진 민요, 개인의 서정을 노래한 서정가 등이 있어요. 초기에는 「서동요」나 「도솔가」처럼 네 개의 구, 즉 4행으로 이루어진 4구체 향가가 있었어요. 4구체 향가는 4구가 더해져 8구체 향가로 발전했습니다. 대표 작품으로 「모죽지랑가」, 「처용가」를 꼽을 수 있어요.

　향가의 발전은 여기서 멈추지 않았어요. 「원왕생가」, 「제망매가」처럼 8구체 향가에 2구가 더해진 10구체 향가도 나타났거든요. 즉, 10구체가 가장 완성된 형태의 향가라고 할 수 있어요. 현재 전해지는 향가는 『삼국유사』와 『균여전』에 수록된 것을 합쳐 총 25수입니다.

삼국 시대의 '미스터리한' 사랑 이야기
- 서동의 「서동요」

　신라는 진흥왕 때 전성기를 누렸습니다. 이때 신라 영토도 크게 확장되었지요. 신라는 한강 유역을 장악하면서 삼국 경쟁의 주도권을 잡았어요. 그러는 동안 백제 성왕은 신라군에 의해 전사하기도 했습니다. 지금의 충북 옥천에 있는 관산성에서 전투가 있었거든요. 상황이 이렇다 보니 백제가 가만있지 않았겠지요?

　특히 진평왕이 신라를 다스릴 때는 어느 시기보다 백제와 치열한 전투가 많이 벌어졌습니다. 당시 백제의 왕은 무왕이었어요. 이처럼 신라와 백제의 전투가 잦았던 시기에 진평왕과 무왕이 각각 장인과 사위였다고 한다면 믿을 사람이 몇 명이나 될까요? 장인과 사위 관계로 맺어진 두 나라가 계속해서 전투를 벌였다니, 이해하기 어려운 사람도 있을 거예요.

서울 북한산 신라 진흥왕 순수비(국립중앙박물관)
신라 제24대 진흥왕은 화랑도를 국가 조직으로 개편하고, 영토를 크게 확장했다. 특히 한강 하류 지역을 빼앗아 삼국 통일의 기반을 마련했다. 진흥왕은 새로 점령한 영토를 기념하기 위해 단양 적성비와 네 개의 순수비를 세웠는데, 왼쪽 사진은 북한산을 점령한 뒤 세운 순수비이다.

극적으로 느껴지는 이 가정은 「서동요」와 관련된 설화에서 출발했습니다. 「서동요」는 현재 전해지는 향가 중 가장 오래된 작품이에요. 따라서 형식은 4구체 향가겠지요? 향가가 막 창작되던 초기에 만들어졌으니까요. 「서동요」와 관련된 설화는 『삼국유사』에 실려 전해집니다.

「서동요」는 특이하게도 민요가 향가로 정착한 작품이에요. 서동이 아이들에게 부르게 했다는 점에서 동요의 성격도 지니고 있고요. 알다가도 모를 이 알쏭달쏭한 노래는 어떻게 창작되었을까요? 지금부터 「서동요」의 배경 설화를 소개할게요.

백제 무왕은 어릴 적에 마를 캐어 팔아서 '서동'이라고 불렸습니다. '서동(薯童)'에서 '서(薯)'는 채소의 일종인 '마'를, '동(童)'은 아이를 뜻하거든요. 게다가 서동이 살았던 백제에 속하는 전라북도 익산시 왕궁면은 지금도 마가 많이 재배되는 지역으로 유명하답니다.

궁남지(충남 부여)
백제 사비 시대의 연못으로 서동의 탄생 설화와 관련된 곳이다. 연못가에서 살던 어느 과부가 있었는데 그녀는 검은 용과 연을 맺어 서동을 낳았다고 한다.

서동은 신라 진평왕의 셋째 딸인 선화 공주가 예쁘다는 소문을 듣고 백제와 적국이었던 신라로 향했습니다. 그는 마를 나누어 주며 성안에 사는 아이들과 친하게 지냈어요. 그리고 「서동요」를 지어 아이들에게 부르도록 했지요.

善化公主主隱(선화공주주은)	선화 공주님은
他密只嫁良置古(타밀지가량치고)	남몰래 결혼하고
薯童房乙(서동방을)	맛둥 서방을
夜矣卯乙抱遣去如(야의묘을포견거여)	밤에 몰래 안고 간다.

－서동, 「서동요」 전문

서동은 왜 이런 노래를 만들어 아이들에게 부르게 했을까요? 그는 「서동요」가 대궐까지 퍼져서 선화 공주가 쫓겨나기를 바랐어요. 신분이 낮은 서동이 직접 궁궐에 들어가서 선화 공주를 만날 수는 없었으니까요. 선화 공주가 궁궐에서 쫓겨나면 자신의 아내로 삼고자 했지요. 그런데 재미있는 점은 「서동요」의 주체가 서동이 아닌 선화 공주라는 거예요. 「서동요」의 1구를 보세요. 서동은 자신의 욕구를 선화 공주의 욕구로 바꾸어서 표출했어요.

서동의 계획대로 「서동요」는 대궐 안까지 퍼졌습니다. 진평왕은 크게 화를 내며 선화 공주를 내쫓았어요. 선화 공주의 어머니인 마야부인은 눈물을 흘리며 공주에게 순금 한 말을 주었지요. 선화 공주가 귀양 가는 도중, 서동이 나타나 공주를 모시고 가겠다고 하자 선화 공주는 기뻐하며 허락했어요. 이를 계기로 두 사람은 혼인했습니다. 「서동요」의 내용이 현실로 이루어진 셈이지요. 선화 공주도 자신과 혼인한 사람이 서동이었다는 사실을 알고 깜짝 놀랐을 거예요.

서동과 선화 공주는 백제로 향했습니다. 공주는 어머니가 준 순금으로 생계를 꾸려 가고자 했어요. 순금을 본 서동은 공주에게 그게 무엇이냐고 물었습니다. 자신이 어릴 때부터 마를 캐던 땅에는 순금이 흙처럼 쌓여 있어 귀한 것인 줄도 몰랐다고 했지요. 깜짝 놀란 선화 공주는 그 금을 모아 부모님이 계신 궁궐에 보내자고 했어요.

서동은 금을 잔뜩 쌓아 놓고는 용화산 사자사의 지명 법사에게 도움을 청했습니다. 지명 법사는 신통력을 써서 하룻밤 사이에 금을 신라 궁궐로 보냈어요. 이를 놀랍게 여긴 진평왕은 서동을 믿고 인정하기 시작했고, 서동은 두루 인심을 얻어 훗날 백제 무왕이 될 수 있었다고 해요.

여기서 잠시 미륵사라는 절에 관한 이야기를 해볼게요. 미륵사는 전북 익산에 있는 절인데, 백제 무왕 때 세워졌다고 해요. 어느 날, 백제 무왕이 왕비와 함께 사자사에 행차했어요. 그들이 용화산 아래 큰 못가에 다다르자 미륵 삼존이 나타났습니다. 미륵은 세상을 구원하고 사람들에게 깨달음을 주기 위해 미래에 나타날 거라고 불교에서 소개하는 보살이에요. 미륵을 본 왕비는 왕에게 이곳에 절을 세우자고 청했어요. 그런데 못가에 절을 만들기 위해서는 우선 연못을 메워야 했어요. 무왕은 다시 지명 법사에게 도움을 요청했습니다. 지명 법사는 산을 무너뜨려 연못을 메웠다고 해요. 바로 그 자리에 미륵사라는 절이 세워졌지요.

『삼국유사』의 내용으로 짐작한다면 미륵사를 세우자고 청한 왕비는 선화 공주겠지요. 2009년, 이와 관련해 역사학계가 발칵 뒤집힌 사건이 있었어요. 미륵사지 서탑(西塔)을 해체하던 도중 발견된 금동 사리함 명문(銘文, 쇠붙이나 돌, 그릇 따위에 새겨 놓은 글) 때문이었지요. 이 글에 따르면 백제 무왕의 왕비는 선화 공주가 아니라 사택 왕후였거든요. 이외에도 진평왕에게는 두 명의 딸이 있었기 때문에 셋째 딸인 선화 공주는 있을 수 없고, 서동은 과부의 아들이어서 왕이 되기 힘든 신분이었다고 보는 의견도 있답니다.

"아니, 그렇다면 서동과 선화 공주의 혼인은 가짜였던 거야?" 이렇게 외치며 배신감을 느끼는 사람도 있을 거예요. 도대체 어떻게 된 걸까요? 「서동요」와 배경 설화는 후대에 지어진 가짜 이야기일까요?

미륵사지 석탑(전북 익산)
미륵사는 백제 시대 최대의 사찰로 현재는 절터와 석탑 두 개만 남아 있다.

여러 전문가의 말에 따르면, 『삼국유사』의 내용을 거짓이라고 단정하는 것은 위험할 수도 있다고 합니다. 오히려 금동 사리함 명문 내용은 『삼국유사』의 기록이 틀림없다는 것을 입증한다고 보았지요. 게다가 당시 백제에는 두 명의 왕비를 두는 풍습이 있었으므로 「서동요」의 설화 내용이 전부 거짓이라고 판단하기에는 무리가 있다는 거예요.

최근에는 백제 무왕의 왕비가 선화 공주라는 증거가 나왔습니다. 전북 익산에 무왕과 왕비가 묻힌 것으로 추정되는 '익산 쌍릉'이 있어요. 쌍릉에서 나온 치아가 성인 여성의 것으로 밝혀졌을 뿐만 아니라 석실 안에서 신라 계통의 토기까지 나왔습니다. 이를 토대로 쌍릉에 묻힌 왕비가 선화 공주라는 의견이 나왔지요.

금제사리봉영기(앞면)
사택적덕의 딸인 백제 왕후가 미륵사를 창건하며 사리를 보관했다는 내용과 함께 사찰의 창건 목적과 건립 연대 등을 밝혔다.

가장 오래된 향가여서일까요?「서동요」의 진실은 아직도 밝혀지지 않았습니다. 짧은 4구체 향가인데 풀이도 까다롭고요. 그럼에도 이 노래는 당시 많은 사람의 관심을 끌었을 것입니다. 지금도 사실 여부와 상관없이 신분을 뛰어넘은 두 사람의 사랑 이야기에 많은 사람이 관심을 가지고 상상력을 발휘하는 것처럼요. 아니면 당시 전쟁에 지친 사람들이 백제와 신라의 화합을 바라는 마음을 담아 서동에 대한 이야기를 만들어낸 것은 아닐까요? 여러분도 자유롭게 상상해보면 어떨까요?

쌍릉(전북 익산)
무덤 두 기가 남북으로 나란히 놓여 있어 쌍릉이라 부른다. 무왕과 선화 공주의 무덤일 것으로 짐작되지만, 도굴되어 유물이 남아 있지 않아 뚜렷한 증거는 없다.

사람들은 왜 처용 얼굴을 문에 붙여 놓았을까
- 처용의 「처용가」

울산의 한 목재소에서 사무직원으로 일하던 사람이 있었습니다. 시인이 되고 싶었던 그는 시집을 손에서 놓지 않았지요. 어느 날, 그는 김춘수 시인의 「처용단장」이라는 시를 읽었어요. 시를 읽어 내려가던 그는 온몸에 전율을 느꼈습니다. 「처용단장」을 통해 처용이라는 존재와 「처용 설화」가 탄생한 곳이 울산이라는 사실을 처음 알았기 때문이지요. 이후 그는 1989년부터 처용탈을 만들기 시작했어요. 이 사람이 바로 처용탈 명장으로 불리는 김현우 씨랍니다.

처용탈은 신라 제49대 왕인 헌강왕 때부터 전통 궁중무인 처용무를 출 때 사용하던 탈입니다. 처용무는 한 해의 마지막 날 궁궐에서 열렸던 일종의 의식이었어요. 새해를 앞두고 온갖 악귀를 쫓아내면서 왕실의 평안을 빌었지요. 하지만 일제 강점기가 되자 처용무는 위기를 맞았습니다. 1900년부터 1930년까지 처용탈 제작과 처용무가 중단되었고, 일본 사람들이 자기네 탈을 기본으로 해서 처용탈을 만들었지요.

처용무
처용탈을 쓰고 추는 춤이자 가면극이다. 다섯 명의 사람과 다섯 개의 색깔은 동, 서, 남, 북, 중앙의 오방(五方)을 의미한다.

처용탈
신라부터 조선 시대까지 각종 귀신을 쫓기 위한 나례 행사에 등장했다.
처용탈의 머리 부분에 복숭아 꽃, 잎, 열매를 장식한 것은 귀신을 퇴치
하기 위해서였다.

이 사실을 알게 된 김현우 씨는 처용의 '진짜' 얼굴을 찾기 위해 처용탈
제작에 남은 인생을 걸기로 했습니다. 그는 1995년에서야 『악학궤범』에
실린 그림과 비슷한 처용탈 하나를 겨우 완성했어요. 우리나라에서 우리
고유의 처용탈을 만들 수 있는 사람이 없어 그림만 보고 혼자 제작했지
요. 김현우 씨의 노력과 처용무를 계승하려는 무용수들의 열정으로 처용
무는 2009년 유네스코 인류 무형 문화유산으로 지정되었답니다.

시인이 되고자 했던 김현우 씨를 처용탈 명장으로 만든 「처용 설화」와
처용이 부른 노래인 「처용가」는 어떤 내용일까요?

신라 헌강왕 때였습니다. 왕은 개운포(지금의 울산)에 놀러 나갔다가 돌
아오는 길에 물가에서 잠시 쉬었어요. 그때 갑자기 구름과 안개가 자욱해
져서 사방이 보이지 않았어요. 왕은 이상하게 여기며 신하들에게 어찌 된
일인지 물었어요. 일관(日官, 삼국 시대에 천문 관측과 점성을 담당했던 관원)
이 "이것은 동해 용왕의 조화(造化, 사람의 힘으로 어찌할 수 없을 정도로 신
통한 일)입니다. 마땅히 좋은 일을 해서 동해 용왕의 마음을 풀어 주어야
합니다."라고 아뢰었지요.

처용암(울산 남구)
신라 헌강왕이 개운포에 와서 놀다가 잠시 쉬다 간 곳이라고 알려져 있다.

왕이 근처에 절을 세우라고 명령하자 바로 구름과 안개가 걷혔어요. 왕은 그곳에 개운포라는 이름을 붙였습니다. '개운포(開雲浦)'는 구름이 걷힌 물가라는 뜻이에요. 이때 개운포에 세워진 절은 울산시 울주군에 있는 망해사입니다. 안타깝게도 지금은 남아 있지 않아요.

동해 용왕은 크게 기뻐하며 일곱 명의 아들을 데리고 왕 앞에 나타났습니다. 동해 용왕은 왕에게 사례하고는 아들 가운데 한 명을 왕에게 보내 왕의 정사(政事, 정치 또는 행정상의 일)를 돕게 했어요. 이 아들이 바로 처용이었지요. 왕은 아름다운 여인을 골라 처용의 아내로 맺어주고 처용에게 벼슬까지 주었어요.

어느 날, 처용은 밤늦게 집에 돌아와 놀라운 광경을 보았어요. 역신(疫神, 전염병의 일종인 천연두를 이르는 말. 또는 천연두를 부리는 신)과 아내가 방에 함께 누워 있는 게 아니겠어요? 그런데 이 모습을 본 처용의 태도가 더욱 놀라웠습니다. 그는 노래를 지어 부르고 춤추며 자리에서 물러났거든요. 처용이 부른 노래 내용은 다음과 같습니다.

망해사지 석조 부도(울산 울주)
임진왜란으로 폐허가 된 망해사는 17~18세기 즈음 중건된 것으로 보인다. 이후 「대동여지도」에는 등장하지만 19세기 중후반을 거치며 사라졌고, 지금은 석조 부도 두 개만 남아 있다.

東京明期月良(동경명기월량)	서울 밝은 달밤에
夜入伊遊行如可(야입이유행여가)	밤 깊도록 놀고 다니다가
入良沙寢矣見昆(입량사침의견곤)	들어와 잠자리를 보니
脚烏伊四是良羅(각오이사시량라)	다리가 넷이로구나.
二肹隱吾下於叱古(이힐은오하어질고)	둘은 내 것이지만
二肹隱誰支下焉古(이힐은수지하언고)	둘은 누구 것인고.
本矣吾下是如馬於隱(본의오하시여마어은)	본디 내 것이지마는
奪叱良乙何如爲理古(탈질량을하여위리고)	빼앗긴 것을 어찌하리.

–처용, 「처용가」 전문

『삼국유사』에 실린 「처용가」는 현재 전해지는 신라 향가 중 가장 늦게 만들어진 작품입니다. 하지만 형식상으로는 4구체 향가와 10구체 향가의 중간 단계에 해당하는 8구체 향가지요. 「처용가」의 주술적인 성격은 앞에서 살펴본 「구지가」에서부터 이어받았어요. 나중에 등장한 고려 가요 「처용가」는 향가 「처용가」의 전통을 계승했고요.

「처용가」는 크게 세 부분으로 나눌 수 있습니다. 첫째 부분은 1구에서 4구까지예요. 이 부분에는 역신이 침범한 상황이 드러나 있습니다. 특히 4구에서는 역신과 아내가 함께 누워 있는 상황을 '다리'가 넷인 것으로 표현했어요. 둘째 부분은 5구와 6구입니다. 이 부분에서는 처용이 다리 두 개, 즉 아내의 다리 외에 나머지 다리 두 개는 누구의 것인지 의문을 표현했어요.

나머지 다리 두 개가 역신의 것임을 알게 된 처용은 마지막 부분인 7구와 8구에서 어떤 태도를 보였을까요? 이러한 상황이라면 대부분의 사람은 어떻게 된 일인지 따져 묻거나 크게 화를 내면서 역신을 공격하는 태도를 보였을 것입니다. 하지만 처용은 자신의 감정을 절제하며 자리에서 물러났어요. 체념에 가까운 상태지요. 처용의 태도를 조금 다르게 보아 관용을 베푼 것으로 해석하기도 해요.

처용의 태도에 크게 감동한 역신은 처용 앞에 꿇어앉아 다음과 같이 말했어요. "내가 공(公)의 아내를 사모해서 잘못을 저질렀는데도 공은 노여워하지 않으니 감동은 물론이고 아름답게 느껴지기까지 합니다. 맹세코 이제부터는 공을 그린 그림만 보아도 그 근처에는 얼씬도 하지 않겠습니다."

이후 신라 사람들은 처용의 형상을 문에 붙여 두었습니다. 병을 몰고오는 역신을 물리치고 경사스러운 일을 맞아들이기 위해서였지요. 이를 '벽사진경(辟邪進慶)'이라고 해요.

「처용가」와 배경 설화를 살펴보니 사람인지 아니면 신령한 존재인지 헷갈리는 '역신'의 정체가 궁금하지 않나요? 역신은 이름 그대로 '질병을 일으키는 신'을 의미합니다. 특히 천연두라는 전염병을 뜻하지요. 지금은 예방 주사가 있지만 옛날에는 천연두에 걸리면 열이 나고 온몸에 딱지가 생겼어요. 전염력이 강하고 사망률도 높아 옛날 사람들은 천연두를 무서워했답니다.

이렇게 해석한 후 「처용가」와 배경 설화를 다시 읽으면 전체 의미가 좀 다르게 다가올 거예요. 처용의 아내와 역신이 함께 누워 있었던 것은 아내가 병에 걸린 상황을 나타냅니다. 처용은 역신을 쫓아내기 위해 노래를 짓고 춤을 췄다고 볼 수 있고요. 이러한 행위는 무당의 병치레 굿과 비슷해요. 따라서 일반적으로 처용은 무당으로 해석된답니다.

처용을 울산 지방 호족의 아들로 보는 해석도 많은 지지를 받고 있습니다. 이렇게 본다면 설화에 등장하는 동해 용왕은 지방 세력을 상징하지요. 왕은 지방 세력을 견제하는 동시에 포섭하기 위해 지방 호족의 아들인 처용을 서울로 데리고 온 거예요.

재미있게도 처용을 아라비아 상인으로 보는 해석도 있습니다. 당시 신라는 당과 일본뿐만 아니라 아라비아와도 교류하고 있었거든요. 개운포, 즉 지금의 울산항은 당시 국제항이었고요. 처용탈을 보면 눈썹은 무성하고 쌍꺼풀이 있는 큰 눈에 코는 우뚝 솟았고 얼굴은 검붉은 색이어서 우리나라 사람처럼 보이지 않기도 해요. 이 해석에 따르면, 왕이 아라비아 상인에게 벼슬을 준 이유는 교역 능력을 활용하기 위한 것이라고 볼 수도 있지요.

지방 호족
통일 신라 말기에 지배층의 권력 싸움과 농민 봉기 등 사회 혼란을 배경으로 등장한 정치 세력이다. 지방 호족은 자신들이 살고 있는 지방의 행정권과 군사권뿐만 아니라 경제적인 지배력도 쥐고 있었다. 사진은 태조 왕건의 청동상이다. 왕건은 지방 호족들과 협력해 송악에서 고려를 세운 뒤 스스로 왕위에 올랐다.

　처용이 무당이었든 지방 호족의 아들이었든 아라비아 상인이었든 역신을 물리치고 아내의 병을 고쳤다는 소문이 널리 퍼졌을 것입니다. 사람들은 처용이 신비한 힘을 가졌다고 믿었을 거고요. 그래서 처용의 형상을 문 앞에 정성스레 붙여 두었던 거예요. 전염병 같은 나쁜 일은 물리치고 경사스러운 일만 있기를 바라면서 말이에요.

누이의 죽음에 대한 '서정(抒情)'
- 월명사의 「제망매가」

"뭐라고? 하늘에 해 두 개가 나란히 떴다는 말이냐?"

신라 제35대 왕인 경덕왕 때의 일이었습니다. 『삼국유사』의 기록에 따르면, 경덕왕 19년 4월 첫째 날에 기이한 사건이 벌어졌어요. 하늘에 해 두 개가 나란히 떠서 열흘이 지나도 사라지지 않았다고 해요. 신기한 일이지요?

천문을 담당했던 관리는 왕에게 "인연이 있는 승려에게 부탁해 산화공덕(散花功德, 부처가 지나가는 길에 꽃을 뿌려 공양함)을 하면 재앙을 물리칠 수 있을 것이옵니다."라고 아뢰었습니다. 이에 왕은 승려가 와 인연이 닿기를 바라면서 제단을 만들고 친히 나가 기다렸어요.

경주 첨성대(경북 경주)
농사를 지어 먹고 살던 삼국 시대에는 계절과 날씨 변화를 예측하는 게 중요했기 때문에 천문학이 발달했다. 첨성대는 신라 제27대 왕인 선덕 여왕 때 천체 관측을 위해 세워진 것으로 동양에서 현존하는 가장 오래된 천문대로 알려져 있다.

마침 월명사라는 승려가 길을 가고 있었습니다. 왕은 그를 불러 글을 지어달라고 요청했지요. 월명사는 이렇게 말했어요. "저는 국선(國仙, 화랑의 지도자)의 무리에 속해 있어서 향가만을 알 뿐이고, 범성(梵聲, 부처의 공덕을 찬미하는 노래)에는 서투릅니다."

왕은 그와 이미 인연이 닿은 것이나 다름없으니 향가를 지어도 좋다고 말했지요. 월명사는 「도솔가」라는 4구체 향가를 지어 불렀습니다. 그러자 얼마 후 재앙이 사라졌어요. 따라서 「도솔가」는 앞에서 살펴본 「구지가」처럼 주술적인 성격의 노래라고 할 수 있지요.

진짜로 해 두 개가 나란히 뜨는 일이 있었냐고요? 이는 나라를 다스리는 지도자가 두 명이 나타난 것을 상징합니다. 당시 왕은 한 명이었으므로 왕의 권력에 도전하는 세력이 나타난 것이지요. 왕은 사회적 혼란을 수습하기 위해 월명사에게 「도솔가」를 지어 부르게 했고요.

화랑의 상(경남 함양)
신라의 화랑(花郞)은 왕, 귀족, 평민의 자제들로 이루어진 무사 조직이다. 심신을 수양하고 단련해 국가에 봉사하고자 조직되었다.

승려이자 향가 작가였던 월명사의 대표작이 또 있습니다. 현존하는 25수의 향가 중 문학성이 가장 뛰어나다고 꼽히는 작품인데, 바로 『삼국유사』에 실려 전해지는 「제망매가」랍니다.

예나 지금이나 많은 문학 작품이 인간의 삶과 죽음을 소재로 다룹니다. 앞에서 살펴보았던 「공무도하가」를 떠올려 보세요. 이 작품에서 죽음을 맞이한 사람은 누구였나요? 바로 물에 빠져 죽은 백수 광부였습니다. 「공무도하가」의 작가이자 화자였던 백수 광부의 아내는 "가신 임을 어이할꼬."라며 남편의 죽음에 체념하는 태도를 보였지요.

지금부터 살펴볼 「제망매가」에도 한 사람의 죽음과 이에 대한 화자의 태도가 드러납니다. 이 작품에서 죽음을 맞이한 사람은 월명사의 누이예요. 누이의 죽음과 마주한 월명사는 어떤 태도를 보였을까요? 「제망매가」의 내용은 다음과 같아요.

生死路隱(생사로은)

삶과 죽음의 길은

此矣有阿米次肹伊遣(차의유아미차힐이견)

여기 있음에 머뭇거리고

吾隱去內如辭叱都(오은거내여사질도)

나(죽은 누이)는 간다는 말도

毛如云遣去內尼叱古(모여운견거내니질고)

못 다 이르고 갔는가?

於內秋察早隱風未(어내추찰조은풍미)

어느 가을 이른 바람에

此矣彼矣浮良落尸葉如(차의피의부량락시엽여)

여기저기 떨어지는 잎처럼

一等隱枝良出古(일등은지량출고)

같은 나뭇가지에 나고서도

去奴隱處毛冬乎丁(거노은처모동호정)

(네가) 가는 곳 모르는구나.

阿也彌陀刹良逢乎吾(아야미타찰량봉호오)

아으, 미타찰에서 (너를) 만날 나

道修良待是古如(도수량대시고여)

도를 닦으며 기다리련다.

-월명사, 「제망매가」 전문

아미타불
과거에 '법장'이라는 보살이었는데 깨달음을 얻어 중생들을 인도하고자
오랫동안 수행했다. 그 결과 부처가 되어 미타찰이라는 극락세계에 머무
르게 되었다고 전해진다.

「제망매가」는 월명사가 죽은 누이를 추모하며 지은 10구체 향가입니다. 『삼국유사』의 기록에 따르면 월명사가 부처에게 재(齋, 죽은 사람의 명복을 빌기 위해 부처에게 올리는 공양)를 올리며 「제망매가」를 불렀더니 갑자기 거센 바람이 불며 종이돈이 서쪽으로 날아갔다고 해요. 종이돈은 죽은 사람에게 극락에 가서 쓰라고 뿌리는 것인데 하필이면 극락이 있는 방향인 서쪽으로 날아갔지요. 이를 통해 죽은 누이가 극락으로 건너갔음을 짐작할 수 있습니다.

10구로 구성된 「제망매가」는 크게 세 부분으로 나눌 수 있습니다. 첫 번째 부분은 1구에서 4구까지예요. 이 부분에는 누이의 죽음이라는 비극적인 상황이 제시되어 있습니다. 삶과 죽음의 갈림길은 '여기', 즉 이승에 있어요. 화자 가까이에 있지요. 화자는 죽음을 두려워하고 있습니다. 화자의 누이가 젊은 나이에 갑작스럽게 죽음을 맞이하느라 이별의 말도 제대로 하지 못한 채 저승으로 갔기 때문이에요. 화자는 누이의 죽음에 안타까움을 드러내며 누이를 그리워하고 있어요.

두 번째 부분은 5구에서 8구까지입니다. 이 부분에서 여러분이 눈여겨봐야 할 것은 비유적인 표현이에요. 상당히 세련된 비유 덕분에 「제망매가」가 문학성을 인정받을 수 있었거든요.

우선 5구의 "이른 바람"은 일찍 찾아온 시련을 의미합니다. 즉, 누이가 일찍 죽은 것을 뜻하지요. 바람이 너무 일찍 불어서 나뭇가지에 붙어 있던 잎이 떨어졌어요. 따라서 6구의 "떨어지는 잎"은 죽은 누이를 뜻합니다. '떨어진다는 것'은 죽음을 가리키고, '잎'은 누이를 나타내거든요.

'잎'이 누이를 상징한다면 잎이 달려 있던 나뭇가지는 무엇을 의미할까요? 7구에서 화자는 누이와 자신이 "같은 나뭇가지"에서 났다고 표현했습니다. 화자 자신도 나뭇가지에 붙어 있는 잎으로 비유한 거예요. 나뭇가지 하나에 두 개의 잎이 붙어 있는 장면을 상상하면 되겠지요? 그렇다면 "같은 나뭇가지"는 한 부모를 뜻한다고 할 수 있어요. 따라서 「제망매가」의 두 번째 부분에서는 한 부모에게서 태어났지만 일찍 생사가 갈려 죽은 누이와 이별한 화자의 안타까움과 허무함이 잘 드러나 있습니다. 이런 상황에서 사용할 수 있는 사자성어가 바로 인생무상(人生無常, 인생이 덧없음)이겠지요?

하지만 월명사는 인생무상을 느끼는 것으로 작품을 끝맺지 않았습니다. 「제망매가」의 세 번째 부분인 9구와 10구에서는 시상의 전환이 이루어졌어요. 이 부분처럼 10구체 향가의 마지막 2구를 낙구(落句)라고 합니다. 낙구는 「제망매가」 9구의 '아으'처럼 주로 감탄사로 시작해요. 이는 시조 형식에도 영향을 주었지요.

승려인 화자는 아미타불이 있는 미타찰에서 죽은 누이를 만날 거라고 믿고 있습니다. 아미타불은 과거에 보살이었는데 오랫동안 수행한 끝에 부처가 되어서 현재는 미타찰이라는 극락에 머물고 있다고 해요. 하지만 미타찰은 아무나 쉽게 갈 수 있는 곳이 아닙니다. 그래서 화자는 도를 닦으며 기다리기로 하지요. 이처럼 화자는 불교의 힘을 빌려 누이를 먼저 떠나보낸 슬픔을 극복하고자 애쓰고 있어요.

「공무도하가」의 화자와 「제망매가」의 화자는 가족의 죽음을 대하는 태도에서 차이점을 보여 주고 있습니다. 「공무도하가」의 화자는 체념하는 태도를 취했고, 「제망매가」의 화자는 종교적으로 승화시키려는 태도를 취했어요. 공통점도 있습니다. 가족의 죽음을 끝까지 인정하지 않거나 절규하는 목소리로 슬픔을 토로하지 않았다는 점입니다. 두 작품의 화자 모두 죽음을 자연스럽게 받아들였지요. 이는 죽음과 같은 자연 현상을 극복하거나 저항해야 하는 대상이 아니라 자연스럽게 받아들여야 하는 대상으로 파악한 우리 민족의 의식과 관련이 있어요. 특히 불교에서는 삶과 죽음을 다음과 같은 한 문장으로 표현했습니다.

"태어남은 한 조각의 뜬구름이 일어남이요, 죽음은 한 조각의 뜬구름이 없어짐이다."

월명암 목조아미타여래좌상(경남 진주)
월명암 인법당에 봉안되어 있는 불상으로 아미타불이 가부좌를 틀고 있는 모습을 형상화했다.

4과

한자에 운율이 담기다
한시

여러분이 잘 알고 있다시피 삼국 시대와 통일 신라 시대에는 한자를 사용했습니다. 따라서 이 시기에는 '한시(漢詩)'가 창작되었어요. 한시는 말 그대로 한문을 사용해 지은 시입니다. 중국의 전통적인 시가 양식에 따라 만들어졌지요. 한시라는 명칭은 19세기 말 20세기 초부터 쓰기 시작했습니다. 이때는 근대 민족주의가 싹트며 우리나라의 어문 생활이 국문으로 단일화되기 시작한 시기예요. 그전까지는 한문과 국문을 혼용했거든요. 국문 시가 주류를 이루자 한문 시를 객관적으로 인식하며 따로 명칭을 마련했지요.

한시는 정형시이기 때문에 일정한 규칙에 맞추어 지어야 합니다. 하지만 중국 당(唐) 이전에 창작된 고체시(古體詩, 오래된 시 혹은 근체시 형식에 부합하지 않는 시)는 비교적 형식이 자유로워요. 예를 들어 을지문덕이 지은 「여수장우중문시」는 5언 고시입니다. '5언'은 한 행의 글자 수가 다섯 개라는 의미예요. 이 수는 꼭 맞추어야 하지만 행의 길이에는 제한이 없어요.

반면 근체시(近體詩, 고체시보다 늦게 창작된 한시)는 좀 더 형식에 엄격합니다. 근체시의 종류로는 4행시인 절구, 8행시인 율시, 12행 이상인 배율 등이 있어요. 예를 들어 최치원이 지은 「추야우중」은 5언 절구입니다. 5언 절구는 5언 고시처럼 한 행이 다섯 글자로 이루어지고 행 길이는 4행으로 맞춘 시를 말해요.

"만족했다면 어서 돌아가시오."
- 을지문덕의 「여수장우중문시」

여러분은 '을지문덕' 하면 무엇이 가장 먼저 떠오르나요? 고구려의 장군, 나라를 구한 영웅, 살수 대첩 등이 생각날 거예요. 을지로도 떠오른다고요? 맞습니다. 서울 중구에 있는 을지로는 을지문덕의 성인 '을지(乙支)'를 따서 지은 지명이지요.

을지문덕이 활약했던 살수 대첩은 어떻게 일어난 전쟁일까요? 살수 대첩이 일어나기 전, 중국 수(隋)는 동북쪽으로 세력을 확장하고자 했습니다. 고구려의 제26대 왕이었던 영양왕은 수와의 대결이 불가피하다고 판단했어요. 그래서 기선을 잡기 위해 598년 2월, 영주 지방(지금의 랴오닝 성 차오양)을 먼저 공격했지요. 이를 빌미로 수는 598년 6월, 30만 대군을 이끌고 고구려를 침략했습니다. 하지만 홍수, 태풍, 전염병을 만난 수군은 성과 없이 물러나고 말았지요.

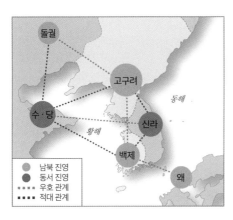

6세기 말~7세기 동아시아의 국제 정세
6세기 말 이후 동아시아에서는 고구려, 백제, 돌궐, 왜의 남북 세력과 신라, 수·당을 연결하는 동서 세력이 팽팽하게 대립하고 있었다.

을지문덕상(강원 인제)

고구려 때 장수인 을지문덕은 수의 2차 침입을 물리친 살수 대첩에서 활약한 것으로 유명하다. 이후 김부식, 신채호 등에 의해 많은 찬양을 받았으며 여러 문인의 창작 소재가 되기도 했다.

여기에서 수와 고구려의 전쟁이 막을 내렸다면 얼마나 좋았을까요? 정복욕을 버리지 못한 수는 612년 1월, 무려 113만 명이 넘는 병사를 이끌고 다시 고구려를 침략했습니다. 아무리 예전부터 인구가 많은 중국이었다지만 이 숫자는 엄청난 규모였어요. 군대를 출발시키는 데만 40일이 걸렸고 행군 대열은 370km 정도에 이르렀다고 해요.

수의 대규모 군대는 꽤 긴 거리를 이동해야 했습니다. 그러다 보니 전쟁에 필요한 물자를 조달하는 데 어려움을 겪었어요. 전쟁이 길어질수록 버티고 있는 고구려가 유리할 수밖에 없었지요. 시간이 지나면서 수군의 사기는 점점 떨어졌어요.

초조해진 수는 병사 30만 명 정도를 뽑아서 별동대(別動隊, 작전을 위해 본대에서 따로 떨어져 나와 독자적으로 행동하는 부대)를 꾸렸습니다. 평양성을 바로 공격하기 위해서였지요. 별동대를 이끌었던 우중문과 우문술은 병사들을 압록강 서쪽에 집결시켰어요.

이때부터 을지문덕이 본격적으로 활약하기 시작했습니다. 을지문덕은 수군의 약점을 파악하기 위해 거짓 항복을 한 뒤 수군 진영(陣營, 군대가 진을 치고 있는 곳)으로 들어갔어요. 수 병사들이 지치고 굶주린 상태임을 파악한 을지문덕은 수군 진영에서 무사히 탈출했습니다. 그런 후 일부러 하루에 일곱 번 싸워서 일곱 번 지는 작전을 펼쳤어요. 수군을 평양성 30리 밖으로 유인하기 위해서였답니다. 그만큼 수군은 군사력을 많이 소모했겠지요?

을지문덕은 수 장수 우중문에게 시 한 편을 보냈습니다. 이 작품이 바로 『삼국사기』에 실려 전해진 「여수장우중문시」예요. 제목인 '여수장우중문시(與隋將于仲文詩)'를 풀이하면 '수 장수 우중문에게 보내는 시'랍니다. 이 작품은 현재 전해지는 우리나라 한시 중 가장 오래된 것이에요. 자, 이제부터 「여수장우중문시」를 같이 감상해 봅시다.

神策究天文(신책구천문)

그대의 신기한 책략은 하늘의 이치를 꿰뚫었고

妙算窮地理(묘산궁지리)

기묘한 계책은 땅의 이치마저 통달했도다.

戰勝功旣高(전승공기고)

싸움에 이겨 공이 이미 높으니

知足願云止（지족원운지）

원컨대 만족함을 알고 그만두기를 바라노라.

―을지문덕,「여수장우중문시」전문

한시를 감상할 때 여러분이 놓치지 말아야 할 소소한 재미가 있습니다. 바로 시행의 일정한 자리에 같은 운을 규칙적으로 다는 '압운(押韻)'을 찾아보는 것이지요. 힙합에 관심이 많다면 '라임(Rhyme)'이라는 단어를 들어 봤을 거예요. 라임을 잘 살린 가사는 리듬감을 더해 줘요. 압운도 마찬가지인데, 주로 문장의 끝에 나타나 시의 운율을 살려준답니다.

그렇다면「여수장우중문시」에서 압운에 해당하는 글자는 무엇일까요? 정답은 2구의 '理(리)'와 4구의 '止(지)'예요. 모음 'ㅣ'가 동시에 들어갔기 때문에 발음이 비슷하지요.

자, 이제「여수장우중문시」에 어떤 의미가 담겨 있는지 하나씩 살펴보도록 해요. 1구의 '그대'는 우중문을 가리킵니다. 1구와 2구의 내용을 보면 을지문덕은 우중문의 탁월한 능력을 칭찬하고 있어요. "신기한 책략"은 "하늘의 이치", 즉 천문을 통달했고 "기묘한 계책"은 "땅의 이치", 즉 지리마저 통달했다고 말하고 있으니까요. 을지문덕은 적장인 우중문을 왜 과하다 싶을 정도로 칭찬했을까요?

1, 2구에 담긴 진짜 뜻은 겉으로 나타난 뜻과 정반대입니다. 즉, 을지문덕은 수의 책략과 계책을 이미 파악하고 있다는 의미예요. 이처럼 참뜻과는 반대되는 말을 해서 문장의 의미를 강화하는 수사법을 반어법이라고 합니다. 반어법에는 겉으로는 꾸짖으면서 속으로는 칭찬하는 경우가 있

고, 겉으로는 칭찬하면서 속으로는 비난하는 경우가 있어요. 「여수장우중문시」는 후자에 해당해요.

우중문을 비꼬는 태도는 3구에서도 계속됩니다. 겉으로는 우중문이 전쟁에서 공을 세웠다고 칭찬해 주는 것 같지요. 하지만 앞서 고구려와 수의 전쟁에서 수는 참패했습니다. 따라서 3구의 진짜 뜻은 '앞으로도 수군은 공을 세우지 못할 것'이라는 경고예요.

4구에는 경고를 넘어선 위협이 담겨 있습니다. 전쟁을 그만두기 바란다는 것은 항복하지 않으면 가만두지 않겠다는 의미거든요. 4구는 노자의 『도덕경』에 있는 구절인 "知足不辱, 知止不殆(지족불욕, 지지불태)"를 인용한 부분입니다. '만족함을 알면 욕되지 않고, 그칠 줄 알면 위태롭지 않다.'라는 의미예요.

『도덕경』
중국 춘추 시대의 사상가인 노자가 지은 책이다. 상편인 「도경」과 하편인 「덕경」으로 구성되어 있다. 도가의 주요 사상인 무위자연(無爲自然, 자연을 거스르지 않고 순응하는 태도)이 잘 담겨 있다.

안 그래도 굶주리고 지친 병사들을 데리고 평양성을 공격할 것인지 후퇴할 것인지 고민했을 우중문이 「여수장우중문시」를 읽고 평정심을 유지할 수 있었을까요? 우중문은 이 시를 읽고서야 고구려에 속았다는 사실을 깨달았습니다. 결국 우중문은 병사들에게 신속하게 후퇴하라고 명령했지요. 을지문덕은 수군을 살수(지금의 청천강)에서 집중공격해 큰 승리를 거뒀습니다. 이 싸움이 바로 살수 대첩이에요. 살수 대첩에서 수의 별동대는 30만 명 가운데 불과 2,700여 명만 살아서 돌아갔다고 하지요.

많은 사람이 삶과 죽음의 경계를 넘나드는 치열한 전쟁터에서 적장에게 이런 시를 보낸 을지문덕의 배포가 놀랍지 않나요? 장군이지만 시문(詩文)에도 뛰어났음을 보여 주기도 하고요.

고려 시대 문인이었던 이규보는 자신의 저서 『백운소설』에서 「여수장우중문시」를 두고 다음과 같이 긍정적으로 평했어요. "글을 지은 법이 기이하고 예스러워 아름답게 꾸미려는 버릇이 없으니 어찌 후세의 옹졸하고 서투른 문체로써 미칠 수 있겠는가."

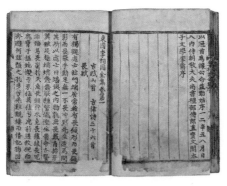

『백운소설』
이규보가 지은 시화집(詩話集)으로 삼국 시대부터 당대까지의 시에 대한 평을 실었다. 사진은 이함이 자신의 아버지인 이규보의 글을 모아 간행한 『동국이상국집』이다.

을지문덕의 뛰어난 재주를 칭찬했던 사람이 또 있습니다. 독립운동가이자 사학자였던 신채호예요. 신채호는 을지문덕이 당시 고구려를 움직인 주요 인물이라고 생각해 1908년 『을지문덕전』이라는 전기(傳記, 특정인의 일생을 서술한 글) 소설을 집필했어요.

당시 일제는 우리나라를 식민지로 만들고자 호시탐탐 기회를 노리고 있었습니다. 1905년, 일제에 의해 강압적으로 체결된 을사늑약을 예로 들 수 있지요. 신채호는 우리나라의 과거 역사에서 민족 영웅으로 삼을 만한 인물을 몇 명 꼽아 전기 소설을 썼어요. 특히 그는 『을지문덕전』의 서론에서 우리나라가 원래 약한 나라여서 외세의 침입을 받는 것이 아니라 그동안 일부 지도층이 잘못 행동했기 때문이라고 밝혔지요. 즉, 신채호는 우리의 민족의식을 고취시키고, 주체적으로 역사를 인식할 수 있도록 돕고자 했습니다.

『을지문덕전』
신채호는 우리 민족의 애국심과 자긍심을 고취시키고, 항일 사상을 강화하기 위해 을지문덕의 전기를 썼다. 이외에 최영, 이순신의 일생을 다룬 영웅전도 저술했다.

비 내리는 밤, 고독은 깊어지고
- 최치원의 「추야우중」

우리나라 역사를 보면 신분의 한계를 뛰어넘어 훌륭한 업적을 이룬 위인이 많습니다. 대표적으로 조선 세종 때 측우기, 자격루, 앙부일구 등을 만든 장영실을 꼽을 수 있어요. 장영실은 노비 신분이었지만 뛰어난 재주를 바탕으로 끊임없이 노력해 종3품까지 올랐던 인물이에요. 장영실의 발명품들은 조선의 과학 기술이 발전하는 데 크게 이바지했답니다.

한편 장영실과 달리 재능이 뛰어났음에도 신분의 한계 때문에 좌절한 위인도 많아요. 이 가운데 한 명이 지금부터 소개할 최치원입니다. 최치원은 통일 신라 말기의 학자이자 문장가예요. 그는 어떤 한계 때문에 좌절했을까요? 바로 신분제 때문입니다. 신라에는 혈통에 따라 신분을 나눈 골품제라는 제도가 있었거든요.

최치원(857~미상)
통일 신라 시대에 활동한 학자이자 문장가이다. 최치원은 자신을 유학자라고 자처하는 동시에 불교에도 깊은 관심을 가졌다.

골품제는 왕족인 성골, 귀족인 진골, 그 아래의 6두품·5두품·4두품, 평민이지만 지배층에 속했던 3두품·2두품·1두품으로 나누어집니다. 원래는 성골 출신만 왕이 될 수 있었는데 신분 제도가 폐쇄적인 탓에 시간이 흐르며 성골 계열 왕족이 거의 소멸했어요. 무열왕 때부터는 진골도 왕위를 이을 수 있게 되었습니다.

골품제 아래에서는 각 등급에 따라 집 크기, 옷 색깔, 장신구 등이 전부 달랐어요. 6두품은 신분이 높은 편이었지만 아무리 능력이 뛰어나도 진골처럼 높은 관직에 오르지 못했습니다. 최치원은 6두품 집안 출신이었어요.

6두품의 한계를 누구보다 잘 알고 있었던 최치원의 아버지는 최치원을 중국 당(唐)에 유학 보내기로 결심했습니다. 삼국이 통일된 이후 신라와 당 사이에 문화 교류가 활발했고 당시 6두품은 신분 제약 때문에 신라에서 활동하기보다 당으로 유학을 많이 갔거든요.

868년, 12세의 최치원은 당으로 떠났습니다. 지금으로 치면 초등학교 5학년에 해당하는 어린 나이지요. 당으로 떠나기 전, 최치원의 아버지는 아들에게 다음과 같이 말했어요. "10년 동안 공부해서 과거에 합격하지 못하면 내 아들이라고 하지 말아라. 나도 아들을 두었다 하지 않을 것이다. 그러니 가서 부지런히 공부에 힘을 다해라."

최치원은 냉정한 아버지의 말에 몰래 눈물을 훔치며 당으로 떠났을지도 모르겠네요. 최치원의 아버지는 아들이 자신의 꿈을 대신 이루었으면 하는 마음에 일부러 모질게 말했는지도 모르고요. 아버지의 기대에 부응하듯 최치원은 18세 때 빈공과(賓貢科, 중국 당에서 실시한 외국인 대상 과거 시험)에 장원으로 합격했어요.

이후 최치원은 당 황제의 인정까지 받으면서 관리로 활약했습니다. 하지만 당 관료들의 시기가 심했고 외국인으로서 높은 관직에 오르는 것에도 한계가 있었어요. 무엇보다 오랜 타지 생활에 지친 최치원은 항상 고국을 그리워했지요.

결국 최치원은 29세 때 신라로 돌아왔습니다. 최치원은 당에서 익힌 학문과 경험을 바탕으로 역량을 발휘하려 했지만 진골들이 가만히 있지 않았어요. 이로 말미암아 최치원은 지방 관직으로 밀려났지요.

최치원은 신라의 제51대 왕이었던 진성 여왕에게 개혁안 10여 조를 올렸습니다. 개혁안은 골품 제도의 문제점과 해결 방안을 제시한 내용이었을 것으로 추정되는데, 진골들의 반대로 받아들여지지 않았어요. 결국 최치원은 관직을 버리고 방랑하기 시작했지요.

최치원의 일생을 한마디로 표현한다면 '고독한 삶'이 아니었을까요? 그의 심경이 잘 드러난 한시가 있습니다. 바로 『동문선』에 실려 전해지는 「추야우중」이에요. 제목인 '추야우중(秋夜雨中)'은 '비 내리는 가을밤'을 의미합니다. 제목만 보아도 쓸쓸한 분위기가 전해지지요.

「추야우중」은 창작 시기가 불명확해 두 가지로 나누어서 해석할 수 있습니다. 하나는 최치원이 당에 있을 때로 해석하는 것, 또 하나는 최치원이 당 유학을 마친 후 신라로 돌아왔을 때로 해석하는 것이에요. 두 가지 견해 중 후자로 보는 경우가 대부분이랍니다. 우리도 「추야우중」의 창작 시기를 최치원이 신라에 있었을 때로 가정하고 감상해 보도록 해요.

『동문선』

조선 성종 9년인 1478년에 서거정, 노사신, 강희맹 등이 왕명에 따라 편찬한 문집이다. 신라 시대부터 편찬 당시까지의 시문(詩文)을 엮었다. 『동문선』은 우리의 글[東文(동문)] 가운데 아름다운 글을 선정했다는 뜻이다. 이후 속편이 만들어져 총 154권으로 완성되었다.

秋風唯苦吟(추풍유고음)

가을바람에 괴로이 읊조린다.

世路少知音(세로소지음)

이 세상 누가 내 마음 알아줄까.

窓外三更雨(창외삼경우)

깊은 밤 창밖에 비는 내리는데

燈前萬里心(등전만리심)

등불 앞에서 마음만 멀리 가네.

– 최치원, 「추야우중」 전문

먼저 1구를 보세요. 가을바람이 부는 날, 화자는 괴로운 심정으로 시를 읊조리고 있습니다. 앞에서 소개한 것처럼 최치원은 신라로 돌아와서도 신분의 제약 때문에 자신의 뜻을 제대로 펴지 못했어요. 이로 말미암아 괴로움에 사로잡혔지요.

더욱 안타까운 것은 화자의 괴로움을 알아주는 사람이 아무도 없었다는 사실입니다. 2구에서 '知音(지음)'은 마음이 잘 통하는 친한 벗을 가리키는 말이에요. 이 말은 다음과 같은 이야기에서 유래했습니다.

중국 춘추 시대에 백아와 종자기라는 사람이 있었어요. 백아는 거문고의 대가였고, 종자기는 그의 벗이었지요. 종자기는 백아의 거문고 소리만 듣고도 그의 마음을 잘 헤아렸어요. 종자기가 죽자 백아는 거문고 줄을 끊어 버리고 다시는 거문고에 손을 대지 않았습니다. 자신의 거문고 소리를 알아주는 사람이 더 이상 없었기 때문이지요. 이 이야기에서 '소리를 안다'라는 뜻의 '知音(지음)'이라는 말이 나왔답니다.

다시 최치원의 시로 돌아가 보세요. 쌀쌀한 가을밤, 추적추적 내리는 비 때문에 화자는 고독을 느꼈습니다. 그래서 화자는 자신의 마음이 멀리 가고 있다고 했어요. 이는 신라에 돌아왔지만 고국의 현실이 자신의 뜻과 너무 다른 데서 오는 거리감을 의미해요.

「추야우중」에서도 압운 찾기 놀이를 빠뜨리면 안 되겠지요? 이 작품에서 압운은 두 개가 아니라 세 개랍니다. 금방 눈에 들어오지요? 정답은 1구의 '吟(음)', 2구의 '音(음)', 4구의 '心(심)'입니다. 모두 'ㅁ'으로 끝나는 공통점이 있어요.

고독한 삶의 무게를 견디지 못한 최치원은 결국 관직에서 물러나 각지를 유랑했습니다. 나이가 들어서는 가야산으로 들어가 영영 내려오지 않았지요. 그래서인지 그가 신선이 되었다는 전설까지 있어요.

최치원은 역량이 뛰어났지만 자신의 뜻을 제대로 펼치지 못하고 세상을 등졌습니다. 하지만 후대 사람들은 그를 버리지 않았어요. 고려 시대에 이어 조선 시대까지도 많은 문인과 학자가 최치원의 뛰어난 능력을 동경했지요.

최치원은 단지 출세하지 못했다거나 명예욕을 채우지 못해서 실망했던 게 아니에요. 세상이 날 알아주지 않는다고 푸념한 것도 아니고요. 최치원은 자신이 가진 옳은 뜻을 펴지 못하는 데서 생긴 고독을 「추야우중」에 표현했어요. 열심히 노력해 세상을 좀 더 좋은 쪽으로 바꾸고 싶었는데 외부 조건으로 그러지 못했으니까요. 최치원은 얼마나 쓸쓸했을까요? 「추야우중」이 현재 우리에게도 큰 울림을 주는 이유는 바로 그가 느꼈을 현실과 이상 사이의 괴리에 있답니다.

월영대(경남 창원)
최치원은 직접 월영대를 세워 제자들을 가르치는 곳으로 삼았다. 이후 여러 선비가 이곳을 방문해 시를 남기곤 했다.

아주 오래전 한반도에서는 무슨 일이 있었을까?

한반도와 인근 지역에 사람이 살기 시작한 것은 선사 시대부터였어요. 선사(先史) 시대란 역사 이전, 즉 문자 기록이 없는 시대를 말해요. 한반도에서는 고조선 때부터 역사적 기록이 시작되었으므로 고조선 이전을 선사 시대라고 합니다.

선사 시대는 당시 사람들이 만든 도구에 따라 구석기, 신석기, 청동기로 구분할 수 있어요. 구석기 시대 사람들은 뗀석기를 제작해 사냥과 채집으로 식량을 얻었어요. 신석기 시대에는 간석기를 사용했고 농경, 목축, 낚시 등을 했어요. 이후 만주와 한반도에 청동기 문화가 들어오며 청동기 시대가 시작되었습니다. 도구가 발달하자 농업 생산량이 늘었고 사유재산이 생겼어요. 자연스레 계급이 나뉘었지요. 우리나라 역사상 최초의 국가인 고조선이 세워진 시기도 이즈음이었어요.

고조선을 세운 사람은 단군왕검이에요. 제사장을 뜻하는 '단군'과 정치적 지배자를 뜻하는 '왕검'이 합쳐진 이름으로, 고조선이 제정일치 사회였다는 것을 알 수 있지요. 이후 중국에서 넘어온 위만이 철기 문화를 바탕으로 고조선을 키워나갔지만, 고조선은 한 무제의 침략을 받아 기원전 108년에 멸망했어요.

앞서 말했듯 위만 조선 시기에 이르러 만주와 한반도 일대에 철기 문화가 들어왔습니다. 이를 바탕으로 부여, 고구려, 옥저, 동예, 삼한 등 여러 나라가 등장했어요. 이들은 서로 싸움을 벌이다가 고구려, 백제, 신라로 통합되어 발전했지요. 삼국 시대가 시작되었던 거예요.

고구려, 백제, 신라는 영토 확장과 더불어 국왕 중심으로 국가를 운영하기 위해 율령을 만들어 널리 알렸어요. 사상적으로는 불교를 받아들여 민심을 하나로 모으고자 했지요. 무엇보다 삼국은 한강 유역을 차지하기 위해 오랫동안 경쟁했습니다. 한강 유역은 농사짓기 좋은 곳이라 사람들이 많이 살았고 교통에 유리했으며 군사적 요충지이기도 했거든요. 각 나라는 한강 유역을 차지했을 때 전성기를 맞아 많은 발전을 이루었답니다.

삼국 중 가장 먼저 전성기를 맞이한 나라는 백제입니다. 백제는 4세기 중반 근초고 왕 때 이르러 영토를 크게 확장했어요. 북쪽으로는 고구려의 평양을 공격했고, 남쪽으로는 마한을 병합했지요. 이 무렵 백제는 정복 활동을 통해 얻은 자신감을 바탕으로 중국의 동진, 가야, 왜와 교류하기도 했답니다.

　다음으로 전성기를 맞이한 나라는 고구려예요. 고구려는 광개토 대왕 때 활발한 정복 활동을 전개해 한강 이북의 땅을 차지했어요. 이후 아들인 장수왕은 적극적으로 남진 정책을 펼쳤습니다. 한강 유역으로 진출한 뒤 한반도 중부로까지 영토를 넓혔지요. 또한, 광개토 대왕릉비를 세워 광개토 대왕의 위업을 기리고자 했습니다.

　마지막으로 전성기를 맞이한 나라는 신라입니다. 신라는 6세기 중엽 진흥왕 때 큰 발전을 이루었어요. 청소년을 육성하는 단체 화랑도를 국가 조직으로 만들어 인재를 양성했고, 고구려와 백제를 물리친 뒤 한강 유역 전체를 장악했지요. 진흥왕은 점령한 지역을 직접 다니며 네 개의 순수비를 세우기도 했어요.

　삼국 간의 경쟁에서 주도권을 잡은 신라는 황해를 통해 중국과 직접 교류하기 시작했어요. 고구려와 백제가 공격해오면 중국에 도움을 요청하기도 했지요. 신라는 당에 동맹을 제안해 나당 연합을 결성했어요. 나당 연합군의 공격으로 백제와 고구려는 차례로 멸망했습니다. 하지만 당은 한반도 전체를 지배하려는 욕심을 부렸어요. 신라는 당과 전쟁을 벌인 끝에 삼국을 통일할 수 있었답니다.

　한편 고구려 유민(流民, 일정한 거처 없이 이리저리 떠돌아다니는 백성)이었던 대조영은 고구려의 옛 땅에 발해를 세우며 고구려 계승 의식을 밝혔어요. 이로써 한반도의 남쪽에는 통일 신라, 북쪽에는 발해가 자리 잡으며 두 나라가 양립하는 남북국 시대가 시작되었습니다.

고려 시대의 한국 문학

"고구려를 계승한다는 의미로 국호를 고려라 하겠다."

918년, 태조 왕건은 고려를 건국했습니다. 고려는 고구려의 정신을 이어 세워졌을 뿐만 아니라 바로 이전 시대인 신라의 불교 문화를 계승하면서도 송으로부터 유학을 새롭게 받아들여서 문화 발전을 이루었어요. 유학으로 인해 한문학도 발전했고요. 또한, 과거제를 실시해 인재를 능력 위주로 등용했지요.

한문학이 발달하면서 입에서 입으로 전해지던 설화가 기록되기 시작했습니다. 이처럼 민간에서 구전되던 이야기를 기록한 것을 패관 문학이라고 해요. 패관 문학은 단지 설화를 기록하는 데만 그치지 않고, 기록한 사람이 창의성을 발휘해 내용을 더욱 풍성하게 고치기도 했답니다.

고려 전기에는 귀족 문학이 주류를 이루었기 때문에 한시가 발달한 반면, 향가는 점점 소멸했습니다. 그러다가 1170년, 무신 정변이 일어나면서 문벌 귀족 사회가 무너졌어요. 고려 후기에는 이규보, 정도전, 정몽주, 이성계 등을 비롯한 신진 사대부 세력이 등장했습니다. 사회 개혁과 문화 혁신을 강조한 이들은 문학 분야에서도 새로운 유행을 이끌어 가며 가전, 경기체가 같은 문학 갈래를 만들어 내기도 했어요.

그 밖에도 고려 시대에는 서민들의 감정을 자유분방하게 드러낸 고려 가요가 유행했습니다. 고려 가요는 입에서 입으로만 전해지다가 궁중으로 유입되며 점차 기록으로 남겨지기 시작했어요. 또한 우리나라 고유의 정형시인 시조가 탄생한 것도 이 시기랍니다. 당시에는 문학이 평민 문학과 귀족 문학으로 양분되어 있었어요. 시조가 탄생함으로써 국민 문학의 기틀이 마련되었지요. 시조의 명맥이 오랫동안 이어졌고, 향유 계층도 점점 넓어졌거든요.

1과

사물이 살아 숨 쉬다
가전

동화를 보면 사물이나 동식물을 의인화해 이야기를 풀어나가는 경우가 많습니다. 실제로는 말할 수 없는 것들을 주인공으로 삼아 이야기를 전개하는 것이지요. 이렇게 하면 독자의 흥미를 돋우고 이야기를 색다른 관점에서 바라볼 수 있답니다. 고려 시대에도 사물을 화자로 내세운 글이 있었어요. 바로 가전(假傳)이지요.

가전은 말 그대로 '가짜 전'이라는 뜻이에요. '전(傳)'은 위인전처럼 어느 인물의 일생을 서술한 글을 말하는데, 가전은 전의 형식을 빌려 의인화한 대상의 일생을 서술합니다. 가전은 읽는 사람들에게 교훈과 경계심을 주기 위해 창작되었어요. 주인공의 행적을 따라 읽다 보면 이야기 속에 숨겨진 진짜 메시지를 알 수 있기 때문에 풍자적인 성격을 지닌 갈래라고도 할 수 있습니다. 또한, 가전은 상상력을 발휘해 쓴 창의적인 글이어서 이후 소설이 출현하는 데 영향을 끼쳤어요. 즉, 설화와 소설을 잇는 다리 역할을 했지요.

설화는 특정 집단 속에서 구전되는 이야기이고, 소설은 작가의 상상력에 의해 만들어진 이야기입니다. 사물을 통해 작가의 메시지를 우회적으로 전하는 가전은 그 중간에 존재해요. 대표적인 가전 작품으로는 임춘의 「공방전」과 「국순전」, 이규보의 「국선생전」 등을 꼽을 수 있어요. 가전은 고려 시대뿐만 아니라 조선 시대에도 꾸준히 창작되었답니다.

'돈에 대한 탐욕'을 경고하다
- 임춘의 「공방전」

    1170년, 고려 시대뿐만 아니라 우리나라 문학사에도 큰 영향을 끼친 사건이 일어났습니다. 바로 '무신 정변'이에요. 무신 정변은 고려의 문인이었던 임춘의 삶을 완전히 뒤바꿔 버렸습니다. 어떤 사건이었는지 궁금하지 않나요? 지금부터 간략히 소개할게요.

    고려는 제6대 왕이었던 성종 때 국가의 지도 원리로 삼은 유교 사상을 바탕으로 중앙 집권적인 국가 체제를 확립했습니다. 광종 때 실시한 관리 등용 제도인 과거 제도를 정비하기도 했고요. 또한 왕족, 공신의 후손, 5품 이상 관리의 자손들에게 관직을 주는 음서 제도를 실시했어요. 능력만 있다면 얼마든지 출세할 수 있는 사회였지요. 하지만 일반 백성들은 먹고 살기도 바빠 과거 공부할 시간조차 없었어요. 이에 따라 문벌 귀족 사회가 형성되었습니다. 그들은 과거와 음서를 통해 대대로 벼슬을 하며 권력과 부를 누렸어요.

청자 투각칠보문뚜껑 향로
고려 때 형성된 상류층 문화 가운데 가장 돋보인 분야는 자기 공예로 특히 청자가 유명했다.

아집도 대련
고려 시대 관리들이 꽃을 가꾸고 애완동물을 기르는 모습,
차를 마시며 그림을 감상하는 모습 등이 표현되어 있다.

문벌 귀족은 더욱더 많은 것을 차지하려 했습니다. 왕실과 혼인 관계를 맺어 정치 권력까지 장악했어요. 심지어 군대의 최고 지휘권도 문벌 귀족이 가지고 있었습니다. 문벌(文閥)이라는 말 그대로 무신(武臣)이 아닌 문신(文臣)이었는데 말이지요.

상황이 이렇다 보니 나라를 위해 목숨을 바쳐 싸우던 무신들은 상당히 화가 났겠지요? 자신들을 무시하는 문신들의 태도에 불만이 쌓인 무신들은 결국 정변을 일으켜 많은 문신을 죽이고 권력을 잡았어요. 이 사건이 무신 정변이랍니다.

임춘의 삶은 무신 정변을 계기로 완전히 바뀌었습니다. 원래 임춘은 귀족 집안에서 태어나 넉넉하게 살았어요. 그가 20세쯤 되었을 때 무신 정변이 일어나 가문 전체가 화를 당했지요. 겨우 목숨을 건진 임춘은 숨어 지내면서 약 7년 동안 타향살이를 했어요. 벼슬을 구하기 위해 지도층에 편지를 쓰기도 했고, 개경으로 올라와 과거 준비를 하기도 했지요.

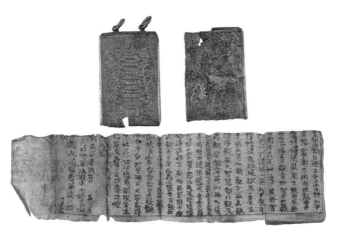

최충헌과 그의 두 아들을 위해 만든 휴대용 불경과 경갑

무신 정변 이후에도 무신들 간의 권력 투쟁은 계속됐는데, 최충헌이 등장해 최씨 무신 정권 시대 60년을 열었다. 사진은 최충헌이 자신과 가족의 호신, 재난 예방을 위해 만든 휴대용 불경이다.

그러나 임춘은 끝내 벼슬을 구하지 못했습니다. 그는 자신을 내친 당시 사회가 얼마나 원망스러웠을까요? 임춘은 친구들과 함께 시와 술을 즐기며 세상에 대한 한탄을 글로 표출했습니다. 그중『동문선』에 실려 전하는 「공방전」을 감상해 보도록 해요. 이 작품은 임춘이 쓴 「국순전」과 함께 우리나라 문헌상 최초의 가전으로 꼽힌답니다.

「공방전」이 가전이라면 어떤 사물을 의인화한 것일까요? 정답은 제목에 있습니다. '공방(孔方)'은 엽전을 가리켜요. 놋쇠로 만든 돈인 엽전은 현재 사용되는 동전처럼 테두리가 둥글지만 가운데에 네모난 구멍이 뚫려 있습니다. '공방'의 '공(孔)'은 엽전의 둥근 모양을 뜻하고, '방(方)'은 네모난 구멍을 뜻해요. '하늘은 둥글고 땅은 모나다'라는 철학적인 우주관을 돈에 표현했지요. 즉, 「공방전」은 돈(엽전)을 의인화해서 세태를 비판한 작품이에요. 지금부터 공방의 일대기를 살펴볼까요?

고려 시대 엽전(동국통보)
고려 시대에 사용된 엽전으로는 동국통보, 동국중보,
해동통보, 삼한통보, 삼한중보 등이 있다.

공방의 조상은 수양산 굴속에 숨어 지내며 세상에 모습을 보이지 않았습니다. 황제(黃帝, 중국 고대 전설상의 제왕인 헌원 씨를 가리킴) 때 세상에 모습을 살짝 보이기는 했지만, 공방의 성질이 너무 군세어서 잘 적응하지 못했어요. 이는 아직 돈이 널리 사용되지 않던 시대를 의미합니다.

어느 날, 황제는 상공(相工, 관상을 보는 사람)을 불러서 공방의 관상이 어떤지 보라고 했습니다. 상공은 공방을 한참 동안 들여다보더니 잘 다듬으면 좋은 자질이 점점 드러날 것이라고 말했어요. 아니나 다를까 공방은 곧 출셋길에 올랐고, 세상에 그의 이름이 널리 알려졌습니다. 즉, 돈이 세상에 유통되기 시작한 것이지요.

처세에 능했던 공방은 관리로서 승승장구했습니다. 그는 가난한 백성들을 위해 노력하는 관리였을까요? 안타깝게도 그 반대였답니다. 다음 내용을 보세요.

공방은 욕심이 많은 데다가 염치도 없었다. 이런 사람이 나라의 재물을 도맡아 처리하게 된 것이다. 그는 백성과 한 푼의 이익이라도 다투는 한편, 곡식 가격을 낮추어 곡식의 가치를 몹시 천하게 만들고 다른 재물만 중하게 여겼다. 그리하여 백성들이 본업인 농업을 버리고 사농공상(士農工商, 백성을 나누던 네 가지 계급. 선비, 농부, 수공업자, 상인을 이르던 말)의 맨 끄트머리인 장사에만 매달리게 하여 농사짓는 것을 방해했다. 이에 사간원과 사헌부에서는 상소를 올려 공방의 잘못을 임금에게 고했다. 하지만 임금은 말을 듣지 않았다.

-임춘, 「공방전」에서

윗글의 첫 문장처럼 공방은 욕심이 많고 염치도 없었습니다. 이것은 사람들이 돈의 맛을 알게 되어서 돈을 모으기 위해 욕심을 부리고 체면을 차리지 않는 상황을 의미해요. 백성들은 본업인 농업을 버리고 장사에만 매달렸지요. 임춘은 공방의 탐욕스러운 모습을 통해 돈의 부정적인 측면을 드러냈어요.

게다가 공방은 벼슬을 사고팔면서 뇌물을 챙겼고, 천한 사람이어도 재물이 많으면 가까이했어요. 투기와 오락도 일삼았고요. 이는 돈을 모을 수 있다면 어떤 일도 서슴지 않는 사람들의 모습을 반영하고 있습니다. 도덕성까지 저버리면서 말이지요. 청렴한 벼슬아치였던 공우는 임금에게 상소를 올려 공방을 비판했어요. 결국 공방은 조정에서 쫓겨났지요.

공방이 죽고 난 뒤, 그를 따르던 제자들은 사방에 흩어져 살고 있었어요. 당(唐)에서는 다시 공방의 제자들을 불러 모아 공방 대신 사용했습니다. 이들의 세력은 점점 커져갔어요.

남송 때가 되자 공방의 제자들은 공방처럼 권력이 있는 자들에게 붙어 애먼 사람을 모함했어요. 이후 「공방전」은 작가의 주장이 드러난 다음 내용으로 마무리되었습니다. 사신(史臣)이 비평하는 것처럼 제시된 부분이지요. 이처럼 가전의 끝부분에는 인물에 대한 사신의 비평이 덧붙어요.

세상 이치야 알 수 없지만, 만일 원제가 일찍이 공우의 말을 받아들여 공
방과 관련있는 자들을 모두 없애 버렸다면 후환은 없었을 것이다. 그런데 이
들을 없애지 않고 억제하기만 해서 마침내 후세에 폐단을 끼치고 말았으니,
무릇 행동보다 말이 앞서는 자는 언제나 미덥지 못한 것을 어찌할 수가 없다.

-임춘,「공방전」에서

임춘은 공방, 즉 돈을 일찍 없애지 않아서 지금의 걱정과 근심이 생겼
다고 보았어요. 돈의 긍정적인 측면보다는 부정적인 측면에 주목했지요.
거의 평생을 가난하게 살았던 임춘은 권력자들이 더 많은 재물을 가지려
고 해서 세상이 혼란스러워졌다고 생각했어요. 그래서 돈에 대한 인간의
탐욕을 비판하고자 했지요. 즉, 임춘은 공방의 일대기를 통해 당시 사회
상을 풍자하고 사람들에게 경계심을 주기 위해「공방전」을 썼습니다.

그렇다고 해도 '돈을 일찍 없애지 않아서 지금의 걱정과 근심이 생겼
다'라는 임춘의 생각에는 동의할 수 없다고요? 충분히 그렇게 생각할 수
있습니다. 돈은 임춘이 살았던 당대는 물론이고, 현재 우리가 살아가는
데에도 꼭 필요하고 여러 편리함을 주는 물건이니까요. 돈은 긍정적인 측
면과 부정적인 측면을 동시에 지니고 있어요. 이러한 점을 고려할 때 임
춘은 돈의 부정적인 측면만 너무 앞세운 느낌이 들지요.

하지만 물질 만능주의가 널리 퍼진 현대 사회에「공방전」이 주는 교훈
은 분명히 있습니다. 하루가 멀다 하고 돈 때문에 범죄, 비리 등이 벌어지
고 있으니까요. 임춘은 돈의 폐해를 경계하고자 했던 것이지요. 그는 돈
을 부정적이고 비판적으로 바라보았지만, 그렇다고 돈을 완전히 필요 없

는 것이라고 여기지도 않았어요. 앞에서 임춘이 가난으로 인해 무척 힘들었다고 이야기했지요? 그는 돈이 없어 고생하며 살았기 때문에 오히려 돈의 중요성을 잘 알고 있었을 기예요. 둥글둥글한 돈이 모든 사람에게 골고루 굴러가서 둥글둥글한 사회가 되기를 누구보다 간절히 바랐을 사람도 바로 임춘이겠지요.

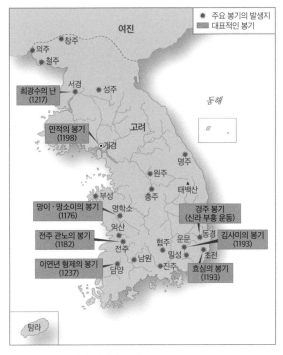

무신 집권기 농민과 천민의 봉기
농민과 천민들의 생활은 무신 정변 이전부터 어려웠다. 문벌들이 토지를 빼앗고 세금을 무겁게 매겼기 때문이다. 무신 정변으로 지방 사회에 대한 통제력이 약해지자 농민과 천민들은 자주 봉기를 일으켰다.

고려 시대 최고 애주가의 술 이야기
- 이규보의 「국선생전」

우리 조상들은 예로부터 다양한 술을 만들어서 즐겨 마셨습니다. 가까운 사람끼리 모이면 함께 술을 마시며 풍류를 즐기기도 했고, 귀한 손님이 오면 접대의 의미로 술을 내오기도 했지요. 전통주의 역사가 길다 보니 현재도 지역별로 고유의 방식과 특산물로 빚은 술들이 인기를 끌고 있어요.

우리나라 고전 문학에도 술이 종종 등장합니다. 예를 들어 경기체가인 「한림별곡」(153쪽 참조) 제4장에는 황금빛 도는 술, 잣으로 빚은 술, 솔잎으로 빚은 술, 오가피로 담근 술 등 다양한 술이 나와요. 고려 시대 문인인 이규보가 쓴 「국선생전」에도 다양한 종류의 술이 등장합니다. 이 작품은 『동문선』에 실려 전해지고 있어요.

이규보(1169~1241)
고려 중기의 문신이자 문인으로 어려서부터 시와 문장에 뛰어나 「동명왕편」, 「국선생전」, 「슬견설」 등을 지었다. 술, 시, 거문고를 좋아해 삼혹호(三酷好) 선생이라는 별명이 붙을 정도로 풍류를 즐겼다.

이규보는 벼슬에 임명될 때마다 즉흥적으로 시를 짓곤 했습니다. 평소에 술을 너무 좋아해서 술을 마시지 않고는 시를 못 지을 정도였다고 하지요. 그는 술을 즐겨 마시는 일로도 모자라 술을 소재로 한 「국선생전」을 창작했어요. 「국선생전」은 임춘이 쓴 「국순전」의 영향을 받은 작품이랍니다. 두 작품 모두 술을 의인화한 가전이에요.

「국순전」의 주인공인 국순은 정계에 진출해 나라의 중대한 일을 도맡았습니다. 국순은 임금의 총애를 받으며 부정을 일삼았지요. 결국 임금은 국순을 못마땅하게 여겼고 그는 버림받아 죽음을 맞이했어요. 그렇다면 「국선생전」의 주인공인 국성은 어떤 일생을 보냈을까요?

국성의 먼 조상은 온이라는 곳에서 농사를 지으면서 먹고살았습니다. '온(溫)'은 따뜻하다는 뜻이에요. 술을 빚을 때는 따뜻한 곳에 두고 발효를 하기 때문에 국성의 조상이 살았던 곳을 온이라고 정했지요.

국성은 주천 사람입니다. '주천(酒泉)'은 중국 춘추 전국 시대의 주(周)에 있던 땅 이름이에요. 이곳에서 나는 물로 술을 빚으면 술맛이 좋았다고 하지요. 국성의 할아버지인 '모(牟, 보리)'는 주천에 이사 와서 살았습니다. 국성의 아버지인 '차(醝, 흰 술)'는 집안에서 처음으로 벼슬을 했는데 사농경 곡(穀, 술의 재료인 곡식)씨의 딸과 결혼해서 국성을 낳았어요.

국성은 어릴 때부터 도량이 넓었습니다. 자라서는 도잠, 유영 등과 사귀고 정계에 진출해 임금의 총애를 받았지요. 여기에서 재미있는 점은 도잠, 유영이 술을 즐기던 실존 인물이라는 사실이에요. 도잠은 중국 동진 · 송 시대에 활동한 시인인데 도연명이라고 불리기도 해요. 유영은 중국 위 · 진 시대에 활동한 문인으로, 자연 속에서 풍류를 즐기며 세월을 보낸 죽림칠현 중 한 사람이에요.

임금은 충직한 성품의 국성을 극진히 아끼며 예를 갖춰 '국선생'이라고 불렀습니다. 그래서 이 작품의 제목도 '국성전'이 아닌 '국선생전'이지요.

국성에게는 혹, 폭, 역이라는 이름의 세 아들이 있었습니다. '혹'은 독한 술, '폭'은 진한 술, '역'은 쓴 술이라는 뜻이에요. 세 아들은 아버지의 지위와 평판을 믿고 교만하게 행동했습니다. 이 때문에 사방에서 그들을 비판하는 목소리가 높아졌지요. 결국 세 아들은 모영(毛穎, 붓)의 탄핵을 받아 스스로 독약을 마시고 죽었어요. 국성은 관직에서 물러나 서인(庶人, 아무 벼슬이나 신분적 특권을 갖지 못한 일반 사람)이 되었지요.

국성이 벼슬에서 물러나자 도둑 떼가 기승을 부리기 시작했습니다. 여기에서 '도둑'은 걱정, 근심, 괴로움 등을 뜻해요. 술을 뜻하는 국성이 물러났다는 것은 술 한잔 마시면서 여러 고민을 떨치던 사람들에게 술이 없어진 상황과 같으니까요.

청자 상감 운학문 매병
고려는 송의 기술을 받아들여 독자적인 청자 문화를 발전시켰다. 상감은 도자기에 문양을 새기는 기법을 말하고, 매병은 술이나 물을 담는 그릇을 뜻한다. 화려한 문양을 통해 고려 청자문화의 뛰어난 예술성과 수준 높은 기술력을 알 수 있다.

결국 국성은 조정에 다시 기용되었습니다. 도둑 떼를 물리친 곡성은 공로를 인정받아 높은 벼슬을 얻었지요. 또다시 국성의 전성기가 시작되었을까요? 글쎄요. 2년 후, 국성이 임금에게 뭐라고 청했는지 다음 내용을 읽어보도록 할게요.

"신은 본래 가난한 집안에서 태어나 어려서는 여기저기 팔려 다니는 신세였습니다. 그러다가 우연히 폐하를 뵈었는데, 폐하께서는 마음을 터놓으시고 신을 받아들이셔서 구차한 이 몸을 건져 주셨으며 너그럽게 돌봐 주셨습니다. 하오나 신은 폐하께서 일을 크게 하시는 데 보탬을 드리지 못했고, 국가의 체면을 조금도 빛나게 하지 못했습니다. 지난번에는 몸조심하지 못한 탓으로 시골로 물러나 편안히 있었사온데, 비록 신이 보잘것없으나 충심을 간직하고 있어 감히 폐하를 위해 다시금 악을 물리칠 수 있었나이다. 때가 되면 넘어진다는 것은 세상의 정해진 이치이옵니다. 이제 신의 목숨은 소갈증(消渴症, 갈증으로 물을 많이 마시고 음식을 많이 먹으나 몸은 여위고 오줌의 양이 많아지는 병)으로 거품보다 위태롭사옵니다. 부디 폐하께서는 신으로 하여금 물러가 여생을 보내게 해 주시옵소서."

-이규보, 「국선생전」에서

임금은 국성의 청을 받아들이지 않았습니다. 하지만 국성은 여러 번 글을 올렸고, 결국 고향으로 돌아가 조용히 살다가 일생을 마감했어요.

「국선생전」도 앞에서 감상한 「공방전」처럼 끝부분에 사신의 평가가 덧붙어 있습니다. 사신은 국성이 넉넉한 덕과 맑은 재주 덕분에 임금의 총

애를 받았다고 했어요. 덕분에 나라가 태평스러워지고 국성도 푸짐한 공을 이루었다고 말이지요. 하지만 부정적인 평가도 했습니다. 임금이 국성을 너무 아낀 나머지 국성의 세 아들은 오만하게 굴었고 나라는 어지러워졌지요. 사신은 국성의 세 아들에게 화가 미쳤다고 보았어요. 하지만 그 뒤에 스스로 물러나 타고난 수명대로 살다 간 국성이 현명하다고도 말했습니다. 이를 통해 사신은 대체로 국성을 긍정적으로 평가했음을 알 수 있어요.

이규보의 「국선생전」에 나타난 술에 대한 관점은 임춘의 「국순전」과 완전히 다르답니다. 임춘은 「국순전」을 통해 술의 부정적인 측면, 즉 고려 왕실과 신하들의 방탕함을 고발했어요. 하지만 이규보는 「국선생전」을 통해 술의 긍정적인 측면을 강조하고 바람직한 신하의 모습을 제시했어요. 「공방전」의 공방과 대조적인 신하 상(像)을 보여 주었지요.

사실 술을 바라보는 이규보의 관점은 주인공의 이름인 '국성(麴聖)'에도 담겨 있습니다. '국(麴)'은 누룩을 뜻하는 말로 술을 가리키고, '성(聖)'은 성스럽다는 뜻이거든요. 두 한자만으로도 이규보가 술을 긍정적으로 생각하고 있음을 알 수 있지요.

비슷한 시기를 살았던 임춘과 이규보는 같은 소재를 두고도 왜 이리 견해가 달랐을까요? 이는 각 작가의 삶과 관련이 있습니다. 임춘은 앞에서 살펴본 것처럼 무신 정변 이후 힘겹게 살아간 문인이었어요. 그는 당시 사회의 타락한 모습을 어떤 문인보다 강하게 비판했지요. 술에 빠져서 향락을 일삼던 임금과 나라를 혼란에 빠뜨린 간신배들 역시 임춘에게는 비판과 풍자의 대상이었어요.

이규보는 달랐습니다. 그는 늦은 나이에 관직에 오르긴 했지만 무신 정
변 이후에도 살아남은 소수의 문인 가운데 한 사람이에요. 그를 두고 무
인 정권에 협조한 기회주의자라고 평하는 사람도 있습니다. 하지만 이규
보는 학식이 깊고 글재주가 뛰어났어요. 덕분에 벼슬이 점점 높아지며 평
안한 삶을 살았지요. 고려 시대 최고의 애주가로 유명하기도 했고요. 이
러한 삶을 살았기에 이규보가 「국선생전」 같은 작품을 만들 수 있었던 것
아닐까요?

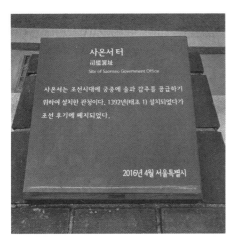

사온서 터
고려 시대부터 조선 시대까지 술의 제조
및 공급을 맡았던 곳으로 조선 중엽에 이
르러 폐지되었다.

2과 일상의 경험을 담다
설

    글을 쓸 때 독자의 공감을 불러일으키려면 어떤 방법을 사용해야 좋을까요? 다양한 방법이 있겠지만 경험을 예로 드는 방법이 가장 효과적일 거예요. 직접 겪은 일을 토대로 이야기하는 만큼 진솔하게 글을 쓸 수 있어 신뢰도가 올라가겠지요. 내가 경험한 것을 친구들에게 생생하게 이야기해줄 때처럼 말이에요. 비슷한 경험이 있는 독자는 공감하며 글을 읽을 것이고, 경험이 없는 독자는 그 일을 상상해보거나 간접적으로 체험할 수도 있을 거예요.

    고려 시대에도 작가가 자신의 경험을 담아 쓴 '설(說)'이 있었습니다. 설은 한문 문체의 한 종류예요. 내용을 보면 사물의 이치를 풀이하고 작가의 의견을 덧붙여 2단으로 구성한 것이 많아요. 그러니 작가가 말하고자 하는 메시지는 글의 뒷부분에 있는 경우가 대부분입니다. 이러한 구성을 미괄식 구성이라고 해요.

    작가가 일상에서 겪은 경험, 생각, 느낌 등을 적었다는 점에서 설은 지금의 수필과 비슷하다고 할 수 있어요. 설을 쓴 우리나라의 대표 작가로는 이규보를 꼽을 수 있습니다. 이규보는 일상 속에서 흔히 볼 수 있는 대상을 제시한 다음, 그 대상이 관계를 맺고 있는 다른 것들까지 언급하며 독자에게 교훈과 깨달음을 주는 글을 썼어요. 이규보의 대표작으로는 「이옥설」, 「경설」, 「슬견설」 등이 있습니다. 이외에 이규보의 작품은 아니지만 이곡의 「차마설」도 읽어보면 좋은 작품이에요.

썩어 버린 재목이 준 교훈
- 이규보의 「이옥설」

"호미로 막을 것을 가래로 막는다."라는 속담이 있습니다. 여러분도 한 번쯤은 들어 봤지요? 일이 커지기 전에 처리하면 좋았을 것을 내버려 두었다가 나중에 큰 힘을 들여 해결했다는 의미예요. '호미'는 감자나 고구마 같은 것을 캘 때 쓰는 농기구이고, '가래'는 흙을 크게 파헤치거나 떠서 던질 때 쓰는 농기구입니다. 크기는 호미가 가래보다 훨씬 작지요.

여러분도 작은 문제를 바로 처리하지 않고 미루다가 나중에 힘들게 해결한 경험이 있을 거예요. 무심코 던진 농담에 친구가 속상해하는 것을 알면서도 대수롭지 않게 여겼다가 친구와 화해하기까지 오랜 시간이 걸리는 경우가 있지요. 또 발바닥에 가시가 박혔는데 바로 빼버리면 좋았을 것을 미루다가 염증이 생겨서 병원에 가야 하는 일이 생기기도 하고요.

호미(왼쪽)와 가래(오른쪽)
호미는 무언가를 캘 때 사용하고, 가래는 흙을 뜨거나 파헤칠 때 사용한다.

일상생활에서도 마찬가지예요. 우리는 호미로 막을 수 있는 일을 방치하다가 가래가 아니라 포클레인을 써도 안 되는 경우로 악화시키고 마는 잘못을 저지르기도 해요.

이규보도 비슷한 경험을 했습니다. 그는 장마 때 비가 새는 행랑채를 고치지 않은 채 버티다가 뒤늦게 수리하기로 마음먹었어요. 여기서 '행랑'은 대문간에 붙어 있는 방을 뜻해요. 행랑채는 행랑이 있는 집채를 의미하고요.

이규보는 행랑채 가운데 낡은 세 칸을 수리하기로 했습니다. 그중 두 칸은 비가 샌 지 오래된 것들이고, 나머지 한 칸은 이제 막 비를 맞고 샌 것이었어요. 당연히 비를 맞은 지 오래된 두 칸의 수리비가 더 많이 나왔겠지요? 한 번만 비를 맞은 나머지 한 칸은 금방 수리했을 테고요. 이규보는 각각의 행랑채를 수리한 경험을 통해 다음과 같은 사실을 깨달았습니다.

행랑채
행랑채에는 보통 마구간, 하인들이 머무는 방, 여러 가지 물건을 넣어두는 광 등이 있다.

나는 행랑채를 수리하며 느낀 것이 있었다. 이는 사람의 몸에 있어서도 마찬가지였다. 잘못을 알고서도 바로 고치지 않으면 곧 그 자신이 나쁘게 되는 것이니 마치 나무가 썩어서 못 쓰게 되는 것과 같으며, 잘못을 알고 고치기를 꺼리지 않으면 해(害)를 받지 않고 다시 착한 사람이 될 수 있으니, 저 집의 재목처럼 말끔하게 다시 쓸 수 있다.

나라의 정치도 이와 같다. 백성을 좀먹는 무리를 내버려 두었다가는 백성이 도탄(塗炭, 몹시 곤궁해 고통스러운 지경)에 빠지고 나라가 위태로워진다. 일이 벌어진 후에 뒤늦게 바로잡으려 하면 이미 썩어 버린 재목처럼 때는 늦은 것이다. 어찌 삼가지 않겠는가.

–이규보, 「이옥설」에서

제시한 글은 『동국이상국집』에 실려 전해지는 「이옥설」입니다. 제목의 '이옥(理屋)'은 집을 수리한다는 뜻이에요. 이규보는 행랑채를 수리한 경험을 통해 '사람의 잘못'에 대해서도 깨달음을 얻었어요. 사람도 잘못을 빨리 고쳐야 다시 착한 사람이 될 수 있다고 보았지요.

『동국이상국집』
1241년에 이규보의 아들이 간행한 이규보의 문집으로 시문(詩文)이나 시론(詩論)뿐만 아니라 역사나 국문학에 관한 기록도 많다. 이후 이규보의 손자가 1251년에 내용을 보완해서 다시 간행했다.

이뿐만 아니라 이규보는 나라의 정치에 대해서도 같은 비유를 들어 설명했어요. 백성을 좀먹는 무리가 나라를 위태롭게 만든다고 말이에요. 즉, 이규보는 행랑채를 수리한 경험을 사람의 경우, 정치의 경우에까지 넓게 적용했어요.

무신 정권이 집권하던 당시, 몽골의 침입으로 백성들은 큰 고통을 겪었어요. 몽골이 고려에 왜 침입했느냐고요? 몽골에 쫓긴 거란족 일부가 고려에 침입한 적이 있었습니다. 고려는 몽골과 함께 거란족을 물리쳤어요. 몽골은 고려를 도와줬다는 이유로 고려에 지나치게 많은 선물을 요구했습니다. 고려가 순순히 응하지 않자 몽골은 고려에 사신을 보냈는데, 그 사신이 귀국하던 도중 압록강 근처에서 살해되었어요. 이를 구실 삼아 몽골이 고려에 침입했지요.

몽골과의 전쟁은 무려 40여 년 동안 이어졌어요. 오랜 전쟁으로 백성들의 삶은 피폐해졌지요. 당시 집권층 중에는 목숨을 바치면서 몽골에 저항한 사람들이 있었습니다. 고려와 몽골이 강화를 맺은 다음에도 항전을 이어가던 삼별초 또한 있었고요. 반대로 나라와 백성을 걱정하기보다는 자신의 안전과 이익을 챙기기에 급급한 사람들도 존재했지요. 이규보는 「이옥설」에서 자신만 챙기던 이기적인 관리들을 비판한 거예요.

속 시원하게 비판한 것 같지는 않다고요? 그렇습니다. 앞서 소개한 임춘은 「공방전」을 통해 이해득실만 따지는 당시의 집권층을 강하게 비판했지요. 반면 이규보의 「이옥설」에서는 비판이 다소 약하게 느껴져요. 이규보는 문필로 관직에 오르기는 했지만, 임춘처럼 집권층을 직접적으로 비판할 수 있는 처지가 아니었거든요.

이규보는 젊은 시절, 자신의 뜻에 맞지 않는다는 이유로 관직을 버린 적이 있었어요. 이후 그는 가난한 삶을 살다가 다시 벼슬을 구하고 자리를 잡았습니다. 이규보는 세상을 아예 등지기보다는 세상에 최대한 밀착해 살아가면서 잘못한 점은 비판하는 쪽을 선택한 거예요. 이러한 선택이 이규보에게도 썩 내키지는 않았던 모양입니다. 그는 다음과 같이 읊조리기도 했거든요. "썩은 선비 비록 아는 것은 없으나 / 눈물을 흘리며 매양 목메어 흐느끼네 / 슬프다, 고기 먹는 무리 아니라서 / 직언하는 혀를 내두르지 못하네."

이제 조금은 이규보의 처지를 이해할 수 있나요? 나라가 혼란한 와중에도 살아가기 위해서는 벼슬을 이어 나갈 수밖에 없었던 한 문인의 탄식이 느껴지지요?

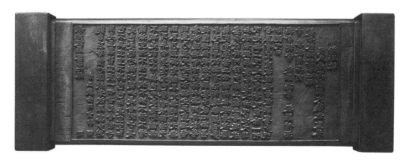

해인사 대장경판(경남 합천)
목판 인쇄술이 발달했던 고려에서는 불교의 힘으로 외세의 침입을 막아내고자 대대적인 조판 사업을 시행했다. 거란이 침입했을 때는 초조대장경을 만들었고, 몽골과 전쟁을 치르던 중에는 16년에 걸쳐 팔만대장경을 만들었다.

"우리 인생 전체가 남에게 빌린 것"
- 이곡의 「차마설」

"고려는 너무 부패해서 이대로는 개혁할 수가 없습니다. 따라서 새 왕조를 세워야 합니다."

"무슨 소리입니까? 고려를 유지하면서 개혁 방안을 논의해야 합니다."

고려 후기에 등장한 신진 사대부는 급진 개혁파와 온건 개혁파로 나뉘었습니다. 정도전 같은 급진 개혁파는 새 왕조를 세워야 한다고 주장했어요. 반면 이색 같은 온건 개혁파는 고려 왕조를 유지하며 점진적으로 개혁해야 한다고 주장했지요.

급진 개혁파와 온건 개혁파의 대결은 어느 쪽의 승리로 끝났을까요? 여러분도 잘 알다시피 1392년에 조선 왕조가 세워졌으니 급진 개혁파의 승리였지요. 이후 온건 개혁파는 시골로 내려가 성리학 연구, 제자 양성에 힘썼답니다.

공민왕(1330~1374)
고려 제31대 왕으로 무신 정권 세력과 원의 간섭에 맞서 자주적으로 나라를 운영하고자 했다. 신돈과 신진 사대부들을 등용했지만, 개혁에 반발한 권문세족에 의해 제거당했다.

온건 개혁파의 대표적인 인물로 꼽히는 이색은 정몽주, 정도전, 권근, 길재 등을 가르쳐 성리학을 확산하는 데 크게 이바지했습니다. 고전 문학사에서 이색을 말할 때 빠뜨리면 안 되는 인물이 있어요. 바로 이색의 아버지인 이곡입니다. 이곡의 문장은 매우 뛰어나 중국 원에서도 인정받을 정도였어요.

이곡의 여러 글 가운데 지금부터 감상할 작품은 「차마설」입니다. 『가정집』에 실려 전해진 작품이에요. 이곡은 말(馬)을 빌려 탄 경험을 바탕으로 「차마설」을 썼어요. 제목에 있는 '차마(借馬)'가 말을 빌린다는 의미이지요.

이곡은 집이 가난해서 가끔 말을 빌려 탔습니다. 자신의 말이 아니었으므로 말의 상태는 빌릴 때마다 다를 수밖에 없었지요. 빌린 말이 야위고 둔해서 걸음이 느리면 아무리 급해도 채찍질을 할 수 없었고, 개천이나 도랑을 건널 때는 말에서 내려야 했어요. 이곡은 몹시 조심스럽게 말을 탔기 때문에 말에서 떨어지거나 다치는 일은 거의 없었어요. 빠르게 잘 달리는 말을 빌리면 마음대로 채찍질하거나 고삐를 놓고 질주할 수 있었지만, 말에서 떨어질까 걱정하기도 했지요.

이왕 말을 빌린다면 야위고 둔한 말보다 빠르게 잘 달리는 말이 좋을 것 같지만, 이곡의 경험을 보니 꼭 그렇지도 않지요? 급할 때가 아니면 안전하게 말을 타고 가는 것이 더 중요하니까요. 이처럼 이곡은 「차마설」 앞부분에 자신의 경험을 제시해서 독자의 관심을 유도하고 있습니다. 빌린 말의 상태에 따라서 말을 타고 가는 사람의 태도나 심리가 바뀐다는 것도 잘 전달했고요.

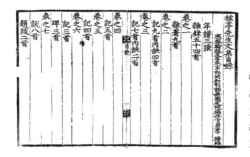

『가정집』
이곡의 시문집으로, 여행을 하며 보고 듣고 느낀 것을 기록한 기행 시가 많이 실려 있다. 당시 고려와 중국 원의 관계나 교류를 파악하는 데 중요한 자료이다.

이곡은 말을 빌려 탄 경험을 통해 빌린 대상의 상태에 따라 사람의 감정도 달라질 수 있다는 사실을 깨달았습니다. 남에게 빌린 것이 아니라 자신이 가지고 있는 것이라면 더욱 마음의 변화가 심할 것이라고 생각했지요. 글이 전개되면서 이곡의 사고는 '소유'로까지 확장되었어요.

> 사람이 가지고 있는 것 가운데 남에게 빌리지 않은 것이 어디 있겠는가. 임금은 백성으로부터 힘을 빌려서 높고 부귀한 자리를 가지고, 신하는 임금으로부터 권세를 빌려 은총과 귀함을 누린다. 자식은 어버이에게서, 지어미는 지아비에게서, 하인은 주인에게서 각각 힘과 권세를 빌려서 가지고 있다. 그런데 많은 이가 무엇이든 자기가 본래 가지고 있는 것처럼 여기기만 하고 잘못 행동해도 끝내 반성할 줄 모른다. 몹시 미혹(迷惑, 무엇에 홀려 정신을 차리지 못함)한 일이도다.
>
> ─이곡, 「차마설」에서

윗글에는 '소유'에 대한 이곡의 깨달음이 잘 드러나 있어요. 글의 첫 문장은 「차마설」 전체의 주제문이기도 해요. 이곡은 우리가 가지고 있는 것이 전부 남에게 빌린 것이라고 보았어요. 하지만 사람들은 대부분 자기가 태어났을 때부터 가지고 있었던 것처럼 착각하고, 남에게 빌렸다는 사실을 깨닫지 못한다고 지적했지요.

이곡이 「차마설」에서 예로 든 것처럼 왕의 권력도 영원하지 않아요. 최고의 권력을 누리는 왕이라도 제 역할을 다하지 못하면 비천한 지위로 전락할 수 있어요. 왕의 권력은 잠시 빌린 것일 뿐 그 사람이 소유한 것은 아니기 때문이지요. 왕뿐만 아니라 모든 사람에게 적용되는 이야기예요.

이쯤에서 이곡이 말을 빌렸던 경험을 다시 한번 떠올려 보세요. 둔하고 야윈 말은 권력이 없거나 지위가 낮은 사람을 비유한 것이라고 가정해 볼까요? 이런 사람은 조심해서 행동하는 경우가 많으므로 오만하지 않고 실수를 할 가능성도 적겠지요.

문헌서원(충남 서천)
이색과 이곡을 기리기 위해 세운 서원이다.

빠르게 잘 달리는 말은 권력을 장악하고 있거나 지위가 높은 사람을 의미하겠지요? 이런 사람은 거만하게 행동하는 바람에 실수를 저지를 가능성이 클 거예요. 이곡은 당시 권력을 남용하던 집권층에게 이 점을 전달하고 싶었을 것입니다. 글에서도 가장 먼저 임금과 신하의 예를 들었으니까요.

이곡이 「차마설」을 쓰게 된 구체적인 계기는 마지막 문단에 인용된 맹자의 말 속에 담겨 있습니다. 맹자는 "남의 것을 오랫동안 빌려 쓰고 있으면서 돌려주지 않으면 어찌 그것이 자기의 소유가 아닌 줄 알겠는가."라고 말했어요. 맹자의 말을 접하고 무릎을 탁 친 이곡은 많은 사람에게 깨달음을 전하고자 「차마설」을 썼어요. 자신의 의견을 뒷받침해줄 근거로 맹자의 말을 인용하면서 말이지요.

소유에 관한 글인 「차마설」을 감상하고 나니 자연스럽게 법정의 「무소유」가 떠오르네요. 두 글에 나타난 소유에 대한 관점은 조금 다르지만요.

승려이자 수필가였던 법정은 1972년 〈동아일보〉에 기고한 수필 「무소유」를 통해 소유에 대한 집착을 버려야 한다고 했어요. 그가 말한 무소유란 아무것도 가지지 않는 것이 아니라 꼭 필요하지 않다면 가지지 않는 것을 의미해요. 법정 역시 이곡처럼 자신의 경험을 토대로 소유에 관한 깨달음을 글로 썼어요. 이렇게 비교하니 설이 지금의 수필과 비슷한 글이라는 것을 알 수 있겠지요.

여러분은 지금 어떤 것들을 가지고 있나요? 또는 어떤 혜택들을 누리고 있나요? 그것들이 항상 여러분 곁에 있어서 원래부터 여러분의 것이라고 생각하지는 않나요? 무엇이든 더 가지려고 욕심을 부리거나 많이 가진 사람을 부러워하지는 않나요?

'소유욕'은 인간이 지닌 보편적인 속성입니다. 하지만 「차마설」을 읽은 뒤 당연하게 여기던 '소유'를 다른 관점으로 생각해 보는 시간을 가지는 것도 유익할 거예요. 꼭 소유해야 하는 것은 무엇이고, 소유하지 않아도 괜찮은 것은 무엇인지 논의해볼 수도 있을 테고요. 또한, 친구들과 함께 각자 생각하는 '소유'의 기준을 이야기해봐도 좋은 토론이 될 것입니다. 그러다 보면 삶의 목표를 무엇으로 삼으며 살아야 하는지 깨달을 수도 있겠지요.

송광사(전남 순천)
신라 말 창건되었으며 양산 통도사, 합천 해인사와 함께 한국의 3보사찰 중 하나로 꼽힌다. 승려 법정은 송광사 뒷산에 불일암(佛日庵)을 손수 지어 17년간 머물렀다.

3과

고려 시대의 유행가
고려 가요

현재 대중가요가 많은 사람의 사랑을 받는 것처럼 고려 시대에도 민간에서 유행하며 널리 불리던 노래가 있었어요. 바로 고려 가요랍니다. 당시에는 우리 글자가 없었으므로 고려 가요는 서민들의 입에 오르내리며 전해지다가 궁중으로 유입되었습니다. 조선 시대에 훈민정음이 창제된 이후, 고려 가요는 한글로 문헌에 기록되었지요.

정서의 「정과정」은 향가 계열의 고려 가요이자 1연 하나만으로 구성된 단연체 작품이에요. 고려 가요는 작자 미상인 경우가 많은데, 이 작품은 현존하는 고려 가요 중 유일하게 작가가 밝혀져 있어요. 앞에서 말했듯이 고려 가요는 서민들 사이에서 구전되었기 때문에 정확한 작가를 알 수 없거나 언제부터 불렸는지 연대가 불분명한 작품이 많아요. 입에서 입을 거치며 조금씩 내용이 바뀌기도 했을 테고요. 게다가 문자로 기록되지 못해 어느 순간 사라져버린 고려 가요가 있을 거라고 생각하면 아쉬운 마음이 들지 않나요? 고려 시대 귀족 문학의 대명사인 경기체가는 대개 작가와 연대가 잘 알려져 있고, 기록으로도 남아 있거든요.

「정과정」과 달리 분연체, 즉 여러 개의 연이 연속해서 나오는 형식으로 구성된 고려 가요도 있어요. 후렴구가 들어가 있기도 하지요. 대표적인 고려 가요 「가시리」, 「청산별곡」처럼 말이에요. 고려 가요는 남녀 간의 애정, 임과의 이별, 자연 예찬 등 다양한 주제를 다루었답니다.

"이별해도 절대 절망하지 않겠어요."
- 「가시리」

2016년 2월, 7만 5,000명이 넘는 시민들의 후원으로 완성된 영화 한 편이 개봉했습니다. 바로 조정래 감독의 〈귀향〉이에요. 일본군 '위안부' 피해자들의 증언을 바탕으로 만들어진 이 영화는 많은 관객의 마음을 먹먹하게 했지요.

〈귀향〉에 유독 인상적인 장면이 있습니다. '위안부'로 끌려간 소녀들이 물가에 모여서 발을 담글 때 한 소녀가 노래를 불렀어요. 고려 가요 「가시리」의 가사를 그대로 사용한 노래였지요. 구슬픈 목소리로 노래를 부르는 소녀의 모습은 무척 애처로워 보였습니다.

소녀들은 영화 제목처럼 얼마나 고향으로 돌아가고 싶었을까요? 고향과 먼 그곳이 얼마나 지옥처럼 느껴졌을까요? 우리는 『악장가사』에 실려 전해진 「가시리」를 함께 살펴보도록 해요.

일본군 '위안부'를 기리는 소녀상
일본군 혹은 일본군의 지시를 받은 모집책들은 우리나라, 중국, 동남아 등지에서 많은 여성을 끌고 가 '위안부'라는 성 노예 생활을 강요했다.

가시리 가시리잇고 나는

부리고 가시리잇고 나는

위 증즐가 대평셩디(大平盛代)

날러는 엇디 살라 ᄒ고

부리고 가시리잇고 나는

위 증즐가 대평셩디(大平盛代)

잡ᄉ와 두어리마ᄂᆞᆫ

선ᄒ면 아니 올셰라

위 증즐가 대평셩디(大平盛代)

셜온 님 보내옵노니 나는

가시ᄂᆞᆫ 돗 도셔 오쇼셔 나는

위 증즐가 대평셩디(大平盛代)

〈현대어 풀이〉

가시겠습니까, 가시겠습니까?

(나를) 버리고 가시겠습니까?

위 증즐가 대평셩디(大平盛代)

나는 어찌 살라 하고

(나를) 버리고 가시겠습니까?

위 증즐가 대평셩디(大平盛代)

붙잡아 두고 싶지만

(임이) 서운하면 아니 올까 두렵습니다.

위 증즐가 대평셩디(大平盛代)

서러운 임을 보내드리니

가자마자 곧 돌아오십시오.

위 증즐가 대평셩디(大平盛代)

–「가시리」 전문

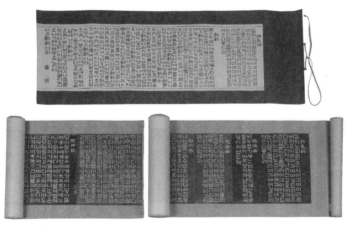

『악장가사』
편찬자와 편찬 연대가 알려지지 않은 가사집으로 고려 시대부터 조선 초기까지의 아악, 속악, 가사 등이
실려 있고, 전문이 기록된 고려 가요들이 수록되어 문학사적 가치가 높다. 사진은 『악장가사』에 실린 고려
가요 일부를 찍어낸 인출본이다.

「가시리」를 소리 내서 읽어 보세요. '가요'답게 리듬감이 느껴지지 않나요? 「가시리」를 조금 더 자세히 들여다보면 리듬감이 무엇 때문에 생겼는지 알 수 있습니다. 바로 3·3·2조와 3음보 때문이에요. 3·3·2조와 3음보를 어떻게 확인할 수 있는지 「가시리」의 1연을 예로 들어 설명할게요.

1연 1행인 "가시리 가시리잇고 나난"에서 '나난'은 특별한 의미가 담겨 있지 않은 부분입니다. 흥을 돋우고 음악의 가락을 맞추기 위해 넣었어요. 후렴구인 "위 증즐가 대평셩디"도 마찬가지고요. 전체 분위기와 어울리지 않는 후렴구가 들어간 이유는 이 작품이 나중에 궁중으로 유입된 뒤 왕 앞에서 불리면서 태평성대의 기쁨을 노래한 내용이 추가되었기 때문이에요.

1연에서 '나난'과 후렴구를 제외하면 남는 부분은 "가시리 가시리잇고 / 부리고 가시리잇고"입니다. 1연 1행인 "가시리 가시리잇고"를 천천히 읽어 보면 '가시리' 세 글자, '가시리' 세 글자, '잇고' 두 글자로 나눌 수 있어요. 이것이 3·3·2조예요. 1연 2행인 "부리고 가시리잇고"도 똑같이 3·3·2조이고요.

음보는 시의 운율을 이루는 기본 단위예요. 1연 1행인 "가시리 가시리잇고"는 3·3·2조이므로 "가시리 / 가시리 / 잇고" 이렇게 세 부분으로 나뉜다고 했지요? 3·3·2조의 세 글자, 세 글자, 두 글자가 각각 하나의 음보를 이루어서 총 3음보가 돼요. 3음보는 우리에게 익숙한 민요인 〈아리랑〉에서도 발견할 수 있어요. "아리랑 / 아리랑 / 아라리요" 이렇게 나눌 수 있지요. 이제 3·3·2조와 3음보를 확실히 구분할 수 있겠지요?

아리랑
한국의 대표 민요로 유네스코 무형 문화유산에 등재되었다. 사진은 아리랑을 부르는 모습을 담은 것이다.

앞서 1장에서 살펴보았던 고대 가요 가운데 「공무도하가」, 「황조가」, 「정읍사」를 떠올려 보세요. 세 작품의 공통점은 무엇이었나요? 바로 화자가 이별의 상황에 놓여 있었다는 점이지요. 너무 슬픈 나머지 '한(恨)'이라는 정서가 발생했고요. 이별의 정한을 담은 작품들은 고대부터 현재까지 꾸준히 창작되어왔어요. 「가시리」도 그중 하나이지요.

화자인 '나'의 안타까운 이별 상황은 1연에서부터 드러나 있습니다. '나'는 사랑하는 임에게 자신을 버리고 가겠느냐고 두 번씩이나 물었어요. 갑작스러운 이별 상황이 믿기지 않는다는 듯 안타까움을 드러냈지요. 그러면서 '나'는 임에게 자신을 버리고 가지 말라고 애원했어요.

'나'의 애원은 2연에서 더욱 강해졌습니다. '나'는 어떻게 살라고 자신을 버리고 가느냐며 하소연했어요. 떠나려는 임이 얼마나 원망스러웠으면 이렇게까지 얘기했을까요?

3연에서는 '나'의 감정과 태도가 달라졌어요. 진심으로 임을 붙잡아 두고 싶지만, 자칫 임이 자신에게 돌아오지 않을 것 같아 두려움을 느꼈지요. 결국 '나'는 임을 보내기로 마음먹었어요. 감정 상태가 원망에서 체념으로 바뀌었지요.

임을 보내기로 결심한 '나'는 4연에서 임을 향해 가자마자 돌아오라는 소망을 내비치고 있어요. 4연 1행의 "셜온 님"은 두 가지로 해석할 수 있습니다. 임이 서러워하는 것으로 볼 수도 있고, '나'를 서럽게 하는 임으로 볼 수도 있지요. 즉, 서러움의 주체가 임 혹은 '나'로 나뉘는 거예요. 작품의 전체적인 분위기로는 임이 냉정하게 '나'를 버리고 떠나는 것처럼 보이네요. 서러운 것은 '나'인 것 같지요? 하지만 임 역시 피치 못할 사정으로 '나'를 두고 떠나느라 슬픈 상황일 수도 있어요.

앞서 살펴보았듯 「가시리」는 특별한 의미가 담기지 않은 구절을 제외하면 상당히 간결한 형식으로 이루어진 고려 가요입니다. 그런데도 절절한 이별의 한을 잘 담아냈지요?

떠나는 임을 적극적으로 붙잡지 못하고 그저 임이 빨리 돌아오기만을 바라는 '나'의 태도가 너무 수동적이고 소극적이라고 생각할 수도 있어요. 하지만 '나'의 태도에서 자신의 슬픔을 절제하고 사랑을 간직한 채 임을 기다리겠다는 간절한 마음이 느껴지지요. 이별을 겪은 적 있는 사람이라면 누구나 공감할 수 있을 거예요. 그래서 「가시리」는 많은 사람의 입을 통해 전해지며 고려 가요의 대표 작품 중 하나로 손꼽혀왔답니다.

향가의 숨결을 이어받은 고려 가요
- 정서의 「정과정」

　우리나라 서울에는 위인의 이름이나 호(號)를 딴 도로명이 많습니다. 앞에서 잠깐 소개했던 을지로를 비롯해서 이순신의 호를 딴 충무로, 이황의 호를 딴 퇴계로, 세종의 이름을 딴 세종로, 김구의 호를 딴 백범로 등을 예로 들 수 있어요.

　서울 이외의 지역으로 확장하면 재미있는 도로명도 많습니다. 그중 하나로 전북에 있는 콩쥐팥쥐로를 꼽을 수 있어요. 이는 여러분이 잘 아는 설화 「콩쥐팥쥐」에서 따왔습니다. 전북권이 「콩쥐팥쥐」의 배경지로 알려졌기 때문이에요.

　부산에는 과정로라는 도로가 있습니다. 고려의 문신 이었던 정서가 「정과정」을 지은 곳인 '과정(瓜亭)'을 지나친다고 해서 붙여진 이름이에요.

과정로(부산)
부산광역시 연제구 연산동과 수영구 망미동을 잇는 도로이다.

정서의 호이기도 한 '과정(瓜亭)'은 오이를 키우는 정자라는 뜻인데, 현재 정자는 없고 터만 남아 있어요.

정서는 시, 시 비평, 음악 등 여러 분야에서 뛰어난 재능을 보인 인물이었습니다. 하지만 신분의 특권만 믿고 불안정하게 돌아가던 정치적 상황을 제대로 파악하지 못해 난관에 부딪히기도 했지요. 그 과정에서 탄생한 작품이 「정과정」이에요. 과연 그에게는 어떤 일이 일어났던 것일까요?

정서는 고려 제18대 왕이었던 의종의 이모부였습니다. 그는 1151년, 인종의 둘째 아들이자 의종의 아우였던 대령후와 가까이 사귀었다는 이유로 탄핵을 받아 고향인 동래(지금의 부산)로 귀양을 갔어요. 의종이 임금 자리에 오르긴 했지만, 당시 태자(太子, 임금의 자리를 이을 임금의 아들) 자리를 두고 의종과 대령후 사이에 미묘한 갈등이 있었거든요. 이 사이에서 중립을 취하지 못한 정서는 정치적 희생양이 되어 수도를 떠나야 했어요.

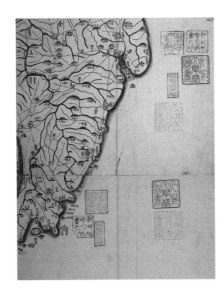

대동여지도에 표시된 동래와 인근 지역
동래군(東萊郡)은 지금의 부산광역시에서 강서구를 제외한 나머지 구역을 모두 일컫는 경상남도의 옛 행정구역이다. 신라 경덕왕 때 처음으로 동래군이라는 이름이 붙은 뒤 여러 번의 지역 편입과 분리 및 폐지를 거쳤다.

의종은 정서에게 곧 다시 부르겠다고 약속했습니다. 정서는 유배지에서 오이를 기르며 기다렸지만, 의종에게서는 아무런 소식이 없었어요. 정서는 자신의 결백함과 임금에 대한 충성심을 담아 「정과정」을 창작했답니다. 정서가 거문고를 뜯으며 불렀다는 「정과정」을 감상해 볼까요?

넉시라도 님은 훈딕 녀져라 아으

벼기더시니 뉘러시니잇가

과(過)도 허믈도 천만(千萬) 업소이다

믈힛 마리신뎌

술읏븐뎌 아으

니미 나롤 호마 니ᄌ시니잇가

아소 님하, 도람 드르샤 괴오쇼셔

〈현대어 풀이〉

넋이라도 임과 함께 지내고 싶어라.

(내 죄를) 우기던 이는 누구입니까?

(나는) 잘못도 허물도 전혀 없습니다.

뭇사람의 모함입니다.

슬프구나!

임께서는 나를 벌써 잊으셨나이까.

(아!) 임이여, 내 사연을 들으시고 다시 사랑해 주소서.

-정서, 「정과정」에서

『악학궤범』에 실려 전해진 「정과정」은 '기-서-결'의 3단 구성으로 이루어져 있습니다. 그중 여러분에게 보여 준 부분은 '서'와 '결'이에요. '기'의 내용이 궁금할 여러분을 위해 간략히 소개해볼게요.

화자인 '나'는 임이 그리워서 매일 울며 지냈습니다. 여기서 임은 의종을 가리켜요. '나'는 자신의 처지가 산에서 우는 '접동새'와 비슷하다고 느꼈어요. 임이 그립기도 하고 고독하기도 한 자신의 감정을 접동새에 이입해서 표현했지요.

'접동새'는 '두견새'의 방언으로 우리나라 문학에서 '한(恨)'을 상징하는 소재로 많이 사용되었어요. 모두가 잠든 깊은 밤에 접동새만 홀로 깨어서 울기 때문이에요. 우는 소리도 구슬프게 들려서 서러움이 담겨 있는 것 같기도 하고요.

'나'는 역모에 가담했다는 참소(讒訴, 남을 헐뜯어서 죄가 있는 것처럼 꾸며 윗사람에게 고해바치는 일)가 거짓이라고 강조하면서 자신의 결백을 주장하기 위해 잔월효성(殘月曉星)이라는 말을 꺼냈어요.

두견새
뻐꾸기과의 새로 다른 새의 둥지에
알을 낳는 탁란을 한다.

'잔월효성'이란 지는 달과 새벽 별이라는 뜻으로 진실을 알고 있는 초월적 존재를 뜻해요. '나'가 생각하기에 가장 공정한 심판자이기도 하지요. 이처럼 「정과정」의 '기' 부분에서 '나'는 자신이 결백하다고 말하고 있어요.

5~10행인 '서'에서 '나'는 더욱 직접적으로 결백을 주장했어요. 글에 나타나 있듯 '나'는 자신을 모함한 사람들을 원망하면서 임을 얼른 모시고 싶다는 소망을 드러냈어요. 그러면서 아무 소식이 없는 임을 원망하고 있습니다.

11행인 '결'에서 '나'는 임에게 자신을 다시 사랑해 달라고 애원하고 있어요. 상황을 모르고 보면 실연당한 여인이 임에게 다시 사랑을 갈구하는 내용으로 보일 수도 있겠지요? 하지만 우리는 정서가 유배지에서 이 작품을 썼고, 임이 의종을 가리킨다는 것을 알고 있어요. 그러니 '결'에 담긴 의미가 무엇인지 추측할 수 있지요. '나'는 임금에게 얼른 자신을 다시 불러 달라고 애원하고 있습니다. 그게 바로 '나'가 바라는 것이고요. '결' 부분이야말로 「정과정」의 주제 행이라고 할 수 있어요.

'결' 부분은 한 행이지만 여러분이 조금 더 눈여겨봐야 해요. 「정과정」은 고려 가요이지만 향가의 흔적이 살짝 남아 있는데 그 특징을 바로 '결' 부분에서 확인할 수 있거든요.

1장에서 살펴보았던 향가 가운데 10구체 향가였던 「제망매가」를 떠올려 보세요. 10구체 향가에서 낙구의 특징이 무엇이었는지 기억나나요? 낙구는 5행의 '아으'처럼 주로 감탄사로 시작해요. 「정과정」의 '결'에서는 "아소 님하"가 감탄을 나타낸 부분, 즉 낙구예요.

또 「제망매가」가 3단 구성이었던 것처럼 「정과정」도 3단 구성이에요. 이처럼 「정과정」은 유일하게 작가가 밝혀진 고려 가요인 동시에 향가의 맥을 잇는 작품이기도 해요.

그래서인지 「정과정」은 앞에서 감상했던 「가시리」와 많은 차이를 보여요. 「정과정」에서는 「가시리」의 형식상 특징이었던 분연체나 후렴구를 찾아볼 수 없거든요. 엄밀히 따지면 「정과정」은 향가에서 고려 가요로 넘어가는 과도기에 발생한 향가 계열의 고려 가요라고 할 수 있어요.

「정과정」에 담긴 정서의 진심은 의종에게 잘 전달되었을까요? 정서는 결백함을 인정받아 다시 궁궐로 돌아갈 수 있었을까요? 그러기까지는 오랜 세월이 흘러야 했습니다. 앞서 소개한 임춘의 「공방전」에서 무신 정변을 언급했지요. 1170년에 일어났던 무신 정변으로 의종은 폐위되고 명종이 왕위에 올랐어요. 정서는 이때서야 다시 관직에 등용되었어요. 귀양을 간 지 20년 만의 일이었지요.

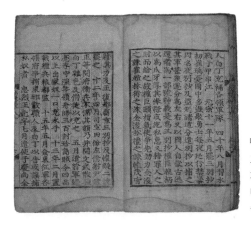

『고려사』
고려 왕조의 역사를 기전체 형식으로 저술한 역사서로 조선 전기에 편찬되었다. 정서의 「정과정」과 관련된 이야기가 수록되어 전해지고 있다.

고려의 혼란 속에서 탄생한 노래
- 「청산별곡」

"사자(使者, 명령이나 부탁을 받고 심부름하는 사람)를 여러 도(道)에 보내어 백성들을 산성(山城)과 해도(海島, 바다 가운데 있는 섬)로 옮기도록 하라."

안 그래도 혼란스러웠던 무신 집권기, 고려 조정은 위와 같은 명령을 내렸습니다. 왜 그랬을까요? 이규보의 「이옥설」을 감상할 때 소개했던 고려와 몽골의 전쟁을 떠올려 보세요.

1231년, 몽골이 고려에 침입하자 무신 정권의 집권자였던 최우는 몽골에 대항하기 위해 강화도로 도읍을 옮겼어요. 이때 고려 조정은 백성들을 피난시키기 위해 위와 같은 명령을 내렸지요. 몽골의 침입으로 이곳저곳을 떠돌면서 살아야 했던 백성들의 한숨과 고단한 삶이 바로 「청산별곡」에 담겨 있어요. 고려 조정의 명령에 있었던 '산성(山城)'과 '해도(海島)' 두 단어를 염두에 두면서 「청산별곡」을 함께 감상해 볼까요?

강화산성(인천 강화)
수도를 강화도로 옮긴 최우는 몽골 기병을 막기 위해 강화산성을 쌓았다. 산성은 몽골과 강화 조약을 맺은 이후 헐렸다가 조선 시대에 재건되었다.

살어리 살어리랏다 청산(靑山)애 살어리랏다

멀위랑 두래랑 먹고 청산(靑山)애 살어리랏다

얄리얄리 얄라셩 얄라리 얄라

우러라 우러라 새여 자고 니러 우러라 새여

널라와 시름 한 나도 자고 니러 우니노라

얄리얄리 얄라셩 얄라리 얄라

가던 새 가던 새 본다 믈 아래 가던 새 본다

잉무든 장글란 가지고 믈 아래 가던 새 본다

얄리얄리 얄라셩 얄라리 얄라

처인성(경기 용인)
처인 부곡에서는 김윤후가 이끄는 부곡민들이 몽골군 지휘관 살리타를 사살해 몽골군 철수라는 성과를
이뤘다.

이링공 뎌링공 ᄒᆞ야 나즈란 디내와손뎌

오리도 가리도 업슨 바므란 ᄯᅩ 엇디 호리라

얄리얄리 얄라셩 얄라리 얄라

〈현대어 풀이〉

살겠노라 살겠노라. 청산에 살겠노라.

머루와 다래를 먹고 청산에 살겠노라.

얄리얄리 얄라셩 얄라리 얄라

우는구나 우는구나 새여. 자고 일어나 우는구나 새여.

너보다 시름 많은 나도 자고 일어나 우노라.

얄리얄리 얄라셩 얄라리 얄라

제주 항파두리 항몽 유적(제주 애월)
고려와 몽골이 강화를 맺고 전쟁을 끝내기로 했음에도 삼별초는 진도와 제주도로 근거지를 옮기며 끝까지 항전했다. 1273년, 제주도가 함락되자 삼별초도 진압되었다.

가는 새 가는 새 본다. 물 아래로 날아가는 새 본다.

이끼 묻은 쟁기를 가지고 물 아래로 날아가는 새 본다.

얄리얄리 얄라셩 얄라리 얄라

이럭저럭 하여 낮은 지내 왔건만

올 사람도 갈 사람도 없는 밤은 또 어찌할 것인가.

얄리얄리 얄라셩 얄라리 얄라

-「청산별곡」에서

　「청산별곡」은 『악장가사』에 전문이 실려서 전해지고 있습니다. 이 작품은 누가 언제 지었는지 알려지지 않았기 때문에 고려 가요라고 확정 지을 수는 없어요. 하지만 조선 시대 초기 작품들과 비교해 보면 완전히 달라서 고려 가요로 분류하는 것이 일반적이지요.

　우리가 앞에서 감상한 부분은 「청산별곡」의 1~4연이에요. 총 8연으로 구성된 「청산별곡」의 1~4연과 5~8연은 대칭을 이룬답니다. 1~4연에는 '청산'에 대한 동경이 나타나 있고, 5~8연에는 '바다'에 대한 동경이 나타나 있어요.

　여러분이 기억하고 있을 두 단어 가운데 '산성(山城)'은 '청산'에 해당하고, '해도(海島)'는 '바다'에 해당해요. '청산'에서 살고자 하는 화자의 갈망이 잘 드러난 1~4연을 좀 더 구체적으로 감상해 보도록 해요.

　먼저 1연을 보세요. 화자인 '나'는 청산에서 살기를 바라고 있습니다. '청산'은 '나'가 바라는 이상 세계 혹은 안식처를 상징해요. '나'는 "살어리랏다"라는 구절을 반복하면서 청산에서 살고자 하는 간절함을 드러내고 있어요. '청산'은 맛있는 음식이 많은 곳도 아니고, 높은 벼슬을 누리며 편안하게 살 수 있는 곳도 아닙니다. 오히려 속세와는 거리가 먼 공간이에요. 그저 '나'는 머루, 다래 같은 소박한 음식을 먹으면서 자연에서 지내기를 바랄 뿐이지요.

여기까지는 '나'가 청산에 살고 있지 않은 경우를 가정한 해석이에요. 반대로 '나'가 현재 청산에 살고 있다고 해석하면, 청산에서 사는 것이 힘들고 괴롭지만 어쩔 수 없이 이곳에서 계속 살아야 한다는 의미로 볼 수 있지요.

「청산별곡」의 1연만 봐도 앞에서 살펴본 「가시리」와의 공통점을 몇 가지 발견할 수 있어요. 「청산별곡」의 1연 1행은 "살어리 / 살어리 / 랏다 / 청산(靑山)애 / 살어리 / 랏다"로 나눌 수 있어요. 「가시리」처럼 3 · 3 · 2조에 3음보이지요.

황룡사 9층 목탑(모형)
신라 시대에 가장 컸던 사찰인 황룡사의 목탑으로 선덕 여왕 때 경주에 세워졌으나 몽골의 침입으로 인해 불타 없어지고 터만 남았다.

「청산별곡」의 1연 3행은 「가시리」의 "위 증즐가 대평셩디" 같은 후렴구예요. 특히 「청산별곡」의 후렴구에서는 'ㄹ'과 'ㅇ'이 반복적으로 나타나요. 밝은 느낌을 주는 데다가 음악성도 잘 살려 주고 있지요. 이 후렴구는 악기 소리를 표현한 것으로 추정된답니다.

「청산별곡」의 전체적인 분위기는 후렴구와 완전히 다르지요. 괴로움, 고독, 한탄 등으로 가득하니까요. 하지만 후렴구의 느낌이 밝고 명랑한 이유는 삶의 괴로움을 긍정적으로 승화하고자 했던 고려 사람들의 낙천적인 기질이 반영된 것이라고 볼 수 있어요. 「가시리」와 마찬가지로 이 작품 역시 나중에 궁중으로 유입되었습니다. 왕 앞에서 불리면서 밝은 느낌의 후렴구가 들어갔다고 추정할 수도 있어요.

2연에는 울고 있는 '새'가 등장합니다. '나'는 자고 일어나서 우는 새를 보고는 시름이 많은 자신도 자고 일어나서 울고 있다고 했어요. '새'를 보면서 동병상련(同病相憐, 어려운 처지에 있는 사람끼리 서로 가엾게 여김)을 느끼고 조금이나마 위로를 받고 있지요. 즉, '나'가 청산에서 살고 있든 청산에서 살고자 하든 현재 처한 현실 속에서 괴로워하고 있다는 것을 알 수 있어요.

3연에서 '나'는 새가 날아가는 모습, 즉 "가던 새"를 바라보고 있어요. 여기서부터는 '나'를 어떤 사람으로 보느냐에 따라서 "가던 새"의 해석이 달라지니 좀 더 집중해서 살펴봅시다.

'나'를 삶의 터전을 잃고 이리저리 떠돌아다니는 유랑민으로 본다면, "가던 새"는 '갈던 사래(밭)'로 해석할 수 있어요. '나'를 실연한 여인으로 본다면, "가던 새"는 '자신을 떠나 버린 임'을 의인화한 것으로 풀이할 수 있지요. 또 '나'를 현실에 좌절한 지식인으로 본다면, "가던 새"는 '날아가는 새'로 해석할 수 있어요. 지식인에게 '새'는 친구 같은 존재거든요.

3연 2행의 "잉무든 장글란" 역시 해석이 세 가지로 나뉩니다. '나'가 유랑민이라면 '이끼 묻은 쟁기'로, '나'가 여인이라면 '이끼 묻은 은장도'로, '나'가 지식인이라면 '날이 무뎌진 병기(兵器, 전쟁에 쓰는 기구)'로 해석할 수 있어요.

그렇다면 유랑민이 이끼 묻은 쟁기를 들고 갈던 밭을 바라보는 것, 실연한 여인이 이끼 묻은 은장도를 들고 임을 생각하는 것, 현실에 좌절한 지식인이 날이 무뎌진 병기를 들고 날아가는 새를 바라보는 것은 무슨 뜻일까요? 바로 속세에 대한 미련을 의미해요. 속세에서의 삶이 너무 고독하고 힘들어서 청산 같은 이상향을 꿈꾸지만, 막상 이상향으로 떠난다고 하면 속세에 미련이 남는 것처럼요.

몽골 침입과 대몽 항쟁
몽골의 고려 침략은 1231년부터 1259년까지 계속됐다. 전쟁으로 인해 수많은 백성이 죽거나 포로로 끌려갔고, 국토가 황폐해지는 등 피해가 극심했다.

4연을 보면 속세에서의 '밤'은 너무 절망적인 시간입니다. 낮은 그럭저럭 지낼 만하지만 아무도 오고 가지 않는 밤은 절대적으로 고독한 시간이니까요.

절망과 한탄은 여기에 제시되지 않은 5~8연에서도 잘 나타나는데 간략히 소개해볼게요. 5연에서 '나'는 자신의 운명적인 삶에 체념하고 있어요. 동시에 6연의 '나'는 바다에서 소박한 음식을 먹으며 살고자 하는 마음을 드러냈어요. 청산에서 살고 싶은 소망을 노래한 1연처럼 말이에요. 7연에서 '나'는 사슴이 장대에 올라가서 해금을 연주하는, 즉 현실에서 일어날 수 없는 기적을 바라고 있어요.

여러분은 '나'의 절박한 심정을 조금이나마 짐작할 수 있나요? 하지만 현실에서는 운명을 바꿀 수도 없었고, 기적이 일어나지도 않았지요. 마지막 8연에서 '나'는 독한 술을 마시며 괴로움을 잊으려 했어요.

결국 「청산별곡」의 화자인 '나'가 누구든 현재 근심이 많은 사람, 운명이라는 이름으로 세상이 던지는 돌을 맞으며 체념한 사람, 사랑하거나 미워할 사람도 없이 고독에 젖은 사람, 하루하루 힘들게 살아가는 사람이라는 것만은 분명해요.

앞서 소개한 것처럼 고려 때는 나라 안팎으로 불안정한 사건이 많았어요. 나라 밖에서는 거란, 여진, 몽골의 침입이 끊이질 않았고, 나라 안에서는 이자겸의 난, 묘청의 서경 천도 운동이 일어나며 사회 혼란이 계속됐지요.

특히 몽골과의 오랜 전쟁으로 국토가 황폐해지고 나라 재정은 궁핍해질 수밖에 없었어요. 권문세족은 고위 관직을 독점하거나 불법으로 토지를 차지하며 정치적·경제적 이득을 챙겼어요. 원으로 국호를 바꾼 몽골은 고려의 내정에 적극적으로 간섭하기 시작했고요.

이후 원이 쇠퇴하는 시기를 틈타 공민왕이 여러 가지 자주 개혁을 단행했지만, 개혁은 실패했고 공민왕은 권문세족에 의해 살해당했습니다. 권문세족은 어린 우왕을 내세워 국정 농단을 이어갔어요. 신진 사대부는 권문세족을 비판하며 서로 대립했고요. 그러다 보니 고려 사회는 혼란스러워졌고 백성들은 힘든 삶을 살았어요. 지식인들 역시 안정적으로 정착해서 살기가 어려웠지요. 이렇듯 「청산별곡」에는 당시 고려 사람들이 느꼈던 괴로움과 비애가 잘 담겨 있답니다.

수라상
원이 고려의 내정에 간섭하던 시기에 고려로 전해졌던 몽골 생활 양식을 몽골풍이라고 한다. '전하', '수라', '무수리' 등의 단어가 몽골에서 들어왔다.

고려 말에 새롭게 등장한 세력인 신진 사대부는 정치에서뿐만 아니라 문학에서도 두각을 드러냈습니다. 가전, 경기체가, 시조를 만들어 낸 게 신진 사대부였거든요.

경기체가는 신진 사대부가 자신들의 생활 속에서 느낀 향락과 풍류를 표현하기 위해 즐겨 부르던 노래예요. '경기체가'라는 이름은 작품 안에서 '~경(景) 긔 엇더ᄒ니잇고'나 '경기하여(景幾何如)'라는 구절이 반복되는 것에서 유래했답니다. 구체적인 사물과 경치를 나열하면서 감흥을 드러낸 경기체가는 고려 고종 때 한림 제유가 지은 「한림별곡」을 시작으로 조선 초기까지 창작되었어요. 고려 시대에 지어진 경기체가가 주로 자연을 노래했다면, 조선 시대에 지어진 경기체가 중에는 조선 건국을 찬양하는 내용을 담은 것도 있었어요.

경기체가는 한문으로 지은 노래예요. 한문을 모르는 일반 백성들은 접근하기 어려웠기 때문에 향유(享有) 계층이 고정된 기형적인 문학이라는 평가를 받기도 하지요. 또한, 경기체가는 기록으로 잘 남아 있어 작가와 연대가 분명하다는 점에서 고려 가요와 차이를 보여요.

신진 사대부는 우리 고유의 정형시인 시조도 창작했어요. 다소 복잡한 구조의 경기체가와 다르게 시조는 4음보의 간결한 형식으로 이루어져 있고, 유교 사상이 잘 담겨 있지요. 이즈음 시조를 즐겨 지었던 대표 작가로는 이방원, 정몽주, 우탁, 이조년 등을 꼽을 수 있습니다.

포부와 자신감이 넘치는 이 노래, 어떻습니까
- 한림 제유의 「한림별곡」

매년 10월 초가 되면 많은 사람이 노벨상 발표에 관심을 보여요. 혹시 여러분들은 우리나라 최초로 노벨상을 받은 사람이 누구인지 알고 있나요? 바로 김대중 전 대통령입니다. 2000년에 노벨평화상을 수상했어요.

노벨상은 1901년에 제정되었는데 평화, 물리학, 화학, 생리학·의학, 경제학, 문학의 6개 부문에서 매년 인류에 가장 큰 공헌을 한 사람이나 단체에 상을 수여해요.

매년 누가 노벨상 수상자가 되었는지 검색해 보거나 관련 기사를 접할 때 여러분이 자주 듣거나 보는 단체 이름이 있을 거예요. '스웨덴 한림원'입니다. 정확한 표현은 '스웨덴 학술원(Swedish Academy)'이지만, 많은 언론에서 '스웨덴 한림원'이라고 표기해요. 그런데 도대체 '한림원'이 무슨 뜻일까요?

김대중 전 대통령(1924~2009)
우리나라의 제15대 대통령이며 2000년에 한국인 최초로 노벨평화상을 받았다. 군부 정권으로부터 여러 번 납치, 투옥, 가택연금 등의 조치를 당했으나 민주 진영의 지도자로 오랫동안 활동했다.

'한림원(翰林院)'은 중국 당의 황제였던 현종이 처음 세운 국가 기관이에요. '한(翰)'은 '깃털로 만든 붓'을 의미하고, '임(林)'은 '수풀 림'자로 '모인다'라는 의미예요. 즉, 붓을 든 사람들이 모여 있다는 뜻으로 한림원에는 문장, 의술, 기술 등이 뛰어난 사람들이 모였어요. 현재까지 의미가 이어져 역량 있는 학자들이 있는 단체를 가리키지요.

우리나라에도 고려 시대에 한림원이 있었어요. 원래 명칭은 원봉성이었다가 한림원으로 바뀌었지요. 이곳에서는 임금의 명령을 받아 문서를 꾸미는 일을 담당했는데, 당시 문신들에게는 꿈의 직장이었습니다. 이런 업무를 하려면 글을 잘 쓰는 인재들이 필요했거든요.

지금부터 감상할 작품은 한림원에 속한 선비들이 고려 고종 때 지은 「한림별곡」입니다. 「한림별곡」은 『악학궤범』에 실려 전해지는 경기체가 중 가장 오래된 작품이에요. 당시 신진 사대부는 중앙 정계에 진출하기 시작한 새로운 세력이었어요. 자신들의 생활을 노래 형식으로 표현하고자 경기체가를 탄생시켰지요.

한림원
당에서 처음 생긴 국가 교육 기관으로 여러 인재를 배출했다.

「한림별곡」은 총 8장으로 이루어져 있어요. 제1장부터 제7장까지는 각각 시부(잘 쓴 문장을 찬양함), 서적(학문과 독서에 대한 자긍심을 드러냄), 명필(유명한 서체를 칭찬함), 명주(풍류를 즐기는 귀족을 표현함), 화훼(화원의 경치를 노래함), 음악(음악 취향을 이야기함), 누각(후원의 경치를 묘사함)에 관한 내용이 차례로 나와요.

각 장이 다루고 있는 소재만 봐도 고려 가요와는 분위기가 다르지요? 제1장부터 제7장까지는 주로 소재를 나열하거나 제시한 후, 그것에 대한 소감을 덧붙인 형식이에요. 게다가 한문 어구를 사용했지요. 지식인 계층이었던 신진 사대부에게는 한문이 더 익숙했으니까요.

왜 「한림별곡」의 제8장만 쏙 빼놓고 이야기하느냐고요? 지금부터 함께 감상할 부분이거든요. 제8장은 다른 장과 다르게 순수한 우리말로 이루어져 있어서 문학성이 두드러지는 장이기도 해요. 제8장의 소재는 추천, 즉 그네뛰기랍니다.

정도전(1342~1398)
신진 사대부 중 한 명으로 고려 말 권문세족들에게 대항했던 인물이다. 훗날 신흥 무인 세력과 손을 잡고 조선 건국을 이루었다.

〈제8장〉

당당당(唐唐唐) 당츄ᄌᆞ(唐楸子) 조협(皂莢) 남긔

홍(紅)실로 홍(紅)글위 ᄆᆡ요이다

혀고시라 밀오시라 뎡쇼년(鄭少年)하

위 내 가논 ᄃᆡ ᄂᆞᆷ 갈셰라

엽(葉) 샥옥셤셤(削玉纖纖) 솽슈(雙手)ㅅ길헤 샥옥셤셤 솽슈ㅅ길헤

위 휴슈동유(攜手同遊)ㅅ 경(景) 긔 엇더ᄒᆞ니잇고

〈현대어 풀이〉

당당당 당추자 쥐엄나무에

붉은 실로 붉은 그네를 맵니다.

(그네를) 당겨라 밀어라 정소년아.

고려 성균관의 명륜당(북한 개성)
성균관은 고려 말 최고 교육 기관으로 신진 사대부들이 성리학을 공부하며 정치 세력을 형성한 곳이다.

아! 내가 가는 곳에 남이 갈까 두렵구나.

마치 옥을 깎은 듯 고운 두 손길에, 옥을 깎은 듯 고운 두 손길에

아! 고운 두 손을 잡고 함께 노니는 광경, 그것이 어떻습니까?

－한림 제유, 「한림별곡」에서

「한림별곡」 제8장은 다른 장들과 분위기나 표현 방식에서 차이점을 보여요. 좀 더 자세히 살펴볼게요. 나무에 붉은 실로 맨 그네가 달려 있습니다. 여자는 그네를 타고 남자는 그네를 밀어주고 있네요. 남녀가 다정하게 그네를 뛰는 모습이 정겹고 흥겹게 표현되어 있어요. 「한림별곡」 제8장은 한글로 쓴 부분이라고 말했지요? 한문에 익숙한 신진 사대부도 즐겁게 그네를 타는 모습을 한문으로 생생하게 표현하기는 어려웠나 봐요. '그네뛰기'라는 것이 민속적인 소재이기도 하고요.

제8장을 보면 1행부터 '당당당(唐唐唐)' 세 글자가 눈에 확 들어올 거예요. 무슨 뜻일까요? 3 · 3 · 4조의 글자 수를 맞추고, 운율감과 율동감을

단오풍정(신윤복)
단오는 음력 5월 5일에 있는 우리나라 명절 중 하나인데, 당시 여자들은 단옷날에 그네 타기를 즐겼다고 전해진다.

조성하기 위해 '당츄주'의 앞글자인 '당'을 일부러 세 번 넣은 거예요. 당시에는 아주 세련된 표현 방식이었어요.

평민들의 노래였던 '고려 가요'와 귀족들의 노래였던 '경기체가'는 고려 시대를 대표하는 문학 갈래예요. 둘 사이에는 공통점도 있고 차이점도 있어요. 공통점은 앞에서 감상했던 「가시리」를 떠올려 보면 쉽게 발견할 수 있습니다. 첫 번째는 여러 개의 연으로 나뉜다는 점이에요. 두 번째로 3음보 형식이라는 점이 있고, 세 번째로 후렴구가 존재한다는 점을 들 수 있지요. 「한림별곡」에서는 각 장마다 반복되는 "경(景) 긔 엇더ᄒ니잇고"가 후렴구에 해당해요.

차이점은 무엇일까요? 가장 먼저 파악할 수 있는 것은 각각 평민과 귀족의 노래였다는 점입니다. 향유 계층이 다르다 보니 자연스럽게 주제나 정서 측면에서 차이를 보였어요. 고려 가요는 남녀 간의 애정, 임과의 이별, 자연 예찬 등 평민들의 진솔한 감정이 담긴 다양한 주제를 다루었어요. 반면 경기체가는 구체적인 사물이나 경치를 나열하며 거기서 느낀 감흥을 표현했어요. 인간 내면의 감정보다는 외부 세계에 더 집중했다고 볼 수 있지요. 신진 사대부는 자신들이 누리는 풍요로운 생활과 고려 말에 이르러서야 뒤늦게 성장한 모습을 과시하기 위해 경기체가를 창작했거든요.

「한림별곡」은 귀족들 사이에서 오랜 기간 사랑을 받았습니다. 궁중 음악으로 연주되거나 귀족들이 연회를 베풀 때 자주 불렀어요. 어떤 연회에서는 흥이 최고조에 달하자 관리, 기생 들이 모두 자리에서 일어나 「한림별곡」을 불렀다고 해요. 그래서일까요? 조선 시대의 유학자였던 퇴계 이황은 이 노래가 방탕하고 교만하다며 비판했답니다. 특히 제8장에서 남녀가 그네를 타며 어울리거나 손을 맞잡는 묘사는 당시로서는 매우 파격적이었거든요.

앞서 고려 후기에 백성들의 궁핍한 삶과 전쟁 때문에 이곳저곳을 떠돌 수밖에 없었던 처지에 관해 살펴보았지요? 백성들의 입장에서 보면 새롭게 등장한 신진 사대부 역시 향락을 즐기는 귀족들과 매한가지였을 지도 몰라요. 물론 청렴결백한 신진 사대부가 한 명도 없었다고 단언할 수는 없겠지만요.

신진 사대부가 우리나라 문학사에 기여한 부분은 인정해야 하지만 백성들의 고통을 뒤로하고 향락, 풍류, 학문적인 자부심 등을 과시하듯이 내보인 태도는 충분히 비판할 수 있겠지요.

단양 도담 삼봉(충북 단양)
단양8경 중 하나로 꼽히는 곳이다. 고려 말 신진 사대부였던 정도전이 이곳의 풍경을 좋아하여 자신의 호를 '삼봉'이라고 지었다고 한다.

흰머리를 보며 인생의 이치를 깨닫다
- 우탁의 「혼 손에 막디 잡고」, 「춘산에 눈 녹인 부람」

사람이라면 누구나 늙지 않고 오래오래 건강히 살기를 바라지요. 나이가 들어서 흰머리가 나거나 몸 여기저기가 안 좋아지는 것을 바라는 사람은 없을 테니까요. 지금 누리는 삶에 애착이 커서 죽음을 두려워하는 사람도 많을 거예요.

생로병사와 관련한 두려움은 예전이나 지금이나 변함이 없었습니다. 대표적인 예로 중국을 통일한 진시황이 있어요. 진시황은 불로초(不老草), 즉 먹으면 늙지 않는다는 풀을 찾기 위해 정성을 쏟았어요.『사기』에 의하면 기원전 219년, 시황제는 서복이라는 인물에게 불로초를 구해 오라는 명령을 내렸습니다. 서복은 황제의 명령대로 수천 명을 이끌고 길을 떠났지만 중국으로 돌아오지 않았다고 해요.

서복이 불로초를 찾았는지 못 찾았는지는 알려지지 않았어요. 불로초를 찾았는데도 돌아오지 않은 건지, 아예 찾지 못해서 돌아올 수가 없었던 건지 아무도 모르는 일이지요.

『사기』
중국 한의 역사가인 사마천이 쓴 역사서로 상고의 황제부터 전한의 무제까지 중국 고대사를 다루었다. 총 130권이며 중국 후대 역사서를 저술하는 표준이 되었다.

시대와 국가에 상관없이 늙고 죽는 것은 자연스러운 현상이지만 인간에게는 거부하고 싶은 자연의 섭리이기도 해요. 그래서인지 영원히 사는 사람이나 늙지 않는 사람을 소재로 한 작품들이 꾸준히 창작되고 있지요. 인간 모두가 늙지 않거나 영원히 살게 된다면 어떤 일이 벌어질까요? 자연의 섭리를 거스르는 일이 생긴다면 오히려 죽는 것보다 더 두렵고 끔찍한 일이 일어나지 않을까요?

지금부터 소개할 두 작품은 '늙음'에 관한 내용을 담고 있는 시조예요. 고려 말 유학자이자 신진 사대부였던 우탁의 작품이지요. 고려 시대, 시조, 유학자. 이 세 단어의 조합만으로도 작품이 고리타분하고 지루할 것 같나요?

우탁의 시조는 여러분의 편견을 제대로 깨 줄 거예요. 짧은 길이의 작품이지만 그 안에 인생을 대하는 여유, 낙천적인 태도, 참신한 표현, 웃음을 유발하는 해학성까지 담겨 있거든요.

『청구영언』에 실려 전하는 우탁의 두 작품은 고시조라 제목이 따로 없습니다. 대부분의 시조는 구분하기 편하도록 제일 앞 구절을 따서 임시 제목으로 삼아요. 시조는 각 행마다 4음보로 구성되어 있는데 1행, 즉 초

사인암(충북 단양)
우탁이 정4품 벼슬인 사인(舍人)에 재직 중일 때 머물렀던 장소여서 사인암(舍人巖)이라는 이름이 붙었다고 한다. 단양8경 중 하나로 꼽힌다.

장에서 앞의 2음보에 해당하는 구절만 가져와 제목으로 사용하지요. 이렇게 따지면 우리가 감상할 두 시조의 제목은 「혼 손에 막디 잡고」와 「춘산에 눈 녹인 부람」이랍니다.

시조의 특징에 관한 이야기가 나왔으니 작품을 감상하기 전에 몇 가지 설명을 덧붙일게요. '시조' 하면 자연스럽게 따라붙는 설명이 무엇일까요? 바로 '3장 6구 45자 내외'입니다. 수업 시간에 하도 많이 들어서 여러분도 잘 알고 있을 거예요.

우선 3장은 초장, 중장, 종장을 가리켜요. 쉽게 말하면 시조는 총 1연 3행으로 된 시인데 한 행마다 각각 이름을 붙여 준 셈이지요.

6구는 각 장이 두 개의 구절로 나뉘어서 생긴 것입니다. 예를 들어 "혼 손에 막디 잡고 쏘 혼 손에 가싀 쥐고"는 "혼 손에 막디 잡고 / 쏘 혼 손에 가싀 쥐고" 이렇게 내용상 두 구절로 나눌 수 있어요. 한 장마다 두 개의 구절이 나오므로 총 6구가 되겠지요.

45자 내외는 시조를 이루는 총 글자 수가 45자 정도 된다는 뜻이에요. 참, 앞에서 설명한 대로 시조는 4음보라는 것도 잊지 않았지요? "혼 손에 / 막디 잡고 / 쏘 혼 손에 / 가싀 쥐고" 이렇게 끊을 수 있으니까요.

시조의 특징을 파악했으니 지금부터 본격적으로 우탁의 작품을 감상해 볼까요?

혼 손에 막디 잡고 쏘 혼 손에 가싀 쥐고

늙는 길 가싀로 막고 오는 백발(白髮) 막디로 치려터니

백발이 제 몬져 알고 즈럼길노 오더라

〈현대어 풀이〉

한 손에 막대기를 잡고, 또 한 손에 가시를 쥐고

늙는 길은 가시로 막고, 오는 백발은 막대기로 치려고 하니

백발이 먼저 알고 지름길로 오더라.

－우탁,「훈 손에 막디 잡고」 전문

시의 화자는 늙는 게 싫은 모양이에요. 막대기와 가시를 들고 늙음을 막아 보려고 했어요. 늙는 길은 날카로운 가시로 막아 버리고, 다가오는 백발은 막대기로 치려고 했지요. 화자의 행동을 상상하면 안타까우면서 왠지 웃음이 나오지요?

그새 백발은 지름길로 왔어요. 이미 화자의 머리카락이 하얗게 변했다는 뜻이지요. 우탁은 백발을 의인화해서 누구도 늙음을 막을 수 없다는 사실을 표현했어요. 우탁의 시에서 드러나는 의인화와 해학성은 지금 보아도 무척 참신하고 감각적이지요.

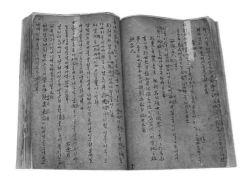

『청구영언』
조선 영조 4년인 1728년에 김천택이 펴낸 시조집으로 『해동가요』, 『가곡원류』와 함께 조선 3대 시조집으로 꼽힌다. 제목의 '청구(靑丘)'는 우리나라를 뜻한다.

춘산(春山)에 눈 녹인 부람 건듯 불고 간 뒤 업다

져근덧 비러다가 마리 우희 불니고져

귀 밋티 히무근 서리룰 녹여 볼가 호노라

〈현대어 풀이〉

봄 산에 눈 녹인 바람이 잠깐 불고 간 데 없다.

(바람을) 잠시 빌려다가 머리 위에 불게 해서

귀밑의 해묵은 서리(백발)를 녹여 볼까 하노라.

-우탁, 「춘산에 눈 녹인 부람」 전문

많은 작품에서 '봄'이라는 계절은 청춘을 상징하지요. 이 작품에서도 마찬가지예요. 바람은 봄 산에 쌓인 눈을 녹이다가 금세 사라졌어요. 봄, 즉 청춘이 순식간에 지나갔다는 뜻이에요. 화자는 바람을 빌려와 자신의 머리 위에서 불게 하려고 했습니다. 왜일까요?

어느덧 노년에 접어든 화자의 귀밑에 서리처럼 하얀 머리카락이 있었나 봐요. 화자는 바람이 눈을 녹인 것처럼 자신의 백발도 없애 주기를 바라고 있어요. 흰 머리가 검은 머리로 되돌아가기를 바라는, 다시 말해 젊은 시절로 돌아가고 싶은 화자의 소망이 담겨 있는 표현이지요. 정말 참신하지 않나요?

지금까지 살펴본 두 작품에서 우탁은 늙어가는 모습을 허망하고 애처롭게 표현하지 않고, 솔직하고 기발하게 그려냈어요. 작품을 곱씹을수록 젊음을 갈망한다기보다는 늙음에 대해 달관한 듯한 태도, 삶을 긍정적으로 대하는 태도가 돋보이지요.

작품을 감상해 보니 작가 우탁은 어떤 인물이었을 것 같나요? 왠지 흰 수염을 가만히 쓰다듬으며 인생에 달관한 도인 같은 면모를 내보일 것 같기도 하고, 기품 있지만 두 눈에는 장난기가 서려 있는 유쾌한 성품의 인물일 것 같기도 하지요. 여러분이 상상한 우탁의 모습은 어느 쪽에 가깝나요?

사실 우탁은 태어났을 때부터 범상치 않았어요. 그는 태어난 지 사흘이 되도록 울음을 그치지 않아 가족들이 크게 걱정했다고 하지요. 때마침 지나가던 승려가 "저 아이는 벌써부터 『주역(周易, 유교의 다섯 가지 경서 가운데 하나)』을 외우고 있구나. 장차 큰 인물이 되겠어."라고 말했어요. 승려는 우탁의 비범함을 일찌감치 간파했나 봅니다. 이후 우탁은 울음을 그친 뒤 어엿하게 자랐어요. 이 설화는 우탁의 출생지인 충북 단양 지역에 전해진답니다.

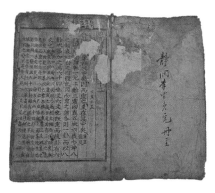

『주역전의대전』
유교의 다섯 가지 경서인 『오경대전』 중 하나로 명 영락제 때 편찬되었다. 『주역』에 대한 여러 주석을 총 24권으로 모았다. 15세기 초반에 세종이 중국 명으로부터 기증받아 우리나라에 널리 배포했다.

우탁과 관련 있는 이야기가 하나 더 있어요. 우탁의 강직함을 잘 보여주는 일화예요. 어느 날, 고려 제26대 왕인 충선왕이 아버지인 충렬왕의 후궁과 몰래 정을 통한 일이 알려졌어요. 그 일을 알게 된 우탁은 흰옷을 차려입었습니다. 그러고는 도끼를 들고 거적을 멘 뒤 궁궐에 들어가 상소문을 올렸어요. 충선왕의 행동을 비판하는 내용이었지요.

우탁의 상소문을 들고 선 신하들은 왕이 상소를 듣고 분노할까 봐 벌벌 떨며 상소 내용을 제대로 고하지 못했어요. 우탁은 큰 소리로 신하들을 꾸짖었어요. 왕을 모시는 신하로서 잘못된 점을 바로잡지 못하고 나쁜 길로 인도했으니 그 죄를 스스로 아느냐는 것이었지요. 신하들은 안절부절못했고 왕 역시 부끄러워했다고 해요.

이후 우탁은 중앙 정계에서 물러나 향리(鄕吏, 지방의 행정을 담당했던 하급 관리)를 맡았어요. 지방에서 학문을 닦으며 후진 양성에 힘쓰기 위해서

역동 서원(경북 안동)
우탁의 학문과 덕행을 추모하기 위해 퇴계 이황이 세운 것으로, 안동 지역 최초의 서원이다.

였지요. 우탁은 성리학을 기반으로 고려를 혁신하고자 노력했어요. 그는 독자적으로 학문을 터득한 학자이기도 했거든요.

이제 여러분의 머릿속에서 우탁은 어떤 모습을 하고 있나요? 그의 시를 읽기 전, 읽은 직후, 지금 떠오르는 그의 모습이 또 달라지지는 않았나요? 우탁은 단순히 늙음을 한탄하려고 시조를 쓴 게 아니에요. 학문의 세계는 무궁무진한데 학문을 익힐 수 있는 시간에 한계가 있음을 아쉬워한 것이라고 해석할 수도 있어요. 그는 당시 사회를 개혁하고자 노력했지만 결국 이루지 못했거든요. 시간이 부족했던 탓일 수도 있고, 외부 조건이 따라주지 않았던 탓일 수도 있어요. 우탁은 정말 아쉬웠을 거예요.

하지만 그의 시조만큼은 '늙지 않고' 생생하게 살아남아 현재 우리에게 전해졌으니 그의 '탄로(嘆老)'가 마냥 쓸쓸하게만 느껴지지는 않지요?

5과 한문학의 꽃
한시

'신라 시대의 노래'였던 향가는 고려 전기까지 창작되었습니다. 하지만 한문학이 등장하면서 향가는 점점 힘을 잃었어요. 그렇다면 고려 시대에 한문학이 등장한 이유는 무엇일까요?

고려 때 이르러 과거 제도가 생겼기 때문입니다. 또한 국자감이 설치되어 한문학이 발전했고, 신라 말의 6두품 출신들이 사회를 대표하는 새로운 계층으로 떠올랐지요. 신라의 골품제 아래서는 계급에 따라 진출할 수 있는 관직이 정해져 있었지만, 고려에서는 과거 시험을 통해 능력이 있으면 누구나 정계에 나아갈 수 있었어요. 물론 먹고 살기 바쁜 일반 백성은 과거를 보기 위해 공부하기가 어려웠지만요. 이에 따라 한문을 일부 가져와 표기하는 향가 대신 아예 한문으로 쓰인 한시가 발달하기 시작했어요.

고려 말에는 성리학이 들어오며 신진 사대부가 등장했습니다. 고려 초와는 또 다른, 새로운 내용의 한문학이 생겨났지요. 이즈음 지어진 한시의 대표 작가로 이규보, 이색, 정지상, 이제현 등이 있어요. 또한, 불교가 발달하면서 한문학에 능한 승려들도 시를 지었습니다.

조선이 건국되자 성리학은 국가 통치의 기본 이념이 되었어요. 한시라는 문학 갈래를 통해 성리학, 즉 유교 사상을 더욱 활발하게 전달할 수 있었지요. 임진왜란과 병자호란을 거치고 난 다음에는 사회가 황폐해진 탓에 한시의 인기가 한풀 꺾였어요. 현대에 이르러 한시는 창작과 향유의 대상이라기보다 연구의 대상이 되었다고 할 수 있지요.

드넓은 대동강에 눈물을 더하다
- 정지상의 「송인」

북한 평양의 대동강 변에는 마치 물 위에 떠 있는 것처럼 보이는 아름다운 누각이 하나 있습니다. 이 누각의 이름은 '부벽루'예요. 북한의 국보 문화 유물로도 지정된 부벽루에 올라서면 대동강의 아름다운 풍광이 한눈에 들어온답니다. 이곳은 고려 시대부터 조선 시대까지 많은 문인의 시심(詩心)을 자극했던 장소이기도 해요.

예전부터 부벽루에는 시가 적힌 시판이 많이 걸려 있었어요. 하지만 중국 명에서 사신이 온다는 소식이 들리면 접빈사(接賓使, 중국에서 온 사신들을 맞이하고 대접하는 관리)들이 시판을 부랴부랴 치웠다고 해요. 한시가 탄생한 국가가 중국이다 보니 한시의 종주국에서 온 사신들에게 시를 내보이기가 부끄러웠겠지요.

대동강의 모습(북한 평양)
대동강은 한반도에서 다섯 번째로 큰 강이다. 고구려의 수도였던 곳과 가까워 주변에 고구려 유적이 많다.

그 와중에 접빈사들이 치우지 않고 그냥 걸어 두었던 작품이 있었어요. 실제로 명 사신들이 그 작품을 극찬했다고 하지요. 어떤 작품인지 궁금하지 않나요? 바로 지금부터 우리가 감상할 정지상의 「송인」이랍니다.

雨歇長堤草色多(우헐장제초색다)

비가 갠 뒤 긴 언덕에는 풀빛이 고운데

送君南浦動悲歌(송군남포동비가)

남포에서 임을 보내며 슬픈 노래 부르네.

大同江水何時盡(대동강수하시진)

대동강 물은 언제 마를 것인가.

別淚年年添綠波(별루년년첨록파)

해마다 이별의 눈물이 푸른 물결에 더해지네.

-정지상, 「송인」 전문

부벽루(북한 평양)
고구려 때 지은 영명사에 부속된 정자라서 '영명루'라고도 불린다. 이곳에서 내려다보는 대동강 풍경이 아름다워 평양8경 중 하나로 꼽힌다.

작품의 제목인 '송인(送人)'은 '사람을 떠나보내다'라는 의미입니다. 제목만으로 유추할 수 있는 것처럼 「송인」은 사랑하는 임과의 이별을 노래한 시예요. '임과의 이별'이라고 하니 앞에서 감상한 몇 작품이 떠오르지요? 물에 빠져 죽은 남편과의 이별을 노래한 「공무도하가」도 있었고, 갑작스러운 이별의 슬픔을 노래한 「가시리」도 있었지요.

「송인」의 공간적 배경은 남포입니다. '남포'는 대동강 하구에 있는 진남포예요. 배가 자주 들락거리고 인파가 많은 항구도시여서 그런지 예전부터 이별의 장소로 유명했답니다. 무슨 이유인지는 모르겠지만 「송인」의 화자도 사랑하는 임을 보내기 위해 이곳에 왔어요. 비가 계속 내려야 임이 배를 타고 떠나지 못할 텐데 야속하게도 비가 그쳤네요.

화자는 사랑하는 임을 보내고 홀로 슬픈 노래를 불렀습니다. 화자의 처지와는 반대로 언덕에 있는 풀빛은 비가 갠 뒤라 유독 고와 보였어요. 배경으로 보이는 자연은 너무 아름다운데 화자는 이별을 하고 있으니 얼마나 서글펐을까요?

「공무도하가」와 마찬가지로 「송인」에서도 '물'이라는 소재는 중요한 역할을 해요. 「송인」의 화자는 임과 이별하며 느낀 슬픔 혹은 임에 대한 그리움 때문에 대동강변에 서서 눈물을 흘렸어요. "이별의 눈물"이 대동강의 "푸른 물결"에 더해진다고 표현했지요.

화자는 이별의 눈물 때문에 대동강 물이 마르지 않을 것이라고 말했습니다. 얼마나 눈물을 많이 흘렸기에 강물이 마르지 않을 정도일까요? 과장이 너무 심한 것 같나요? 1, 2구에서 이별 이야기를 하다가 3구에서 갑자기 '대동강' 이야기를 꺼내니 당황스럽게 느껴지기도 했을 테고요. 하지만 이어지는 4구를 읽어 보면 자연스럽게 이해가 될 거예요. 즉, 화자뿐만 아니라 사람들이 대동강에서 이별하느라 흘린 눈물 때문에 강물이 마르지 않을 거라는 뜻입니다. 흐르는 강물이 다 눈물로 보일 만큼 화자가 슬퍼하고 있다고 볼 수도 있고요. 어떤가요? 정말 기발하게 느껴지는 표현이지요?

부벽루에서 「송인」을 본 사신들은 4구를 읽고 비로소 무릎을 탁 치며 정지상의 기발함에 감탄했을 거예요. 과장법을 적절히 사용해 이별의 한을 더욱 깊게 전달했으니까요.

「송인」이 이별가의 백미이자 압권인 작품으로 인정받는 이유는 자연사와 인간사를 절묘하게 대비한 점에서도 찾아볼 수 있어요. 사사로운 인간사와 아름다운 자연이 잘 어우러지며 화자의 슬픔이 확장되도록 배치한 구성 덕분이지요.

남포 서해갑문(북한 남포)
남포항은 우리나라와 해외를 연결하는 관문이자 국제 무역항으로 일찍부터 항만 교통이 발달한 곳이다.

『동문선』에 실려 전하는 「송인」은 한시 가운데 7언 절구에 해당하는 작품이에요. '7언 절구'라는 말이 낯설고 어렵게 느껴지겠지만 천천히 풀어서 생각해보면 금방 알 수 있어요.

'7언'은 쉽게 생각하면 한 행에 일곱 개의 한자가 있는 거랍니다. '절구'는 네 개의 구, 즉 '기-승-전-결'로 이루어진 형식이에요. 그렇다면 '5언 절구'는 어떻게 구성된 한시일까요? '5언'이니까 다섯 개의 한자가 한 행을 이룬 시예요. 네 개의 구인 '기-승-전-결'로 구성된 것은 7언 절구와 같고요. 이제 좀 이해가 가나요?

앞에서 「여수장우중문시」를 살펴볼 때 한시 감상의 소소한 재미인 압운 찾기를 했어요. 「송인」에서도 압운 찾기를 하지 않으면 섭섭하겠지요. 특이하게도 「송인」 같은 7언 절구에는 압운이 세 군데나 있어요. 앞서 제시한 「송인」의 한자들을 잘 살펴보세요. 여러분 중에는 벌써 압운을 찾은 사람도 있을 거예요. 「송인」에서 압운은 1, 2, 4구 맨 끝에 있는 '多(다), 歌(가), 波(파)'랍니다. 세 한자 모두 'ㅏ'로 음이 끝난다는 공통점이 있어요. 참고로 7언 절구에서는 1, 2, 4구에 압운이 온다는 규칙이 일반적이에요. 규칙을 맞추기 위해 정지상은 일부러 도치법을 사용해 3구와 4구의 위치를 바꿨지요.

「송인」을 지은 정지상은 뛰어난 시인이자 강직한 정치인이었습니다. 그의 정치적 삶을 이해하기 위해서는 먼저 '묘청의 서경 천도 운동'을 알아봐야 해요. 간단하게 소개해 볼게요.

고려의 제17대 왕이었던 인종은 이자겸이 죽고 경주 김씨가 권력을 장악하자 왕권을 회복할 수 있기를 바랐어요. 그때 승려인 묘청이 나타났습니다. 묘청은 풍수지리설을 내세워 개경(개성)에서 서경(평양)으로 도읍을 옮겨야 한다고 주장했어요. 개경은 이미 기운이 쇠했지만 서경은 풍수지리적으로 명당이라는 이유를 들었지요. 또한, 묘청은 고려의 왕을 중국처럼 황제라고 불러야 한다고 말했습니다. 우리 민족의 기상을 높이고 외세의 침입을 방지하기 위해서였어요. 당시 고려에는 거란, 여진, 몽골 등 외부 세력의 침입이 이어져 나라가 무척 혼란스러웠거든요.

묘청의 주장에 동의한 이들을 서경파라고 합니다. 정지상도 서경파 중 한 사람이었지요. 인종 역시 묘청의 제안을 긍정적으로 받아들여 서경에 방문하거나 궁궐을 짓기도 했답니다. 하지만 몇몇 신하는 서경 천도를 반대했어요. 서경파는 자신들의 주장이 끝내 받아들여지지 않자 인종 13년인 1135년에 반란을 일으켰습니다. 이를 묘청의 서경 천도 운동이라고 해요.

묘청(미상~1135)
고려 때 활동한 승려로 풍수지리 같은 도교 사상도 함께 갖추었다. 인종에게 서경 천도를 건의했으나 받아들여지지 않자 반란을 일으켰고, 부하의 배신과 관군의 진압으로 인해 제거되었다.

반란을 진압하기 위해 김부식이 군대를 이끌고 나섰어요. 김부식은 서경파와 대립하던 개경파이자 경주 김씨의 대표적인 인물로 꼽혀요. 또한, 그는 『삼국사기』를 편찬한 인물로 여러분도 이름을 들어본 적이 있을 거예요.

결국 서경파는 개경파에 의해 1년 만에 진압되었습니다. 김부식은 묘청의 반란군을 진압하기 전에 먼저 정지상을 죽였어요. 임금의 명령이 아닌, 김부식의 단독 판단이었지요. 그러자 김부식이 정지상의 뛰어난 재주와 문장을 시기한 나머지 반란을 핑계로 정지상을 제거했다는 이야기까지 떠돌았어요. 정지상의 재능이 그만큼 훌륭했다는 뜻이겠지요. 천부적인 문장가였던 정지상은 정치의 소용돌이에 휘말려 안타깝게도 일찍 스러져 버리고 말았답니다.

김부식(1075~1151)
고려 중기의 문신이자 학자로 『삼국사기』를 편찬했다.
서경 천도에 반대해 관군을 이끌고 서경파를 진압했다.
그가 사망하고 19년이 지나 무신 정변이 일어났는데 이때 정중부에 의해 부관참시를 당했다.

"역사와 인간의 삶은 참으로 무상하구나."
- 이색의 「부벽루」

이곡의 「차마설」을 감상할 때 이곡의 아들인 이색에 관해 잠시 소개한 적이 있는데, 혹시 기억나나요?

이색은 고려 후기에 등장한 신진 사대부 가운데 온건 개혁파에 속했던 인물로 정몽주, 정도전, 길재, 권근 등을 가르쳐 성리학 확산에 크게 이바지했습니다. 이색은 학자이자 정치가였던 동시에 문인으로도 이름을 날렸어요. 6,000여 편의 시를 남겼는데 대부분 충, 효, 백성에 대한 사랑을 주제로 다루었답니다.

이색의 많은 작품 가운데 대표작으로 꼽을 만한 「부벽루」는 『목은집』에 실려 전해져요. 「부벽루」는 고려 후기의 한문 문학 가운데 가장 수준 높은 작품으로 인정받고 있지요. 지금부터 찬찬히 감상해 볼까요?

『목은집』
고려 말의 학자인 이색의 문집이다. 이색의 손자인 이계전이 시만 뽑아서 총 여섯 권으로 편찬한 것을 조선 인조 4년인 1626년에 후손 이덕수가 증보 · 간행했다. 문학적 가치가 높을 뿐만 아니라 사료(史料)로서도 중요하다.

昨過永明寺(작과영명사)

어제 영명사를 지나다

暫登浮碧樓(잠등부벽루)

잠시 부벽루에 올랐네.

城空月一片(성공월일편)

성은 비었는데 달은 한 조각이요,

石老雲千秋(석로운천추)

돌은 늙었는데 구름은 천추로다.

麟馬去不返(인마거불반)

떠난 기린마는 돌아오지 않고

天孫何處遊(천손하처유)

천손은 지금 어느 곳에 있는가.

長嘯倚風磴(장소의풍등)

길게 휘파람 불고, 바람 부는 언덕에 서니

山靑江自流(산청강자류)

산은 오늘도 푸르고 강은 절로 흘러가네.

– 이색, 「부벽루」 전문

'부벽루'라는 제목을 보니 바로 앞에서 보았던 정지상의 「송인」이 생각나지요? 이미 설명했던 대로 많은 문인이 '부벽루'의 매력에 이끌려 부벽루와 대동강의 아름다움을 노래했어요. 하지만 이색의 「부벽루」는 무언가 분위기가 다르게 느껴지지요.

「부벽루」의 화자는 영명사를 지나 부벽루 위에 올라서 있습니다. 부벽루와 대동강의 아름다움을 감상하기보다는 지난 역사를 떠올리고 있어요. 그 단서가 되는 시어는 '기린마'와 '천손'이에요. 두 단어는 모두 고구려 동명성왕과 관련이 있습니다. 동명성왕은 여러분이 '주몽'으로 잘 알고 있는 고구려의 시조예요.

「동명성왕 신화」에 따르면 동명성왕은 상상 속의 말(馬)인 '기린마'를 타고 하늘로 올라가 돌아오지 않았다고 해요. '천손(天孫)'은 천제의 손자라는 뜻으로 동명성왕을 가리키고요. 동명성왕, 즉 주몽의 아버지인 해모수가 천제의 아들이었으므로 동명성왕은 천제의 손자였던 셈이지요. 그렇다면 「부벽루」의 화자가 부벽루에 올라 고구려와 동명성왕을 떠올린 이유는 무엇이었을까요?

어느 날, 이색은 여행하다가 고구려의 옛 도읍인 평양을 찾았어요. 그는 고구려 광개토 대왕 때 지어진 절인 '영명사'를 지나다가 '부벽루'에 도착했어요. 절과 누각의 내부는 비어 있고 인적은 드물었습니다. 주변 풍광은 쓸쓸함과 애상감을 불러일으켰지요. 한때 번성했던 고구려는 어느새 사라지고 돌만 그 자리에 남아 늙어 있을 뿐이었어요.

당시 고려는 몽골과의 전쟁으로 국력이 약해져 있었습니다. 전쟁이 끝난 후에는 원의 내정 간섭과 경제 수탈로 사회가 혼란스러웠어요. 나라가 어지러울 때는 누구나 영웅이 등장해 어서 모든 것을 해결해 주길 바라겠지요. 이색은 동명성왕을 떠올리면서 고구려를 계승한 고려가 다시 번성하기를 바랐을 테고요. 하지만 신화 속에서 동명성왕이 돌아오지 않았듯, 동명성왕 같은 영웅이 현실에 나타나는 일은 없었지요.

동명왕릉(북한 평양)
고구려를 건국한 시조 동명왕(동명성왕)의 무덤이다. 고구려가 평양으로 천도할 때 이전했다고 추정된다.

이색은 고려 말 삼은의 한 사람으로도 이름을 남겼어요. '삼은(三隱)'이란 고려 말에 절의를 지킨 세 유학자 이색, 정몽주, 길재를 가리켜요. 고려가 멸망하고 조선이 세워지자 세 사람은 벼슬길에 나가지 않고 은둔하며 지냈거든요.

다시 「부벽루」로 돌아가 볼까요? 화자는 허무한 마음을 안고 언덕에 섰어요. 인간의 유한하고 허탈한 역사와 달리 영원한 자연은 그 모습 그대로 존재하고 있었어요. 인간사와 자연사의 대비 때문에 화자가 느꼈을 무상함이 더욱 크게 다가오지요.

이번에는 「부벽루」를 두 부분으로 나누어 살펴볼게요. 앞의 1~4구는 주변 풍경을 노래하고 있으므로 '선경'에 해당하고, 뒤의 5~8구는 화자가 자신의 심정을 밝힌 부분이므로 '후정'에 해당해요. '선경후정(先景後情)'이란 시상을 전개할 때 먼저 자연과 풍경을 묘사하고, 그 다음에 화자의 마음이 드러나는 것을 말해요. 한시의 전형적인 창작 기법 중 하나이지요.

「부벽루」는 5언 율시에 해당하는 작품입니다. 「송인」을 감상할 때 '5언 절구'에 대해서 설명한 바 있지요. 5언 율시는 5언 절구와 마찬가지로 다섯 개의 한자가 하나의 구를 이룬 시를 말해요. 하지만 4구로 구성된 '절구'와 달리 '율시'는 총 8구로 이루어져 있어요. '절구'의 딱 두 배 분량인 셈이지요.

이 작품에서도 압운을 찾아볼까요? 1~4구, 5~8구로 나누어서 살펴보면 찾기 수월할 거예요. 1~4구에서는 樓(루)와 秋(추), 5~8구에서는 遊(유)와 流(류)가 압운입니다. 5언 율시에서는 짝수 구인 2, 4, 6, 8구에만 압운이 오는 엄격한 규칙이 있거든요.

조선 후기의 문신이었던 신위는 특이하게도 시를 지어 다른 문인의 시를 평하곤 했습니다. 그는 우리가 지금까지 살펴본 정지상의 「송인」과 이색의 「부벽루」를 다음과 같이 평했어요.

長嘯牧翁倚風磴(장소목옹의풍등)

길게 휘파람 불며 돌계단에 기댄 이색

綠波添淚鄭知常(녹파첨루정지상)

푸른 물결 위에 눈물 보태던 정지상

雄豪艷逸難上下(웅호염일난상하)

호방함과 아름다움은 우열을 가리기 어렵도다.

偉丈夫前窈窕娘(위장부전요조낭)

늠름한 대장부와 정숙한 아가씨라 할까.

「송인」과 「부벽루」를 열심히 감상했다면 신위가 지은 한시의 1, 2구가 눈에 금방 들어왔을 거예요. 1구는 「부벽루」의 7구인 "길게 휘파람 불고, 바람 부는 언덕에 서니"에서 가져왔고, 2구는 「송인」의 4구인 "해마다 이별의 눈물이 푸른 물결에 더해지네."에서 가져왔답니다.

신위는 이색의 작품에서 느껴지는 호방함과 정지상의 작품에서 느껴지는 아름다움 가운데 어느 것이 더 나은지 판단하기 어렵다고 말했어요. 두 작품 모두 각각의 장점을 갖고 있기 때문이지요. 여러분도 고려 시대의 훌륭한 문학 작품으로서 이색과 정지상의 한시를 모두 기억해 두면 좋을 거예요.

〈풍죽도(風竹圖)〉
신위(1769~1847)는 조선 후기의 문신이자 시인, 서화가로 문과에 급제한 뒤 청으로 유학을 다녀왔다. 정약용, 김정희 등과 교류했으며 학문과 예술에 몰두했다. 왼쪽 그림은 신위의 작품인데, 바람에 나부끼는 대나무와 두보의 시가 함께 표현되어 있다.

고려 사회는 어떻게 발전하고 변화해 갔을까?

고려를 건국한 태조 왕건은 사회를 통합하고 나라의 기틀을 다지기 위해 힘썼어요. 태조의 뒤를 이은 광종도 왕권을 강화하기 위해 노비안검법, 과거 제도 등 여러 정책을 실시했고요. 정국이 안정된 상태에서 왕위에 오른 성종은 최승로의 시무 28조를 받아들여 유교 사상을 바탕으로 중앙 집권화 정책을 추진했습니다.

성종 때 국가 통치 기반이 마련되는 과정에서 문벌이 나타났어요. 문벌은 정치적·사회적 특권을 독점한 계층이었습니다. 이자겸은 대표적인 문벌 가문 출신으로 외손자인 인종이 즉위하자 왕권을 다투며 난을 일으켰어요(이자겸의 난). 이로 인해 고려 지배층이 분열되었고, 문벌 사회는 혼란스러워졌지요.

이자겸의 난으로 실추된 왕실의 권위를 회복하기 위해 묘청이 서경 천도 운동을 일으키기도 했어요. 묘청은 서경 출신의 승려였는데, 풍수지리설을 근거로 들어 인종에게 서경 천도를 건의했습니다. 황제 칭호와 독자적인 연호 사용도 주장했어요. 금(여진)과 대등하게 맞서기 위해서였지요. 하지만 개경 세력이 반대하자 묘청은 서경 세력과 함께 반란을 일으켰고, 김부식이 이끄는 관군은 서경 세력을 1년 만에 제압했습니다.

이자겸의 난, 묘청의 서경 천도 운동은 고려 사회를 크게 흔들었습니다. 게다가 인종의 뒤를 이어 왕위에 오른 의종은 사치와 향락에 빠져 정사를 제대로 돌보지 않았어요. 문신들은 온갖 특권을 독차지하며 무신들을 차별했고요. 1170년, 참다못한 무신들이 정변을 일으켰습니다. 무신들은 권력을 두고 끊임없이 다퉜는데 그중 최충헌이 정권을 잡았어요. 이후 최씨 무신 정권은 4대 60여 년간 이어졌지요.

한편 고려는 거란, 여진, 몽골 등 끊임없는 외세의 침략을 받았습니다. 초기에 고려는 송과 친선하고 거란과는 적대했어요. 거란이 서경 이북의 땅을 요구하자 서희는 거란의 소손녕을 상대로 외교 담판을 지었고, 강감찬은 귀주에서 거란군과 싸워 크게 이기기도 했답니다.

여진은 12세기 무렵 세력을 키워 고려를 위협했어요. 윤관은 여진을 견제하기 위해 별무반을 새로 만들고, 동북 지역에 9성을 설치했지요. 여진은 더욱 강성해져 금을 건국한 뒤 거란을 멸망시켰습니다. 고려에 사대관계를 요구하기도 했고요. 당시 권력을 잡고 있던 이자겸은 거란의 요구에 응했어요. 이에 묘청을 비롯한 서경 세력이 반발해 앞서 살펴본 서경 천도 운동을 일으켰지요. 결국 고려는 금에 사대하기로 했지만, 남송과도 계속 교류하며 실리 외교를 추구했습니다.

몽골은 28년 동안 여섯 번이나 고려를 침략했어요. 최우는 수도를 강화도로 옮긴 뒤 백성들은 산성이나 섬으로 대피시키며 장기전을 펼쳤어요. 하지만 오랜 전쟁으로 피해가 커지자 고려는 몽골과 강화를 맺었습니다.

강화를 맺은 뒤, 고려는 본격적으로 원(몽골)의 내정 간섭을 받았어요. 고려 왕실의 용어와 관제(官制, 국가의 행정 조직 및 권한을 정하는 법규)는 격하되었고, 수탈도 심해졌어요. 이즈음 고려에는 권문세족이라 불리는 지배 세력이 등장했습니다. 권문세족은 고위 관직을 독점하고 국정 농단을 일삼았어요. 백성들의 삶은 더욱 힘들어졌지요.

시간이 흘러 국제 정세가 변화하며 원이 쇠퇴하기 시작했어요. 공민왕은 이때를 틈타 반원 자주 개혁을 펼쳤습니다. 그는 친원 세력을 제거하는 한편 신돈을 등용하면서 강력한 개혁 의지를 보였어요. 하지만 권문세족의 반발로 공민왕이 시해되자 개혁도 좌절되고 말았지요.

공민왕의 반원 개혁 정치는 비록 실패했지만, 신진 사대부가 성장하는 밑거름이 되었습니다. 신진 사대부는 성리학을 바탕으로 사회개혁을 주장하며 권문세족과 대립했어요. 당시 고려에는 홍건적과 왜구의 침입이 잦았는데, 이성계를 비롯한 신흥 무인 세력이 외세를 격퇴하며 활약했지요. 신진 사대부와 신흥 무인 세력은 고려 개혁을 목표로 서로 연합하며 권문세족에 대항해 나갔어요.

訓民正音
國之語音異乎中國與文字
不相流通故愚民有所欲言
而終不得伸其情者多矣
予此憫然新制二十八字
使人人易習便於日用矣
ㄱ牙音如君字初發聲

조선 전기의 한국 문학

여러분은 조선의 제1대 왕이 누구인지 알고 있나요? '태정태세문단세 예성연중인명선~'으로 앞글자만 따서 조선 왕조의 계보를 외우는 노래를 들어본 적 있다면 금방 알 수 있을 거예요. 정답은 태조 이성계입니다. 고려 말, 급진 개혁파는 온건 개혁파를 제거하고 이성계를 왕으로 추대했어요. 조선이 건국되었지요. 새로운 왕조가 세워졌으므로 조선 건국을 왕가의 성이 바뀐 역성혁명(易姓革命)이라고 일컫기도 해요.

일반적으로 조선 전기는 조선이 건국된 1392년부터 임진왜란이 일어난 1592년까지를 가리킵니다. 우리나라 문학사뿐만 아니라 한국사에서도 손꼽힐 만큼 중요한 사건이 이 시기에 일어났어요. 바로 '훈민정음' 창제입니다.

훈민정음이 창제된 덕분에 입에서 입으로 전해지던 구비 문학을 한글로 기록하고, 우리 사상이나 감정을 고유의 문자로 표현하는 게 가능해졌어요. 게다가 한글은 매우 과학적으로 만들어진 글자라 배우기도 쉬웠지요. 그렇다고 이 시기에 국문 문학만 융성했던 것은 아니에요. 조선 전기에는 여전히 사대부들을 중심으로 한문학이 발달했어요. 배우기 어려운 한문은 권력을 가진 이들이 사용했고, 국문은 언문(諺文)이라 불리며 무시 받기 일쑤였지요.

이즈음 김시습은 우리나라 최초의 한문 소설집 『금오신화』를 창작해 한문 소설의 형태를 한층 더 발전시켰어요. 조선의 개국과 번영을 송축하는 시가인 '악장'이 등장하기도 했고요. 또한, 시조는 점점 더 발달해 국문학의 대표 양식으로 자리 잡았습니다. 시가와 산문의 중간 형태를 보인 '가사'도 이 시기의 대표적인 문학 갈래였어요. 이처럼 조선 전기에는 다양한 문학 양식이 발전하면서 뛰어난 작가도 대거 등장했답니다.

우리나라 최초의 '소설'이 등장하다
한문 소설과 수필

신화, 전설, 민담 등의 설화 문학과 가전체 문학에 익숙했던 우리 조상들은 조선 시대에 이르러서야 '소설'이라는 문학 갈래를 만났어요. 현재의 우리가 일반적으로 알고 있는 '소설'과는 조금 다르답니다. 조선 전기의 소설은 설화와 가전을 바탕으로 중국 명에서 들어온 소설에 영향을 받아 탄생했어요. 참고로 우리나라에서 '소설'이라는 용어는 이규보의 『백운소설』에서 최초로 쓰였습니다. 『백운소설』은 삼국 시대부터 고려 시대까지의 여러 시화(詩話)를 모아 놓은 작품집으로 작품해설 혹은 수필에 가까워요.

조선 전기에는 상류층 문학이 발달했기 때문에 한문 소설이 먼저 등장했습니다. 김시습의 한문 소설집 『금오신화』를 우리나라 최초의 소설로 꼽을 수 있어요. 민간에 전해지던 설화에 바탕을 두었지만, 작가가 설정한 허구의 이야기로 자유롭게 창작했거든요. 이후 한문 소설은 중국의 소설과 궤를 달리하며 독자적인 발전을 이루었어요. 창작 당시의 역사적 사실이나 삶의 모습을 생생하게 묘사했고, 작가와 창작 시기가 잘 기록되어 있어 우리나라 문학사 연구에 큰 도움을 주었지요.

한문 소설 외에도 고려 시대에 발생한 패관 문학, 가전, 설(說)의 성격이 강한 한문 수필 등이 더욱 전문화되고 세분화되면서 다양한 작품이 만들어졌어요. 패관 문학의 대표 작가로는 서거정, 가전을 이어받은 의인화 소설의 대표 작가로는 임제, 한문 수필의 대표 작가로는 권근을 들 수 있답니다.

생사를 넘나든 '아름다운 인연'
- 김시습의 「만복사저포기」

　1435년, 서울의 성균관 부근에서 범상치 않은 아이가 태어났습니다. 이 아이는 태어난 지 8개월 만에 글을 깨쳤어요. 3세 때는 보리를 맷돌에 넣고 가는 모습을 보고는 "비는 오지 않는데 어디에서 천둥소리가 나는가. 누런 구름이 조각조각 사방으로 흩어지네(無雨雷聲何處動黃雲片片四方分)."라는 시를 창작할 정도였어요.

　그러니 주위에서 천재니 신동이니 하며 소문이 자자했던 것도 무리가 아니었겠지요? 영특한 아이에 대한 소문은 궁궐에까지 흘러 들어갔어요. 당시 임금이었던 세종은 5세가 된 그 아이에게 이런저런 시를 지어 보게 했습니다. 아이의 시에 감탄한 세종은 상으로 비단 50필을 하사하고 나중에 큰 인재가 될 아이니 학문에 더욱 정진하라고 당부했어요. 이 인재가 바로 김시습이에요. 오죽하면 이름도 '한 번 배운 것을 바로 익힌다'라는 의미의 '시습(時習)'이었을까요?

김시습(1435~1493)
조선 초기의 문인이자 학자이며 승려이기도 하다. 수양 대군이 계유정난을 일으켜 정권을 장악한 뒤 단종의 왕위를 찬탈하자 이에 불만을 품고 은둔 생활을 하기 시작했다.

김시습은 벼슬과 그리 깊은 인연을 맺지 못했지만 문학 쪽에서는 큰 획을 그었어요. 우리나라 최초의 소설이자 한문 소설집인『금오신화』를 창작했거든요. 이 소설집에는「만복사저포기」,「남염부주지」,「이생규장전」,「용궁부연록」,「취유부벽정기」등 다섯 편의 소설이 실려 있어요. 지금부터 감상할 작품은「만복사저포기」입니다.

작품의 제목인 '만복사저포기(萬福寺樗蒲記)'를 풀이해 보면 작품 내용이 갑자기 궁금해질 거예요. 무슨 뜻이냐고요? '만복사'는 전북 남원에 있는 절 이름이에요. '저포'는 나무로 만든 주사위의 일종이고요. 저포를 던져서 승부를 겨루는 놀이가 있었는데 윷놀이와 비슷했답니다.

즉,「만복사저포기」는 주인공인 양생이 만복사라는 절에서 저포 놀이를 한 내용을 담고 있어요. 그런데 놀라운 점은 저포 놀이를 부처님과 했다는 것이지요. 이 기이한 이야기의 내용을 좀 더 자세히 살펴보도록 해요.

해가 저물고 저녁 예불이 끝나자 사람들은 서둘러 집으로 돌아갔다. 홀로 남은 양생은 그 틈을 타 소매 속에 저포(樗蒲)를 넣고 불상 앞에 섰다. 그리고 저포를 던지기 전에 부처님께 소원을 빌었다.

"저는 오늘 부처님과 함께 저포 놀이를 하려고 합니다. 만약 제가 진다면 법연(法筵, 부처님을 기리고 불법을 선양하는 집회)을 열어 불공을 드리겠습니다. 그러나 만약 부처님께서 지신다면 제 짝으로 아름다운 여인을 구해 주시어 제 소원을 이루어 주십시오."

소원을 다 빌고 나서 저포를 던진 결과 양생이 이겼다. 양생은 불상 앞에 무릎을 꿇고 말했다.

"인연은 이미 정해졌습니다. 약속을 저버리지 마시기 바랍니다."

-김시습, 「만복사저포기」에서

양생은 일찍 부모를 여의고 외롭게 살아가던 노총각이었어요. 그는 만복사 동쪽에 있는 방에 홀로 머무르고 있었는데, 달 밝은 밤마다 배나무 아래를 거닐면서 배필을 그리워하는 시를 읊곤 했지요.

어느 날, 양생은 저녁 예불이 끝난 후 법당에 있는 불상 앞에 서서 내기에서 이기면 아름다운 여인을 얻게 해 달라고 소원을 빌었어요. 저포 놀이에서 이긴 양생은 불좌 뒤에 숨어서 자신의 배필을 기다렸지요. 마침내 그의 앞에 선녀처럼 아름답고 신비로운 여인이 등장했어요. 양생은 그녀의 집에 머물면서 꿈처럼 행복한 시간을 보냈습니다.

만복사지 5층 석탑(전북 남원)
만복사는 고려 문종 때 창건된 사찰이다. 정유재란 때 불탔으며 지금은 5층 석탑, 석조대좌, 당간지주, 석조여래입상만 남아 있다.

사흘이 지나자 여인은 양생에게 이제 헤어져야 한다고 말하면서 은 주발(놋쇠로 만든 밥그릇) 하나를 주었어요. 그리고 내일 보련사로 가는 길가에 서 있다가 자신의 부모님을 만나면 인사하라는 부탁도 했지요. 다음 날, 양생은 여인의 부모님을 만나 여인의 정체를 알게 되었습니다. 여인은 왜구들이 침략했을 때 정절을 지키기 위해 자결한 처녀의 환신(幻身, 사람의 몸. 또는 새롭게 모습을 바꿔 나타난 것)이었어요.

이 부분을 이해하려면 김시습의 정치적 생애를 알아야 해요. 조선 전기의 학자였던 김시습은 생육신(生六臣)의 한 사람이기도 했습니다. 생육신은 세조가 단종으로부터 왕위를 빼앗자 벼슬을 버리고 절개를 지킨 여섯 신하들을 가리키는 말이에요. 김시습 외에 이맹전, 조려, 원호, 성담수, 남효온이 있었어요. 당시 김시습은 벼슬이 없었지만, 이후에도 벼슬자리에 나아가지 않고 초야에 묻혀 지냈어요. 다른 신하 못지않게 절개를 지켰지요. 한편 단종을 다시 왕으로 추대하려다가 목숨을 잃은 여섯 신하들은 사육신(死六臣)이라고 부른답니다.

세조 어진
세조는 아직 수양 대군이던 시절, 계유정난으로 조정 대신들을 제거한 뒤 어린 단종을 물러나게 하고, 왕위를 차지했다. 한편, '어진'은 임금의 그림이나 사진을 의미한다.

신숙주(1417~1475)
사육신과 함께 단종을 보필하기로 약속했지만 계유정난에 가세해 수양 대군을 지지했다. 신숙주의 변절은 사람들의 입에 오르내렸고, 녹두나물이 금방 상한다는 점에 그의 행동을 빗대어 숙주나물이라고 불리는 데 영향을 미쳤다.

즉, 김시습은 「만복사저포기」에서 정절을 지키기 위해 목숨까지 스스로 저버린 여인을 내세워 단종에 대한 충성심을 나타내고, 세조의 부당한 횡포를 고발하려 했습니다.

여인을 다시 만난 양생은 그녀와 하룻밤을 보낸 후 다음 날 여인을 위해 제를 올렸어요. 여인은 저승으로 떠났고요. 이렇게 두 사람은 영원한 이별을 맞았어요. 그녀를 잊지 못한 양생은 장가를 가지 않고 지리산으로 들어갔습니다. 그는 그곳에서 약초를 캐며 홀로 살다 죽었어요.

진짜 인간이 아닌 환신을 사랑한 것까지는 몰라도, 환신을 잊지 못해 끝까지 결혼하지 않고 혼자 살다 죽은 양생을 여러분은 이해할 수 있나요? 여인과의 사랑과 의리를 지키고자 한 양생은 정절을 지키고 죽음을 맞이한 여인 못지않게 김시습의 굳센 의지가 반영된 인물이에요.

양생의 삶은 곧 김시습의 삶이라고도 할 수 있습니다. 김시습은 15세 때 어머니를 여읜 뒤 외가에서 자랐는데, 어머니의 3년 상이 채 끝나기 전에 그를 보살펴 주던 외숙모도 세상을 떠났어요. 인생의 무상함을 느낀 김시습은 18세 때 불교에 입문했습니다. 단종 폐위 후에는 큰 충격을 받아 책을 다 불태우고 전국을 떠돌았어요. 31세 때 경주 금오산에 들어가 7년 동안 혼자 지내기도 했지요. 김시습은 이때『금오신화』를 집필했어요.

김시습은 사람들에게 오해도 많이 샀어요. 어떤 사람은 그에게 바보라고 했고, 또 어떤 사람은 그가 미쳤다고 했어요. 사람들은 김시습을 쉽게 이해하지 못했습니다. 그는 말과 행동이 워낙 자유분방했던 데다가 유불선(儒佛仙, 유교와 불교와 선교(도교)를 아울러 이르는 말.)에 두루 능통해 사상적으로도 쉽게 파악하기 어려운 사람이었거든요. 당시 사회의 모습에 분개하던 김시습은 그 안에 녹아들지 못하고 방랑하면서 답답하고 울적한 마음을 창작으로 달랬어요.

금오산(경북 경주)
김시습이 은거했던 곳으로 경주 남산 북쪽에 있다. 원래 이름은 금오봉이지만 금오산이라는 별칭으로도 불린다.

지금까지 살펴본 것처럼 「만복사저포기」에는 유불선 가운데 '불(佛)', 즉 불교적인 내용이 두드러지게 담겨 있습니다. 이어서 감상할 「이생규장전」은 '유(儒)', 즉 유교적인 내용이 좀 더 많이 담긴 작품이에요. 같은 작가의 다른 작품을 함께 살피며 공통점과 차이점을 비교해 보면 어떨까요? 이승과 저승을 넘나드는 남녀의 사랑 이야기에 흥미가 느껴진다면 다음 작품 역시 재미있게 감상할 수 있을 거예요.

무량사(충남 부여)
김시습은 무량사에 머무르다 59세의 나이로 병사했다고 전해진다. 사진은 무량사 극락전과 5층 석탑이다.

시대를 뛰어넘은 '진보적' 사상을 담다
- 김시습의 「이생규장전」

    앞에서 감상한 「만복사저포기」를 포함해 『금오신화』에 실린 「이생규장전」, 「남염부주지」, 「용궁부연록」, 「취유부벽정기」는 모두 색다르면서도 기이한 일을 소재로 삼았습니다. 「만복사저포기」만 보아도 인간과 환신의 사랑을 다루었지요. 이러한 소설을 전기(傳奇) 소설이라고 해요. 말 그대로 기이한 것을 기록한다는 뜻이에요. 전기 소설은 중국 당 때 등장했어요.

    김시습은 왜 『금오신화』를 창작할 때 전기 소설의 형식을 선택했을까요? 부당한 현실을 고발하는 데 적합한 갈래라고 판단했기 때문이에요. 김시습은 마음대로 풀리지 않는 현실과 그로 인해 가슴에 뭉친 한을 창작으로나마 달래고자 했어요. 비현실적인 내용의 이야기에 현실을 빗대어 우회적으로 비판할 수 있었거든요.

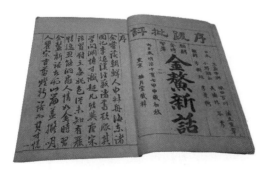

『금오신화』
우리나라 최초의 한문 소설집으로 처음에 몇 편이 실려 있었는지 알 수 없지만, 현재는 총 다섯 편의 작품이 전해지고 있다.

『금오신화』에 특히 영향을 주었다고 알려진 작품은『전등신화』로, 중국 명의 문학자 구우가 지은 전기체(傳奇體) 형식의 단편 소설집이에요. 물론 김시습의 소설들이『전등신화』를 모방했다는 말은 아니에요. 오히려『금오신화』에 실린 소설들은 우리나라 고유의 설화를 토대로 작가의 창의성이 더해진 독창적인 작품입니다. 몇 가지 근거를 들어 그 이유를 설명해 볼게요.

우선『금오신화』에 실린 소설들의 공간적 배경은 우리나라입니다. 등장인물도 우리나라 사람들이고 우리나라만의 정서, 풍속, 사상 등을 잘 보여주지요. 또한, 여느 고전 소설처럼 행복한 결말이 아닌 비극적 결말로 작품을 끝맺었어요. 게다가 소설 안에 시를 삽입해 등장인물의 심리를 잘 드러내기까지 했어요. 즉,『금오신화』는 문학적 가치가 높을 뿐만 아니라 우리나라 소설이 발전하는 데 큰 계기를 마련해 준 작품집입니다.

김시습은『금오신화』를 다 쓴 뒤 석실(石室)에 감추고는 "후세에 반드시 나를 알아줄 자가 있을 것이다."라고 말했다고 해요. 이 말은 당대 사회에 대한 날카로운 비판 의식을『금오신화』에 담아냈고, 작품 속에 담긴

『전등신화』
중국 명 때 구우가 지은 단편 소설집으로 총 40권 중 현재는 네 권만 전해지고 있다. 중국에서는 사대부의 교양과 맞지 않는다는 이유로 인해 금서로 지정되기도 했다.

비판 의식을 쉽게 찾지 못하도록 감추어 두었다는 뜻이에요. 지금부터 함께 감상해 볼 「이생규장전」에는 어떤 기이한 내용과 비판적인 의식이 담겨 있을까요?

먼저 제목인 '이생규장전(李生窺墻傳)'의 의미를 풀이해 볼게요. '이생'은 작품의 주인공인 이(李)씨 성을 가진 선비이고, '규장'은 '담 너머를 엿본다'라는 뜻이에요. 점잖아야 할 선비가 왜 남의 집 담 너머를 엿보았을까요? 다음 내용을 읽어 보면 알 수 있어요.

이생은 국학에 갈 때마다 최씨 집 북쪽 담을 지나다녔다. 그곳에는 가지를 늘어뜨린 수양버들 수십 그루가 담을 둥글게 둘러싸고 있었다. 어느 날, 수양버들 아래에서 쉬고 있던 이생은 담장 안쪽을 엿보았다. 아름다운 꽃들이 활짝 핀 정원에 벌들은 날아다니고 새들은 지저귀고 있었다. 그 사이로 은은하게 누각이 보였다. 누각은 구슬발로 반쯤 가려졌고, 휘장도 낮게 드리워져 있었다. 누각에서는 아름다운 여인 한 명이 수를 놓는 중이었다. 여인은 수를 놓던 손을 잠시 멈추더니 턱을 괴고 시를 읊기 시작했다.

-김시습, 「이생규장전」에서

개성에 살던 이생은 국학에 다니다가 담장 너머로 최씨 집안의 딸인 최랑을 보았습니다. 최랑에게 반한 이생은 사랑의 글을 써서 담장 너머로 던졌어요. 두 사람은 시를 주고받으며 사랑을 키워갔지요. 하지만 이생의 부모는 둘의 만남을 반대했어요. 왜냐고요? 지금이라면 전혀 문제가 되지 않겠지만, 엄격한 유교 질서가 지배하던 당시 사회에서는 보기 힘든 자유연애였으니까요. 김시습의 진보적인 애정관도 엿볼 수 있는 대목이지요.

이생 부모의 반대로 두 사람의 사랑에 시련이 닥쳤습니다. 이생은 부모의 명을 거역하지 못하고 울주로 내려갔어요. 당시에는 효(孝)가 무엇보다 중요했거든요. 한편 최랑은 상사병으로 앓아누웠습니다. 죽을 결심을하고 부모에게 이생과 혼인하겠다고 주장했어요. 부모의 말대로 순순히울주로 내려간 이생과 달리 최랑은 현실에 순응하지 않고 이를 극복하고자 노력했지요.

결국 최랑의 부모가 이생의 부모에게 거듭 청해서 마침내 두 사람은 부부가 되었습니다. 하지만 행복도 잠시, 두 사람에게 또 다른 시련이 닥쳤어요. 홍건적의 난으로 도적들이 침입했거든요. '홍건적의 난'은 고려 시대에 실제 일어났던 사건입니다. 이를 통해 「이생규장전」의 시간적 배경은 조선 시대가 아닌 고려 시대임을 알 수 있어요.

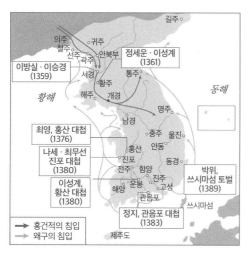

원·명 교체기 홍건적·왜구의 침입 홍건적의 난은 원 말기에 한족 농민들이 일으킨 반란으로, 고려에도 얼마간의 피해를 끼쳤다. 이와 더불어 황해도 연안에 왜구가 침입하는 등 14세기 말 고려의 대외 환경은 몹시 혼란스러웠다.

이생과 최랑은 이번에도 서로 다른 방식으로 대응했습니다. 이생은 먼저 달아났다가 도적들이 물러갔을 때 집으로 돌아왔어요. 최랑은 도적들이 정조를 빼앗으려고 덤비자 끝까지 저항하다가 칼에 맞아 목숨을 잃었지요. 두 사람의 대조적인 성격이 잘 느껴지나요? 여기까지가 「이생규장전」의 전반부에 해당하는 내용입니다. 이승에서 일어난 사건을 다룬 부분이지요.

후반부는 이승과 저승을 넘나드는 내용을 담고 있습니다. 최랑은 이승에서 못다 한 사랑을 이루기 위해 환신으로 나타났어요. 이생 역시 최랑을 사랑했기에 그녀가 죽은 줄 알면서도 전혀 개의치 않았지요. 두 사람은 3년 동안 행복하게 지냈답니다.

이후 최랑은 자신의 해골을 거두어 장사 지내 줄 것을 부탁하고 남편에게 이별을 고했어요. 이생은 아내의 시체를 거두어 장사 지낸 후 병을 앓다가 아내의 뒤를 따라 세상을 떠났습니다.

「이생규장전」은 인간과 환신의 사랑을 다루었다는 점에서 「만복사저포기」와 비슷한 작품이지만, 「만복사저포기」보다 조금 더 앞으로 나아간 작품이에요. 자유연애 사상과 더불어 진보적인 여성관까지 담겨 있기 때문이지요.

이생은 부모가 결혼을 반대했을 때 순순히 울주로 내려갔고, 도적들이 침입했을 때는 달아나 버렸어요. 그와 달리 최랑은 부모에게 당당히 자신의 뜻을 주장했고, 도적들의 위협에도 끝까지 저항했지요. 유교 질서가 지배하는 현실과 인간으로서의 운명에 강하게 맞선 최랑, 지금 봐도 참 멋진 인물인 것 같지 않나요? 김시습은 이생보다 최랑을 더 적극적이고 주체적인 인물로 부각시켰어요. 그 옛날에 놀랄 만큼 진보적인 사상을 드러냈지요.

후세에 반드시 나를 알아줄 자가 있을 거라고 했다는 김시습의 말이 기억나나요? 『금오신화』를 다 쓴 뒤 석실에 감추면서 그렇게 말했다고 앞에서 소개한 바 있지요. 정말 김시습의 말대로 이루어졌네요. 시대와 사상에 구애받지 않고 자신만의 문학 세계를 완성한 김시습의 작품들을 지금 우리가 읽고 배우며 감탄하고 있으니까요.

매월당 김시습 기념관(강원 강릉)
생육신의 한 사람이자 뛰어난 문인이었던 김시습을 기리기 위해 건립되었다. 기념관 뒤쪽에는 김시습을 비롯한 강릉 김씨의 몇몇 선조를 모시고 제사 지내는 사당이 마련되어 있다.

'험한' 파도 위를 선택한 노인 이야기
- 권근의 「주옹설」

　사람의 삶은 사람의 수만큼이나 다양하겠지만 두 가지의 삶이 있다고 가정해 볼게요. 첫 번째 삶은 평탄한 땅 위에서 태연하고 여유롭고 느긋하게 사는 인생입니다. 두 번째 삶은 변화무쌍한 바다에 조각배 하나를 띄우고 그 위에서 고독하고 위태롭게 사는 인생이에요. 여러분은 두 가지 삶 가운데 어떤 삶을 살고 싶나요? 대부분의 사람은 어떤 삶을 선택할까요? 너무 뻔한 질문이라고요?

　맞습니다. 첫 번째 삶을 선택하는 사람이 대다수일 겁니다. 물론 "고생을 사서 한다."라는 속담처럼 도전 정신이 발동해 두 번째 삶을 선택하는 경우도 있겠지요. 하지만 몇 년 동안의 한정된 기간이 아닌, 평생이라는 전제가 붙는다면 두 번째 삶을 선택하는 사람은 훨씬 적을 거예요.

　극소수의 사람, 아니 어쩌면 단 한 사람도 두 번째 삶을 선택하지 않을 수 있겠네요. 그런데 만약 두 번째 삶을 선택하려는 사람이 있다면 여러분은 그에게 어떤 말을 해 주고 싶은가요? 지금부터 감상해 볼 권근의 「주옹설」에 바로 그런 인물이 등장하거든요.

　우리는 앞에서 「이옥설」, 「차마설」 등 고려 시대에 창작된 '설(說)'을 감상한 적이 있어요. '설'에는 작가의 경험이 담겨 있기 때문에 수필과 성격이 비슷하다고도 설명했고요. 조선 시대 초에는 '설'의 성격이 강한 한문 수필이 많이 창작되었습니다.

　그중에서도 권근이 쓴 「주옹설」은 역설적인 발상이 돋보이는 작품입니다. 현대인들에게 큰 깨달음을 주기도 하고요. 지금부터 『동문선』에 실려 전하는 「주옹설」을 감상해 볼까요?

「주옹설」에는 두 사람이 등장합니다. 손님인 '객(客)'과 나이 든 뱃사람인 '주옹(舟翁)'이지요. 객은 보통 사람들처럼 일반적인 상식을 가지고 있는 인물입니다. 그는 주옹에게 앞에서 가정했던 두 번째 삶처럼 변화무쌍한 물 위에 조각배 하나만 달랑 띄우고 온갖 위험을 무릅쓰며 사는 것이 무슨 재미가 있느냐고 물었어요. 주옹은 다음과 같이 답했지요.

> "아아, 객은 참으로 생각이 짧군요. 대개 사람의 마음이란 간사하기 짝이 없소. 평탄한 땅을 태연하게 디디면 마음이 느긋해지고, 험한 상황이 닥치면 두려운 나머지 서두르는 법이라오. 즉, 두려워서 조심하면 무탈하게 살 수 있지만 태연하고 느긋하게 굴면 반드시 흐트러져 위태로이 죽는 법이지요. 나는 차라리 위험한 상황에서 항상 조심할지언정, 안락한 곳에서 흐트러진 채 살며 쓸모없는 사람이 되고 싶지는 않소이다.
>
> 하물며 내 배는 정해진 형태도 목적지도 없이 이리저리 떠돌고 있을 뿐이오. 혹시 무게가 한쪽으로 치우치면 배도 기울어지지요. 왼쪽으로도 오른쪽으로도 치우치지 않도록, 또 무겁지도 가볍지도 않도록 내가 배 한가운데서 균형을 잡아야만 한다오. 그래야 배가 뒤집히지 않고 평온한 상태를 유지할 수 있소. 아무리 풍랑이 거세게 인다고 해도 배를 평온하게 유지하는 나의 마음 또한 평온하니, 어찌 내 마음을 흔들 수 있겠소."
>
> ─권근, 「주옹설」에서

주옹의 긴 대답 가운데 "두려워서 조심하면 무탈하게 살 수 있지만, 태연하고 느긋하면 반드시 흐트러져 위태로이 죽는"다고 말한 부분에 주목해 보세요. 주옹은 편안함과 안락함에 빠져서 위험을 깨닫지 못하는 삶을 경계하고 있습니다. 또한 중용을 지키지 못하면 위태로움에 빠질 수도 있다는 점도 경계하고 있어요. 배가 기울어지지 않게 하려면 배 한가운데서 중심을 잘 잡아야 하는 것처럼 삶에서도 중용이 중요함을 강조하고 있지요.

이뿐만이 아니에요. 주옹은 여러 가지 흔들림이 많은 속세에서 사람들과 부대끼며 사는 것보다 혼자 배 위에서 조용히 사는 것이 더 안전하다고 생각했습니다. 물 위에서는 배의 중심만 잘 잡으면 되지만 속세에서는 자신만 중용을 잘 유지한다고 모든 문제가 해결되는 것은 아니기 때문이지요.

삶에 대한 주옹의 태도를 딱 알맞게 드러내는 사자성어가 있습니다. 바로 '안분지족(安分知足)'이에요. 편안한 마음으로 제 분수를 지키며 만족할 줄 안다는 뜻입니다.

따지고 보면 주옹이 조각배 위에서 하루하루 위태롭게 살아간다는 사실 자체가 중요한 것은 아닙니다. 우리 모두 물결이 잔잔했다가도 큰 파도가 무섭게 몰아치는 바다처럼 위태로운 현실 속에서 하루하루를 살아가고 있으니까요.

중요한 것은 실제로 물 위에서 사느냐 그렇지 않느냐가 아니라 삶을 살아가는 태도입니다. 항상 배에 타고 있는 것처럼 조심하고 균형을 잡으며 살아가려는 태도 말이에요. 권근은 이러한 교훈을 전달하기 위해 나이 든 뱃사람을 주요 인물로 내세우고 '설'의 형식을 빌려 작품을 창작했어요.

「주옹설」은 작가 자신의 삶과 고민에서 나온 글이라고도 할 수 있습니다. 고려 말 조선 초의 지식인이었던 권근은 고려에서 조선으로 넘어가는 격동기를 직접 겪으면서 어떻게 살아가야 할지 많은 고민을 했을 거예요. 유배를 가기도 했고 극형에 처해진 적도 있었거든요. 권근은 변화무쌍한 세상을 살아가면서 항상 조심하고 중용을 지켜야 한다는 점을 깨달았을 것입니다.

권근 3대 묘소(충북 음성)
권근과 아들 권제, 손자 권남의 3대 묘가 한곳에 모여 있다.

2과

'훈민정음'이 몰고 온 새바람
악장과 언해

1392년, 고려에서 조선으로 왕조가 교체되었습니다. 새로운 나라가 세워졌으니 문학에도 새로운 양식이 등장했던 건 당연하겠지요?

먼저 '악장(樂章)'을 소개해볼게요. 조선 초기에 발생한 악장은 궁중의 여러 행사나 의식에 사용하던 음악의 가사를 말해요. 조선 건국의 필연성을 주장하고 번영을 송축(頌祝, 경사를 기리고 축하함)하는 내용이 많았지요. 이념성과 교훈성이 강했던 악장은 널리 퍼지지 못하고 성종 때 이르러 점차 소멸했어요. 작품마다 형태가 천차만별이라 장르로서의 통일성을 보이지 못했다는 점도 소멸의 이유로 꼽히지요. 악장이라는 장르를 좁게 보면 15세기의 특정한 시가들에 붙여진 명칭이라고 할 수 있지만, 넓게 보면 속요나 경기체가도 악장에 속하거든요. 대표적인 악장이자 최초의 악장으로는 「용비어천가」를 들 수 있어요.

1443년, 훈민정음이 창제되고 나서는 나라에서 자체적으로 번역 사업을 추진했습니다. 이때 한문에서 한글로 번역한 작품을 '언해(諺解)'라고 해요. 언해는 우리말 문학 발전에 중요한 계기를 마련해 주었어요. 초기 한글의 변천 과정을 연구할 수 있어 아주 귀중한 자료이고요. 수많은 언해 가운데 국문학사상 최초의 번역 시집인 『분류두공부시언해(두시언해)』는 우리나라 번역 문학의 백미로 꼽혀요. 번역에 착수하기 시작한 건 1443년이었지만, 무려 38년 만인 1481년에 간행할 수 있었지요.

훈민정음 창제의 '첫 번째 결실'
- 정인지, 권제, 안지 등의 「용비어천가」

여러분은 '세종' 하면 무엇이 가장 먼저 떠오르나요? 아마 훈민정음이 겠지요? 우리나라 사람들 대다수가 그렇게 생각할 거예요. 세종은 한자나 한자의 음만 빌려 와 글을 써야 하는 현실을 안타깝게 생각했습니다. 한자를 익히기가 너무 어려워 글을 모르는 백성이 많아지니 부당한 일을 겪는 경우도 많았고요. 백성들을 가엾게 여긴 세종은 많은 신하의 반대를 무릅쓰고 연구에 몰두했어요. 1443년, 드디어 훈민정음을 창제했지요.

여기까지는 여러분도 잘 알고 있는 사실일 거예요. 그런데 훈민정음이 탄생하기 1년 전, 우리나라 문학사에서 중요한 일이 있었습니다. 세종은 전라도 관찰사에게 자신의 할아버지인 태조 이성계의 업적을 조사하라는 명령을 내렸어요. 1380년, 태조 이성계가 고려 장수였을 때 왜구를 물리친 상황을 본 사람이 있을 테니 노인들에게 자세히 물어서 기록하라는 명이었지요.

세종 대왕(1397~1450)
과학, 기술, 예술, 문화, 국방 등 많은 방면에서 뛰어난 업적을 남겼으므로 존경의 의미를 담아 세종 대왕이라고 부른다.

『훈민정음』
세종대왕이 1443년에 만든 '한글'의 창제 원리와 사용법 등을 해설한 책이다. '백성(民)을 가르치는(訓) 바른(正) 소리(音)'라는 뜻을 담고 있다.

세종은 왜 그런 명령을 내렸을까요? 당시 백성들은 조선이 바람직하게 건국된 나라라기보다 고려를 멸망시키고 세워진 나라라는 부정적인 인식을 많이 가지고 있었습니다. 세종의 입장에서는 이러한 인식이 썩 마음에 들지 않았겠지요. 그래서 조선의 정당성을 널리 알리고자 했어요.

훈민정음을 반포하기 1년 전, 세종은 정인지, 권제, 안지 등에게 훈민정음으로 장편 서사시를 편찬하라는 명을 내렸습니다. 이 작품이 훈민정음으로 기록된 최초의 작품이자 우리나라 최초의 장편 영웅 서사시 「용비어천가」랍니다.

제목인 '용비어천가(龍飛御天歌)'는 '용이 하늘로 날아올라 하늘의 명에 맞게 처신한다'라는 뜻입니다. 우리나라 고전 문학에서 '용'은 대부분 '임금'을 상징하는 경우가 많아요. 「용비어천가」에서도 마찬가지입니다. 「용비어천가」의 제1장을 먼저 살펴보도록 할까요?

〈제1장〉

해동(海東) 육룡(六龍)이 ᄂᆞ᷋ᄅᆞ샤 일마다 천복(天福)이시니

고성(古聖)이 동부(同符)ㅎ시니

〈현대어 풀이〉

해동(우리나라)의 여섯 용이 나시어 행한 일마다 모두 하늘이 내린 복이니

이는 옛날 성인이 행한 일들과 꼭 같으니

-정인지, 권제, 안지 등, 「용비어천가」에서

「용비어천가」의 제1장이 익숙하지 않아도 한 구절만큼은 눈에 확 들어올 거예요. "육룡이 ㄴ·ㄹ샤" 말이에요. 2015년에 방영되었던 드라마의 제목이기도 하지요.

우리나라 고전 문학에서 '용'이 대개 상징하는 바가 무엇인지 앞서 이야기했지요? 「용비어천가」 제1장에서도 '용'은 '임금'을 상징합니다. '육룡'은 조선 건국의 주역인 6조, 즉 목조, 익조, 도조, 환조, 태조, 태종을 가리켜요. 세종 이전 6대조인 여섯 임금을 내세워 조선 건국은 하늘에서 내린 뜻이라고 강조했지요. 엄밀히 말해 조선을 세운 주역은 태조뿐이지만,

『용비어천가』
여러 학자가 세종의 명을 받아 편찬한 서사시로, 조선을 건국한 6대조의 행적을 칭송했다.

태조의 윗대에서부터 오랫동안 건국을 준비해온 것처럼 노래한 거예요. 즉, 「용비어천가」의 제1장은 조선 건국의 정당성과 정통성을 강조하는 동시에 「용비어천가」 전체의 주제를 포괄하는 장이기도 해요.

「용비어천가」가 영웅 서사시라면 영웅은 6조 가운데 누구냐고요? 이 작품은 특이하게도 6조 가운데 한 사람을 영웅으로 내세운 것이 아니라 6조의 행적 전체를 영웅의 일대기에 따라 전개했어요.

6조 가운데 4조인 목조, 익조, 도조, 환조의 행적은 영웅의 일대기 가운데 어린 시절에 나타나는 특징, 즉 고귀한 혈통으로 태어나 위기를 맞지만 조력자 덕분에 위기를 극복하는 내용으로 이루어져 있습니다. 나머지 2조인 태조, 태종의 행적은 영웅의 일대기에서 성장 이후에 나타나는 특징, 즉 위기를 겪지만 이를 극복하고 승리하는 과정을 보여 줘요. 6조 전체가 한 사람의 영웅인 것처럼 영웅의 일대기에서 한 부분씩을 맡았지요.

이제 「용비어천가」의 제2장을 감상할 차례입니다. 그 전에 만 원권 지폐를 잠시 떠올려 보세요. 지폐 앞면에 있는 세종의 흐뭇한 미소가 가장 먼저 생각날 거예요. 혹시 세종 말고 어떤 것들이 있었는지 기억나나요?

종묘(서울 종로)
조선 역대 왕과 왕비의 신주를 모시고 있는 곳이다.

만 원권 지폐를 가끔 들여다보면서도 세종 뒤쪽에 있는 그림까지 자세히 본 사람은 아마 많지 않을 거예요. 잘 보면 일월오봉도(日月伍峯圖)가 있답니다.

'일월오봉도'란 해, 달, 소나무, 우리나라의 5대 명산을 그린 것으로 궁궐에서 왕이 앉는 자리 뒤에 놓아 장식으로 사용했어요. 일월오봉도 위로 글자가 있는데 이것이 바로 「용비어천가」의 제2장이에요.

〈제2장〉

불휘 기픈 남곤 ㅂ ㄹ매 아니 뮐씨 곶 됴코 여름 하ㄴ니

ㅅ미 기픈 므른 ㄱ ㅁ래 아니 그츨씨 내히 이러 바ㄹ래 가ㄴ니

일월오봉도
사진은 경복궁 근정전 어좌 뒤에 있는 일월오봉도이다.

〈현대어 풀이〉

뿌리깊은 나무는 아무리 센 바람에도 흔들리지 아니하므로 좋은 꽃이 피고 열매도 많이 맺으니

샘이 깊은 물은 가뭄에도 그치지 않고 솟아나므로 개울이 되어서 바다에 이르니

-정인지, 권제, 안지 등, 「용비어천가」에서

제2장의 첫 구절 "불휘 기픈 남ᄀᆞᆫ ᄇᆞᄅᆞ매 아니 뮐씨"도 제1장의 "육룡이 ᄂᆞᄅᆞ샤"처럼 많은 사람에게 익숙할 거예요. 만 원권 지폐뿐만 아니라 여러 매체에서 자주 인용하는 구절이거든요.

「용비어천가」는 무려 125장으로 구성된 장편 서사시입니다. 그중 제2장이 가장 유명한 이유는 이 장만 유일하게 서사적 구성에서 벗어나 비유와 상징을 사용했기 때문이에요. 예술성이 가장 뛰어난 장이라 할 수 있지요. 게다가 제2장에서는 전부 순수한 우리말 시어를 사용했어요.

제2장의 첫 구절을 보세요. 기초가 튼튼한 국가는 어떤 시련에도 무너지지 않는다는 뜻이에요. 그다음 구절을 보면, 유서 깊은 국가는 위협을 받지 않고 오래 지속된다는 것을 의미해요. 즉, 조선의 영원한 발전을 기원하고 있지요.

「용비어천가」는 크게 서사, 본사, 결사로 나눌 수 있습니다. 서사에는 조선 왕조의 정당성을 알리고 조선의 무궁한 발전을 기원하는 내용, 본사에는 6대조의 업적을 기리는 내용, 결사에는 후대 왕들에게 근면하게 노력하기를 권하는 내용이 담겨 있어요.

조선 건국과 선조에 관한 내용이 담겨 있다 보니 훈민정음 창제에 반대한 신하들도 「용비어천가」를 훈민정음으로 기록하는 것만큼은 반대하지 못했답니다.

「용비어천가」는 앞서 언급한 것처럼 훈민정음으로 기록된 최초의 작품이어서 15세기 중세 국어를 연구할 때 빼놓을 수 없는 귀중한 자료예요. 이뿐만 아니라 현재까지 악보가 전해져 오고 있어서 당대의 음악적 특징도 알려 주지요.

다양한 가치를 지닌 「용비어천가」는 세종의 지대한 관심과 전략 속에서 탄생한 작품이에요. 새 문자인 훈민정음으로 조선 건국의 정당성을 백성들에게 널리 알리고 신하들의 반대까지 누그러뜨렸지요.

세종 영릉(경기 여주)
세종과 소헌 왕후를 모신 곳으로 조선 최초의 합장릉이다.

조선이 반한 '애국심과 충심'
– 두보의 「춘망」

이번에는 우리나라 작가가 아닌 중국 작가의 작품 하나를 소개하려고 합니다. 중국 최고의 시인으로 꼽히는 두보의 「춘망」이에요.

우리나라 고전 문학을 감상하다가 중국 작가의 작품을 살펴보려니 갑작스럽고 어색한가요? 다 이유가 있답니다. 우리나라 고전 문학, 특히 한시는 중국의 영향을 크게 받았거든요. 게다가 두보의 「춘망」을 감상하고 나면 왜 이 작가와 작품이 우리나라 고전 문학사에서도 중요한지 이해할 수 있을 거예요.

두보는 이백과 함께 중국 최고의 시인으로 꼽혀요. 우리나라에도 큰 영향을 미친 작가였지요. 고려 시대에 「부벽루」를 썼던 이색, 한시의 대표 작가로 꼽히는 이제현 등에게 영향을 주었어요. 조선 시대에 이르러서는 두보의 작품이 훨씬 높은 평가를 받아 처음으로 두보의 시가 번역되기도 했지요.

두보(712~770)
당의 시인으로 중국 고대 시에 커다란 영향을 미쳐 시성(時聖)이라고 일컬어진다. 당시 경제적으로 어렵게 살던 민중들의 삶을 시로 노래해 민중 시인이라고 불리기도 한다.

흔히 『두시언해』로 알려진 『분류두공부시언해』는 두보의 시를 우리말로 옮긴 국문학사상 최초의 번역 시집입니다. 조선에서는 왜 두보의 시를 높게 평가하고 시까지 번역해서 간행했을까요?

첫째, 두보가 지은 시는 문학성이 뛰어났어요. 조선에서도 그의 시를 널리 읽고 한시의 모범으로 삼으려고 했지요. 둘째, 두보의 시에는 우국지정(憂國之情), 즉 나라를 걱정하는 마음이 담겨 있었어요. 백성을 교화하기 위한 목적으로 안성맞춤이었습니다.

그렇다면 왜 두보 못지않게 뛰어난 중국 시인 이백의 시는 번역하지 않았을까요? 이는 두보와 이백의 작품에 담긴 사상이나 성향을 비교해 보면 바로 파악할 수 있습니다. 사상적으로 보면 이백은 도가(道家)이고, 두보는 유가(儒家)예요. 시의 성향을 살펴봐도 이백은 자유로운 편이었고, 두보는 조화와 질서를 중시했지요. 다소 보수적이었던 조선 사회에서는 당연히 이백보다 두보를 훨씬 높게 평가했답니다.

『분류두공부시언해』
조선 성종 때인 1481년 의침, 조위 등이 왕명에 따라 두보의 시 전편을 분류해 한글로 풀이한 시집이다. 우리나라 한시 및 국어의 변화를 연구하는 데 귀중한 자료로 쓰인다.

나라히 파망(破亡)ᄒ니 뫼콰 ᄀ름쓴 잇고

잣 앉 보미 플와 나모쓴 기펫도다

시절(時節)을 감탄(感歎)ᄒ니 고지 눈믈롤 쓰리게코

여희여슈믈 슬ᄒ니 새 ᄆᆞᄋᆞᆷ믈 놀래노라

봉화(烽火)ㅣ 석 ᄃᆞᆯ롤 니어시니

지빗 음서(音書)ᄂᆞᆫ 만금(萬金)이 ᄉᆞ도다

셴 머리롤 글구니 쏘 뎌르니

다 빈혀롤 이긔디 몯홀 ᄃᆞᆺᄒ도다

〈현대어 풀이〉

나라가 망하니 산과 강물뿐이고

성안의 봄에는 풀과 나무만 무성하구나.

지난 시절이 애통해 꽃도 눈물 흘리고

(가족과의) 이별을 슬퍼하니 새조차 놀란다.

전쟁이 석 달간 계속됐으니

집에서 온 편지는 만금보다 비싸도다.

흰머리를 긁으니 또 짧아져서

다 끌어모아도 비녀를 꽂지 못할 것 같구나.

-두보, 「춘망」 전문

　「춘망」의 계절적 배경은 제목에서도 짐작할 수 있듯이 봄입니다. 만물
이 소생하는 봄이지만 작품 분위기는 계절만큼 따스하고 밝은 것 같지는

않네요. '나라가 망했고, 시절이 애통하며, 전쟁이 석 달 동안 이어지고 있다'라는 구절들을 통해 현재 전쟁 중인 상황을 알 수 있습니다. '흰머리'라는 시어를 통해 시의 화자, 즉 두보의 나이를 짐작할 수도 있고요.

「춘망」은 두보가 46세였던 757년에 만들어졌습니다. 두보는 소년 시절부터 시를 짓는 데 뛰어난 재능을 보였지만 과거에 합격하지는 못했어요. 전국을 떠돌며 가난하게 살던 두보는 44세 때 겨우 말단 관직을 얻었습니다. 하지만 안타깝게도 이때 안사의 난이 일어났지요.

'안사의 난'이란 중국 당 중기인 755년에 안록산과 사사명이 무리를 이뤄 일으킨 반란입니다. 당의 제6대 황제였던 현종은 양귀비에 빠져 나라를 돌보지 않았어요. 관리들은 부패했고 백성들은 굶주림에 허덕였지요. 안록산과 사사명은 나라의 부패와 타락을 바로잡는다는 명분으로 반란을 일으켰어요.

피난을 가는 현종의 모습
안사의 난으로 인해 8년간 전란이 벌어지며 많은 이가 죽거나 다쳤고, 영토는 황폐해졌다. 이후 875년에 일어난 황소의 난 때문에 당은 완전히 쇠퇴했다.

안사의 난으로 중앙 집권제가 흔들리자 당은 서서히 몰락하기 시작했습니다. 두보는 반군에게 함락된 장안(당의 수도)에 억류되어 있었어요. 그때 「춘망」이라는 시가 탄생했지요.

이제 「춘망」을 다시 읽어 보면 화자의 처지와 심경에 조금 더 공감할 수 있을 거예요. 나라가 망해 가는 와중에도 어김없이 봄은 돌아왔어요. 어떻게 보면 당연한 일이지요. 인간사는 하루도 같은 날이 없을 정도로 변화무쌍한데 자연은 언제나 변함없으니까요. 시의 화자는 자연과 인간사를 대비하면서 무상함을 느끼고 있답니다.

무상한 감정이 너무 깊어서일까요? 두보는 「춘망」의 3, 4구에서 감정을 강조하기 위해 재미있는 표현 기법을 사용했어요. 3구는 '나는 시절을 애통하게 여겨서 꽃만 봐도 눈물이 흐른다'라는 의미를 담고 있습니다. 감정의 주체는 시적 화자인 '나'인 셈이지요. 그런데 두보는 3구의 주체를 '나'가 아닌 '꽃'으로 바꿨어요. "꽃도 눈물 흘리고"라고 표현했지요. 4구에서도 3구와 마찬가지로 주객이 전도된 표현을 사용했어요. 일반적이고 단조로운 표현이 신선하고 흥미롭게 바뀌었지요.

「춘망」은 두 구씩 묶어서 총 네 부분으로 나눌 수 있습니다. 첫 번째 부분인 1, 2구에서는 전란으로 말미암아 황폐해진 거리의 모습이 나타나 있어요. 두 번째 부분인 3, 4구에서는 꽃과 새도 한탄하는 전쟁의 실상이 드러나 있고요. 여기까지는 '선경후정(先景後情)' 가운데 '선경'에 해당하는 부분이에요.

세 번째 부분인 5, 6구에서는 가족에 대한 그리움이 나타나 있어요. 마지막 부분인 7, 8구에서는 늙고 쇠약해진 자신의 몸에 대한 한탄이 나타나 있습니다. 뒷부분은 '선경후정' 가운데 '후정'에 해당해요. 먼저 눈에 보이는 황량한 풍경을 묘사한 뒤 서글픈 감정으로 연결해 독자가 화자의 마음에 더욱 잘 공감할 수 있지요.

두보의 「춘망」은 고려와 조선 시대에만 영향을 끼친 작품이 아니에요. 「진달래꽃」으로 유명한 시인 김소월은 「춘망」을 자신만의 감성과 표현으로 바꾸어 시를 썼어요. 아래 「봄」이라는 시가 그 예시랍니다. 김소월은 「춘망」에 담긴 두보의 처절한 심정을 어떻게 자기만의 방식으로 표현했을까요? 「봄」을 천천히 감상하면서 「춘망」과 비교해 보세요.

이 나라 나라는 부서졌는데
이 산천 여태 산천은 남아 있더냐
봄은 왔다 하건만
풀과 나무에 뿐이어

오! 서럽다. 이를 두고 봄이냐
치워라 꽃잎에도 눈물뿐 흩으며
새무리는 지저귀며 울지만
쉬어라 두근거리는 가슴아

못 보느냐 벌겋게 솟구는 봉숫불이
끝끝내 그 무엇을 태우려 함이료
그리워라 내 집은

하늘 밖에 있나니

애닯다 낡어 쥐어뜯어서

다시금 짧아졌다고

다만 이 희끗희끗한 머리칼뿐

이제는 빗질할 것도 없구나.

-김소월,「봄」전문

　1902년에 태어난 김소월은 시인이자 문학평론가인 김억에게 지도를
받아 시를 쓰기 시작했어요. 그는「금잔디」,「엄마야 누나야」,「진달래꽃」
등을 발표하며 뛰어난 재주를 인정받았지요. 이후 일본으로 유학을 갔던
김소월은 지진 때문에 귀국해야 했어요. 고향으로 돌아가 조부와 함께 광
산을 운영했지만 형편이 좋지 않았답니다. 가난한 살림살이에 일제 강점
기라는 어두운 시대적 상황까지 겹치자 그는 결국 32세에 일찍 사망했
어요.

김소월(1902~1934)
우리나라를 대표하는 시인 중 한 명으로 본명은 김정식이지만 호(號)인 소
월로 더 잘 알려져 있다. 우리 민족 고유의 정서에 기반한 시를 많이 썼다.

민족과 나라가 처한 암울한 현실과 빈곤이라는 상황 속에서 김소월은 오래 버티지 못했습니다. 그는 「봄」을 쓸 때 안사의 난으로 황폐해진 조국에서 살아가야 했던 두보의 처지에 자신을 투영했어요. 특히 1, 2, 4행을 잘 살펴보면 「봄」과 「춘망」에서 공통적으로 나타나는 시어들을 발견할 수 있을 거예요. 어떤가요? 계절적으로 봄은 왔건만 나아지지 않는 현실에 절망한 시인의 모습이 느껴지나요?

김소월 시비(서울 중구)
남산 공원에 있는 김소월의 시비(詩碑)로, 1924년에 발표된 「산유화」가 적혀 있다.

3과 '간결한 형식'이 사대부의 마음을 끌다
시조

고려 중기부터 시작해 현재까지 창작되고 있는 시의 갈래는 무엇일까요? 이 갈래는 형식이 간결하고 담백한 미의식을 갖추었습니다. 아마 여러분은 '3장 6구 45자 내외'라는 특징으로 기억하고 있을 거예요. 바로 '시조'랍니다.

고려 말기에 이미 형태가 갖추어져 있던 시조는 조선 전기로 넘어오면서 본격적으로 발달하기 시작했어요. 고려가 망하고 조선이 세워질 때 이방원과 정몽주가 주고받은 시조를 알고 있나요? 이방원은 정몽주를 설득하기 위해 '만수산 드렁칡이 얽힌 듯' 합심하자고 했지요. 정몽주는 '일 백 번 고쳐 죽어 백골이 진토가 되어도' 그러지 않겠노라고 했고요. 중요한 상황에서 시조를 사용했다는 것 자체가 시조의 역할이 크게 확대되었다는 방증이랍니다.

훈민정음이 창제되자 시조 창작은 더욱 활발해졌어요. 이 시기에는 길재, 원천석, 맹사성, 정철 등 주로 양반 사대부들이 시조를 창작했습니다. 이들은 작품 안에 유교적인 충의(忠義) 사상, 자연 속에서 유유자적하는 삶, 백성들에게 유교적 윤리를 강조하는 내용 등을 담았어요.

시조 창작이 확산되면서 기녀들도 작가층에 합류했습니다. 대표적으로 황진이가 있지요. 황진이는 여성의 감정을 작품 속에 솔직하고 섬세하게 나타냈어요. 사대부들의 엄숙한 시조와 달리 역설적이고 참신한 표현을 사용해 아주 재미있지요.

"두 임금은 섬길 수 없습니다."
- 길재의 「오백 년 도읍지를~」

경북 구미에는 조선 후기인 1768년에 세워진 '채미정'이라는 정자가 있습니다. '채미(採薇)'라는 단어는 '고사리를 캔다'라는 뜻이에요. 중국에서 은이 망하고 주가 들어섰을 때 백이와 숙제는 새 왕조를 섬길 수 없다면서 수양산에 들어가 고사리를 캐 먹으며 살았다고 해요. 충절로 유명한 고사(古事)이지요. 그렇다면 이 정자에는 왜 '채미'라는 단어가 붙었을까요?

채미정은 고려 말 조선 초의 성리학자였던 길재의 충절을 기리기 위해 건립되었습니다. 여기서 여러분이 주목해야 할 사실이 있어요. 바로 길재가 고려 시대에서 조선 시대로 넘어가는 과도기에 살았다는 점이지요. 길재의 충심은 고려를 향한 것이었을까요? 아니면 조선을 향한 것이었을까요? 길재의 일생을 들여다보면 답을 알 수 있답니다.

길재(1353~1419)
고려 말 조선 초의 성리학자로 『야은집』을 저술했다. 고려가 망하자 관직을 버리고 선산으로 낙향한 뒤 학문 연구와 후학 양성에 힘썼다.

채미정(경북 구미)
길재의 충절과 학덕을 기리기 위해 지역 유림들이 뜻을 모아 만든 정자이다.

길재는 1353년 경북 구미에서 태어났습니다. 그는 뛰어난 가문에서 태어났다거나 높은 벼슬을 하던 인물이 아니었어요. 이색, 정몽주, 권근 등의 가르침을 받으며 관직 생활을 하고 있었지요.

여러분이 잘 알고 있는 대로 고려는 점차 쇠망해갔어요. 이성계가 실권을 장악한 뒤 조선을 건국했고요. 그 과정에서 길재의 스승이던 이색이 숙청되었고, 이방원은 정몽주를 살해했어요. 고려의 멸망을 체감한 길재는 고향인 구미에서 슬픈 소식을 듣고 있을 수밖에 없었지요.

길재는 고려에 대한 충절을 지키기 위해 금오산에서 은둔 생활을 시작했습니다. 하지만 그는 혼자가 아니었어요. 길재의 효심과 학식이 깊다는 소문이 퍼지면서 그에게 학문을 배우고자 하는 사람들이 몰려들었지요. 길재는 신분을 가리지 않고 자신을 찾아오는 모든 사람에게 글을 가르쳤답니다.

선죽교(개성)

정몽주가 이성계의 아들 이방원에게 피살을 당한 곳이다. 철퇴를 맞아 죽은 정몽주의 핏자국이 오랫동안 다리 위에 남아 있었다고 한다.

1400년 어느 날, 길재는 조선 조정의 연락을 받았습니다. 길재와 한마을에 살면서 우정을 나누었던 이방원은 길재의 인품과 학식을 높게 평가했어요. 이방원은 정종과 의논해서 길재에게 관직을 내렸지요.

길재는 관직에 욕심이 없었지만 임금의 명이라 바로 거절할 수 없었어요. 그는 한양으로 가 상소문을 올렸습니다. 자신에게는 두 임금이 있을 수 없다며 노모를 봉양하다가 고향에서 생을 마칠 수 있게 해 달라는 내용이었어요. 정종을 모실 수 없다는 뜻이었으니 거의 목숨을 내놓고 상소문을 올린 셈이었지요. 다행히 길재는 고향으로 돌아갈 수 있었습니다.

이 사건으로 길재의 충심이 널리 알려졌어요. 비록 조선에 대한 충심이 아니라 고려에 대한 충심이었지만요. 사실 유교 국가였던 조선에서도 '불사이군(不事二君)', 즉 두 임금을 섬기지 않는다는 이념은 중요했거든요.

길재는 고향으로 되돌아가는 길에 고려의 옛 도읍지를 찾아 고려를 회상하며 시조를 지었어요. 이 작품은 『청구영언』에 실려 전해지는데 회고가(懷古歌, 옛일을 생각하며 지은 노래)로도 유명해요.

오백 년(五百年) 도읍지(都邑地)를 필마(匹馬)로 도라드니
산천(山川)은 의구(依舊)ᄒ되 인걸(人傑)은 간 듸 업다
어즈버, 태평연월(太平烟月)이 꿈이런가 ᄒ노라

〈현대어 풀이〉
오백 년 동안 이어져 온 고려의 옛 도읍지에 한 필의 말을 타고 들어가니,
산천은 예전과 똑같지만 고려의 인재는 간 데 없다.
아아, 고려의 태평했던 시절이 한낱 꿈처럼 허무하구나.

-길재,「오백 년 도읍지를~」전문

화자는 조선에서 벼슬길에 오르지 않은 외로운 신분이었습니다. 고려의 옛 도읍지에 돌아와 말을 타고 돌아본 자연의 모습은 예전 그대로이지만 고려의 충신들은 아무도 없었지요.

이 시조의 중장을 보니 떠오르는 작품이 있지 않나요? 앞에서 감상했던 두보의 「춘망」 중 1, 2구였던 "나라가 망하니 산과 강물뿐이고 성안의 봄에는 풀과 나무만 무성하구나."라는 구절과 비슷하지요. 두보가 자연과 인간사를 대비하면서 허무함을 느낀 것처럼 길재 역시 변함 없는 자연을 보면서 모든 것이 덧없음을 표현하고 있어요.

화자가 느낀 무상한 감정은 종장으로까지 이어집니다. 화자는 고려의 태평했던 시절이 마치 꿈처럼 느껴진다고 말했지요. 여기서 '꿈'은 무상감을 비유한 단어라고 볼 수 있어요.

고려에서 조선으로 넘어가는 이 시기에는 다양한 작가가 있었습니다. 길재, 원천석 같은 작가들은 고려 왕조를 회상하며 변함없는 충절을 담은 시조를 창작했어요. 반면 조선의 개국 공신이었던 정도전은 이미 망해 버린 나라를 회고할 필요가 있느냐며 새로운 나라를 받아들여야 한다고 주장했지요. 정도전이 주장한 내용을 시조에 담은 작가도 여럿 있었어요. 정치적·사회적 격변기였던 조선 전기에는 고려의 멸망과 조선의 건국을 바라보는 여러 시점과 감정을 담은 시조들이 많이 창작되었답니다.

이색의 「부벽루」를 감상할 때도 언급한 적 있지만 길재는 이색, 정몽주와 함께 고려 말에 절의를 지킨 삼은(三隱)의 한 사람이었어요. 길재는 고려의 충신이었지만 조선 시대에도 충절을 널리 인정받았지요. 채미정이 세워진 것도 그 때문입니다.

채미정에는 가지런히 손을 모은 채 무릎을 꿇고 있는 길재의 영정이 있습니다. 그 모습을 보면 길재가 생전에 어떤 사람이었을지 상상할 수 있어요. 길재는 아마 신분에 관계없이 모든 사람을 공손하게 대했을 것이고, 부지런히 의관을 갖추며 손에서 책을 놓지 않았을 거예요.

'기발한 천재성'으로 사랑을 노래하다

– 황진이의 「동지ㅅ돌 기나긴 밤을~」

___ ✐

고려의 수도였던 '개성'의 옛 이름은 '송도'입니다. 송도에는 뛰어난 것으로 유명한 세 가지가 있었어요. 무엇일까요? 바로 기생 황진이, 유학자 서경덕, 가을 단풍이 아름다운 박연 폭포랍니다. 이 세 가지를 일컬어 송도3절(松都三絶)이라고 해요. '절(絶)'이 '빼어나다'는 뜻이거든요. 송도3절과 관련해 재미있는 사실이 하나 있습니다. 송도3절에 속한 황진이가 이 말을 제일 처음 사용했다는 점이지요.

이제부터 조선 최고의 기생이었던 황진이에 주목해 보려 합니다. 황진이의 생애는 정확하게 기록으로 남아 있지 않아요. 여러 일화가 전해지고 있지요. 황진이는 양반 가문에서 태어났지만, 어머니는 천민 출신에 시각 장애인이었던 것으로 추측됩니다. 황진이라는 이름도 본명이 아니라는 설이 있고요.

박연 폭포(북한 개성)
송도3절이자 개성의 대표 명물로 꼽히는 폭포이다.

숭양서원(북한 개성)
서경덕과 정몽주를 함께 기리기
위해 유림들이 만든 서원이다.

황진이가 15세 때 한 동네 총각이 그녀를 마음에 두었다가 상사병으로 죽었다는 이야기도 있어요. 이를 계기로 황진이는 기생이 되었다고 하지요. 물론 확실한 이야기는 아니랍니다. 또한, 황진이는 거문고 연주와 노래에 재능이 있었어요. 시도 잘 지었고요. 그녀는 뛰어난 예술적 재능과 미모로 유명해졌고, 선비들과도 교류하며 여러 작품을 남겼답니다.

송도3절에 속했던 유학자 서경덕과의 일화도 있어요. 황진이는 오로지 돈으로 그녀를 유혹하려는 사람들은 쳐다보지도 않았습니다. 하지만 서경덕의 학식이 높다는 소문을 듣고는 직접 그를 찾아가 유혹하려고 했어요. 서경덕은 황진이의 온갖 유혹에도 넘어가지 않았습니다. 서경덕의 인품에 감탄한 황진이는 평생 그를 스승으로 섬겼어요.

황진이는 27세 때 운명적인 인연을 만났습니다. 명창 이사종이라는 사람이에요. 둘은 6년 정도 함께 지냈어요. 그것도 황진이의 제안으로 3년은 이사종의 집에서, 3년은 황진이의 집에서 말이지요. 일종의 '계약 결혼'이었던 셈이에요. 조선 시대에 계약 결혼이라니, 놀랍지 않나요? 이 계약 결혼은 아주 정확하게 실행에 옮겨졌다고 해요.

황진이는 시대와 신분을 뛰어넘어 자유롭고 당차게 살아간 여인이었습니다. 그녀는 이사종과 헤어진 후에도 그에 대한 사랑과 그리움을 작품에 담았어요. 바로 「동지ㅅ돌 기나긴 밤을~」이라는 시조랍니다. 이 시조는 『청구영언』에 실려 있어요.

> 동지(冬至)ㅅ돌 기나긴 밤을 한 허리를 버혀 내여
>
> 춘풍(春風) 니불 아레 서리서리 너헛다가
>
> 어론 님 오신 날 밤이여든 구뷔구뷔 펴리라

> 〈현대어 풀이〉
>
> 동짓달 긴 밤의 허리를 잘라 내어
>
> 봄바람 같은 이불 아래 잘 넣어 두었다가
>
> 임이 오신 날 밤에 굽이굽이 펴리라.
>
>   -황진이, 「동지ㅅ돌 기나긴 밤을~」 전문

이 작품의 화자가 연모하는 임은 화자를 자주 찾아오지도 않고, 어쩌다 와도 아침 일찍 떠나는 것 같아요. 화자는 동짓달의 긴 밤을 잘 모아 두었다가 임이 오신 날 밤에 그것을 꺼내 펴고 싶다고 했습니다. 동짓달은 음력으로 열한 번째 달을 뜻하는데 1년 중 가장 밤이 길거든요. 즉, 임과 오랜 시간 함께 있고픈 마음을 표현했지요.

황진이는 다른 여인들처럼 임이 없는 기나긴 밤을 절망하거나 탄식하면서 보내지 않았습니다. 오히려 적극적인 태도를 내보였지요. 임이 오면

미리 베어낸 밤을 사용해서 조금이라도 더 오래 있고 싶다고 했으니까요. 작품 분위기가 침울하거나 무겁게 흐르지 않고, 역동적이고 활기차게 느껴지지요. 황진이의 작품은 당시 다른 기생들이나 심지어 황진이의 스승이었던 학자들의 작품과도 분위기가 전혀 달랐답니다.

「동지ㅅ둘 기나긴 밤을~」은 지금 읽어도 발상과 표현이 참신하게 느껴집니다. 임에 대한 그리움과 사랑을 이처럼 짧은 구절로 뛰어나게 표현한 작품이 또 있을까요?

눈에 보이지 않는 추상적인 시간을 구체적인 사물로 빗대어 생생하게 표현한 것은 참 놀라운 발상이에요. 특히 중장의 "서리서리 너헛다가"와 종장의 "구뷔구뷔 펴리라"는 짝을 이루면서 우리말의 묘미와 운율을 잘 살려 주지요. 이 시조를 우리나라 고시조 가운데 최고의 작품으로 인정하는 사람이 꽤 많습니다. 황진이를 우리나라 최고의 시인이라고 극찬하는 사람도 많고요.

황진이의 인기는 현대에도 식을 줄을 모릅니다. 16세기에 살았던 한 여인이 21세기인 지금까지도 영화, 드라마, 소설, 뮤지컬 등에 끊임없이 등장하고 있으니까요. 시대를 초월해 현대인에게도 깊은 여운을 남기는 작품을 창작했다는 게 정말 대단하지요. 하지만 현재 전해지는 그녀의 작품이 시조 6수와 한시 4수밖에 없다는 사실은 안타까울 따름입니다.

자연 속에서 '진정한 학문'을 꿈꾸다
- 이황의 「도산십이곡」

율곡 이이와 함께 조선을 대표하는 성리학자, 많은 제자를 양성하는 데 힘쓴 교육자, 우리나라 천 원권 지폐 모델……. 과연 누구일까요? 고개를 갸웃하다가 '천 원권 지폐 모델'에서 눈치챘나요? 네, 맞습니다. 바로 퇴계 이황이지요.

이황은 과거에 급제한 뒤 벼슬에 올랐지만 벼슬보다는 제자를 가르치는 데 더 몰두했습니다. 역사의 소용돌이 안에서 관직을 그만두었다가 복직하는 일도 여러 번 겪었지요. 1545년, 당파 싸움이 심해지자 이황은 아예 벼슬을 버리고 고향으로 돌아왔어요.

당시 많은 선비는 과거 시험에 합격해서 벼슬길에 나아가 출세하는 것을 삶의 목표로 삼았습니다. 이와 다르게 '옛 학문'을 익히는 데 힘을 쏟은 소수의 선비도 있었지요.

이황(1502~1571)
조선 중기의 문신이자 학자로 우리나라를 대표하는 성리학자이다. 퇴계(退溪)라는 호는 그가 머무르던 계상 서당 앞의 작은 개울에서 따왔다.

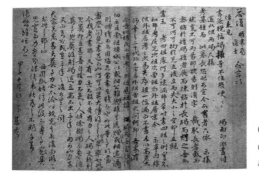

이황의 필적
이황이 그의 제자인 송암 권호문에게
써준 글이다.

이황은 오랜 기간 관직 생활을 했지만 사실은 학문 수양의 길을 걷고
싶어 하는 인물이었어요. 그래서인지 이황은 지인들에게 자신이 너무 젊
었을 때부터 벼슬길에 잘못 들어섰다는 내용의 서신을 자주 보냈다고 하
지요.

고향으로 돌아온 이황은 학문 수양과 후진 양성에 힘쓰겠다고 다짐했
습니다. 이황의 생각이 잘 반영된 작품이 바로 『청구영언』에 실려 전해지
는 「도산십이곡」이에요. 이 작품은 전반부의 6곡과 후반부의 6곡, 총 12
곡으로 이루어진 연시조입니다. 작품 제목도 '도산십이곡'이지요. 전반부
에서는 도산서원 주변의 자연경관을 접하면서 느낀 감흥을 노래했고, 후
반부에서는 학문 수양에 임하는 심정을 노래했어요.

용어가 조금 어렵긴 하지만 전반부의 6곡은 마음속에 품은 뜻을 말했
다는 의미에서 '언지(言志)'라고 불러요. 후반부의 6곡은 학문에 대해 말
하고 있어서 '언학(言學)'이라고 부르고요. 지금부터 소개할 부분은 '언지'
인 제1곡과 '언학'인 제11곡입니다.

〈제1곡: 언지(言志) 1〉

이런둘 엇더ᄒᆞ며 뎌런둘 엇더ᄒᆞ료

초야우생(草野愚生)이 이러타 엇더ᄒᆞ료

ᄒᆞ믈며 천석고황(泉石膏肓)을 고텨 므슴ᄒᆞ료

〈현대어 풀이〉

이러면 어떻고 저러면 어떠하겠는가?

시골에 파묻혀 사는 어리석은 사람이 이렇게 산다고 어떠하겠는가?

하물며 자연을 사랑하는 이 마음을 고쳐서 무엇하겠는가?

－이황, 「도산십이곡」에서

    제1곡에는 자연과 하나가 된 화자의 생활이 잘 나타나 있습니다. 화자는 자신을 '초야우생(草野愚生)', 즉 시골에 파묻혀 사는 어리석은 사람이라고 말했어요. 자신을 겸손하게 낮춰 표현한 시어지요.

    또한 화자는 자연을 사랑하는 마음, 즉 '천석고황(泉石膏肓)'을 간직한 채 살겠다고 말했어요. 번잡한 속세에 얽매이지 않고 자연을 벗 삼아 순리대로 살겠다는 뜻이에요.

〈제11곡: 언학(言學) 5〉

청산(青山)은 엇뎨ᄒᆞ여 만고(萬古)에 프르르며

유수(流水)ᄂᆞᆫ 엇뎨ᄒᆞ여 주야(晝夜)애 긋지 아니ᄂᆞᆫ고

우리도 그치지 마라 만고상청(萬古常青) ᄒᆞ리라

〈현대어 풀이〉

청산은 어찌하여 항상 푸르며

흐르는 물은 어찌하여 밤낮으로 그치지 않는가.

우리도 그치지 말고 영원히 푸르리라.

-이황, 「도산십이곡」에서

제11곡에는 화자가 사랑하는 자연이 등장해요. '청산'과 '유수'입니다. 푸르른 산과 흐르는 물은 겉으로 보면 반대되는 성격을 지니고 있어요. '청산'은 움직이지 않고 '유수'는 끊임없이 움직이니까요. 하지만 둘의 공통점은 변하지 않는 속성, 즉 영원성을 지녔다는 것입니다. 화자는 이를 본받아 변함없이 학문 수양에 정진해야 한다고 주장했어요.

영원할 수 없는 인간에게 영원성을 지닌 자연은 곧 진리의 세계이자 동경의 대상일 것입니다. 이황은 이를 실천하기 위해 벼슬에서 물러나 학문에 정진했고, 서원을 지어 후학 양성에 몰두했어요.

이황의 시화첩
도산 서원 옥진각에 전시되어 있다.

「도산십이곡」의 끝에는 다소 특이한 글이 덧붙어 있습니다. 발문(跋文, 책의 끝에 기본적인 본문 내용이나 간행 경위에 관한 사항을 간략하게 적은 글) 이라는 것이에요. 이황은 「도산십이곡」의 끝에 발문을 붙여 작품의 창작 동기를 밝혔어요. 어떤 내용일까요?

이황은 당시 우리나라 시가가 풍속을 교화하거나 심신을 수양하는 데 도움을 주지 못한다고 생각했어요. 우리가 앞에서 감상했던 「한림별곡」 역시 방탕하고 상스러워서 군자가 숭상할 만한 작품이 아니라고 여겼지 요. 또한 이황은 시가의 내용이 교육적이어야 한다고 주장했어요. 한자보 다는 우리말로 지어서 노래로 부를 수 있어야 한다고도 했지요. 즉, 이황 은 남녀노소 누구나 부를 수 있는 건전한 노래를 짓고자 했습니다.

청량정사(경북 봉화)
이황이 어렸을 때 스승에게 가르침을 받았던 곳이다. 이후 이황은 이곳에 머무르며 성리학을 공부하고 후 진 양성에 힘썼다. 「도산십이곡」도 이곳에서 지었다.

이황은 「도산십이곡」을 지은 후 아이들에게 아침저녁으로 부르게 하고 이에 맞추어 춤까지 추게 했다고 해요. 그는 「도산십이곡」을 통해 노래를 부르는 사람, 듣는 사람 모두 정서를 순화할 수 있다고 생각했어요. 자신이 창작한 작품에 대단한 자부심을 가졌던 것 같지요?

「도산십이곡」 제1곡의 첫 구절인 "이런돌 엇더ᄒ며 뎌런돌 엇더ᄒ료"에 다시 한번 주목해 보세요. 굉장히 초연한 삶의 자세처럼 느껴지지요. 대다수가 옳다고 생각하는 기준으로 자신을 판단하지 않는, 어찌 보면 오랜 수양이나 훈련 끝에 얻은 결과라고 할 수 있어요. 이것이야말로 자연에 가장 가까운 상태가 아닐까요?

도산 서원(경북 안동)
퇴계 이황의 학덕을 기리기 위해 만들었다. 이황의 신주를 모신 사당은 물론 유생들이 수양하고 교육받는 공간도 마련되어 있다. 2019년에 유네스코 세계문화유산으로 등재된 우리나라 서원 중 하나이다.

4과 우리 민족의 '호흡'과 잘 어우러지다
가사

"감흥을 읊조리면서도 경험을 서술할 수 있는 긴 노래 형식이 없을까?"

우리나라 문학이 운문 문학에서 산문 문학으로 넘어가던 시기, 사람들은 위와 같은 고민을 했을 거예요. 그 과정에서 가사가 탄생했습니다. 가사는 시조와 함께 조선 시대 문학의 대표 갈래로 꼽혀요. 시가와 산문의 중간 형태를 가진 문학이지요. 3 · 4조 혹은 4 · 4조를 기조로 한 4음보의 연속체로 이루어졌거든요. 행에는 제한을 두지 않아 비교적 형식이 자유로워요.

가사는 조선 전기에 주로 양반층을 중심으로 창작되었습니다. 강호(江湖, 속세를 떠나 머물던 자연) 생활의 흥취를 노래하거나 임금을 그리워하는 마음을 표현하거나 유배 생활의 고충을 담은 내용이 대부분이었어요. 특히 정극인의 「상춘곡」은 최초의 가사 작품으로 알려져 있답니다. 시간이 갈수록 양반 가문의 부녀자, 승려, 중인, 서민 들도 가사 창작에 참여했어요. 내용 역시 다채로워졌습니다. 대표적인 가사 작품으로는 송순의 「면앙정가」, 정철의 「관동별곡」과 「속미인곡」, 허난설헌의 「규원가」 등을 꼽을 수 있어요.

가사는 창작 계층에 따라서도 분류할 수 있습니다. 사대부가 지으면 사대부 가사, 부녀자들이 지으면 규방 가사, 서민이 지으면 서민 가사, 종교인이 지으면 종교 가사라고 해요. 가사는 개화기에도 제작 · 발표되었어요. 형태는 고전 가사의 전통을 이으면서도 개항, 문명개화, 부국강병 등 개화기에 걸맞은 주제를 다루었지요.

대자연 속에서 '봄'과 '풍류'를 즐기다
- 정극인의 「상춘곡」

___ ✎

　여러분은 봄이 오면 어떤 방식으로 봄을 즐기나요? 짧은 기간에 피고 지는 봄꽃을 구경하기 위해 명소를 찾거나, 따스한 햇살과 자연을 즐기기 위해 공원이나 산에 가기도 하겠지요. 집에서 책을 보거나 낮잠을 자면서 봄의 나른함을 즐기는 사람도 있을 테고요.

　여기서는 지금으로부터 약 550년 전에 살았던 한 문신이 봄을 즐긴 모습을 살짝 들여다볼까 합니다. 문신의 이름은 정극인인데 여러분에게 좀 낯선 인물일 수도 있을 거예요. 정극인은 50세가 넘어서 과거에 합격했고 벼슬을 하는 동안 우여곡절이 많았어요.

　우리나라 문학사에서는 정극인을 중요한 인물로 꼽습니다. 한국 문학계 최초의 가사 작품이자 조선 시대 양반 가사의 대표 작품으로 꼽히는 「상춘곡」을 창작했기 때문이지요.

영광 도동리 홍교(전남 영광)
불교를 배척하고 후진 양성에 힘쓴 정극인의 공로를 기념하기 위해 만든 다리이다.

정극인의 문집인『불우헌집』에 실려 전하는「상춘곡」은 제목만으로도 주요 내용을 파악할 수 있습니다. '상춘곡(賞春曲)'은 '봄을 맞아 경치를 구경하며 즐기는 노래'란 의미거든요. 이 작품은 속세에서 벗어나 자연에 파묻혀 살면서 봄날의 경치를 찬탄하는 내용을 담고 있답니다. 지금부터 작품의 가장 앞부분을 살펴볼까요?

홍진(紅塵)에 뭇친 분네 이내 생애(生涯) 엇더혼고. 녯 사룸 풍류(風流)를 미츨가 못 미츨가. 천지간(天地間) 남자(男子) 몸이 날만혼 이 하건마는 산림(山林)에 뭇쳐 이셔 지락(至樂)을 모룰 것가. 수간모옥(數間茅屋)을 벽계수(碧溪水) 앏픠 두고, 송죽(松竹) 울울리(鬱鬱裏)예 풍월주인(風月主人) 되어셔라.

〈현대어 풀이〉

속세에 묻혀 사는 사람들아, 내가 살아가는 모습이 어떠한가? 옛사람의 풍류에 내가 미칠까 못 미칠까? 세상의 남자들 중 나와 비슷한 사람이 많을 텐데 자연에 묻혀 사는 지극한 즐거움을 모른다는 말인가? (나는) 초가삼간을 시냇물 앞에 두고, 소나무와 대나무가 우거진 곳에서 자연을 즐기는 사람이 되었구나.

-정극인,「상춘곡」에서

「상춘곡」은 서사, 본사, 결사 세 부분으로 나눌 수 있습니다. 위에서 소개한 부분인 서사에서는 자연에 묻혀서 사는 즐거움에 관해 노래했어요. 본사에서는 봄의 아름다운 경치와 그로 말미암은 흥취를 노래했고, 산수

(山水)를 구경할 것을 권유했으며, 산봉우리에서 바라본 봄의 풍경까지 소개했지요. 서사에 나타난 공간적 배경은 '수간모옥', 즉 초가삼간에서 시작해서 산봉우리까지 점점 넓어졌어요. 결사에서는 '안빈낙도(安貧樂道, 가난한 생활을 하면서도 편안한 마음으로 도를 즐겨 지킴)'를 추구하는 화자의 태도가 잘 나타났지요.

자, 이제 서사 부분에 좀 더 집중해 보면 화자가 어떤 환경에서 살고 있는지 충분히 상상할 수 있을 거예요. 작은 초가집 앞으로는 맑은 시냇물이 흐르고, 주변에는 소나무와 대나무가 우거져 있습니다. 맑고 푸른 자연에 둘러싸여 있으니 삶에 대한 만족도가 높을 수밖에 없겠지요?

「상춘곡」의 화자에게 부귀나 명예는 더 이상 중요한 가치가 아닙니다. 자연과 일체가 되는 삶, 즉 '자연에 묻혀 사는 지극한 즐거움'을 선호하고 있거든요. 점점 더 복잡하고 치열하게 경쟁하며 사는 현대인에게도 이상적으로 느껴지는 삶의 형태겠지요.

『불우헌집』
정조 10년인 1786년에 정극인의 후손인 정효목이 편집·간행한 정극인의 문집이다. 제1권에는 시(詩)가 수록되어 있고, 제2권에는 「상춘곡」을 비롯한 가곡(歌曲)과 여러 글이 실려 있다.

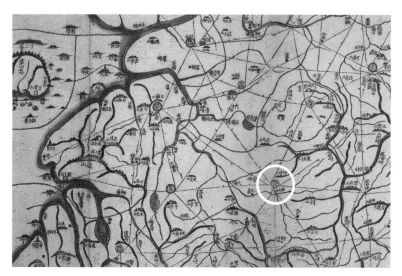

대동여지도에 나타난 태인군
동그랗게 표시한 지역이 태인, 즉 지금의 전라북도 정읍이다.

조선 시대 대부분의 양반 가사는 「상춘곡」과 마찬가지로 '자연'을 소재로 삼고 있습니다. 자연이라는 공간은 양반이 심신을 닦는 곳이었어요. 정치판에서 잠시 물러나 있는 곳이기도 했고요. 양반은 자연에 머무르면서도 임금의 은혜를 잊지 않았습니다. 그러한 내용이 담긴 가사가 아주 많지요. 하지만 「상춘곡」에는 아무리 눈을 씻고 찾아봐도 임금의 은혜에 감사하는 내용이 담겨 있지 않아요. 그 이유가 궁금하지 않나요?

성품이 강직했던 정극인은 벼슬자리에 있을 때 충언을 자주 했어요. 그 탓에 정치적으로 여러 번의 위기를 겪었습니다. 정극인은 정치가보다는 교육자로서의 신념이 더 뚜렷한 인물이었어요. 계유정난으로 정권을 장악한 세조가 단종을 몰아내고 왕이 되자 정극인은 벼슬에서 물러났어요. 처가가 있는 전북 태인(지금의 전라북도 정읍시)으로 가 후학 양성에 힘썼지요. 이때부터 정극인은 자연과 함께하며 자신의 뜻을 제대로 펼칠 수 있었답니다.

「상춘곡」은 정극인이 만년(晩年, 나이 들어 늙어가는 시기)일 때 태인에서 창작했어요. 즉, 벼슬에 미련을 두지 않고 부귀와 명예에서 멀어진 후에 지은 작품이지요. 정극인은 속세에서 벗어나 자연 속에서 즐거움을 누리는 사람이 되었다고 노래했어요. 이런 상황이었으니 임금의 은혜는커녕 임금의 그림자조차도 생각하지 않았겠지요? 정치의 소용돌이에 휘말릴 일 없이 자연 속에서 유유자적하며 삶을 즐길 수 있었을 테니까요.

「상춘곡」의 화자가 봄을 즐기는 방법은 참 다양했습니다. 파랗게 난 풀을 밟으며 산책하기도 하고, 물놀이와 낚시를 즐기기도 하고, 나물을 캐기도 했어요. 봄을 느끼는 감흥은 시냇가에서 술을 마실 때 절정에 달했습니다. 화자는 한 잔의 술을 마시더라도 자연을 즐기며 운치 있게 마셨어요. 그러면서 자연과 하나가 되는 물아일체의 경지를 느꼈지요.

정극인의 모습을 보니 많은 사람이 북적이는 명소에서 봄을 보내는 것보다 동네 뒷산이어도 고즈넉한 곳에서 여유 있게 봄을 만끽하는 것이 봄을 더욱 제대로 즐기는 방법이 아닐까 싶지요?

「상춘곡」은 작가의 솔직한 경험과 생각이 담긴 작품이에요. '교훈적'이라는 단어보다는 '서정적'이라는 단어가 더 어울리지요. 따라서 이 작품은 양반 가사이면서 서정 가사에 속해요.

또한, 「상춘곡」은 강호가도의 시풍을 형성한 가사입니다. '강호가도(江湖歌道)'란 조선 시대에 벼슬을 하지 않고 숨어 사는 사람, 시인, 묵객(墨客, 먹을 가지고 글씨를 쓰거나 그림을 그리는 사람) 등이 현실에서 도피해 자연을 벗 삼아 지내면서 일으킨 시가 창작의 경향 중 하나예요. 조선 시대 사대부들은 특히 강호가도를 선호했답니다. 사화(士禍, 정쟁에 휘말린 선비들이 참혹하게 화를 당한 일), 환국(換局, 정치적인 판국이 급격하게 바뀌는 일) 등 정치에 휘말리면 자칫 가문 전체가 화를 입을 수 있었거든요. 게다가 사대부들은 사회적 지위가 보장되어 있었고, 고향에 사유지를 가진 경우가 많아 경제적으로도 넉넉했지요.

강호가도의 시풍은 오랫동안 이어지며 조선 시대 시가 문학의 한 특징으로 자리 잡았어요. 송순의 「면앙정가」, 정철의 「성산별곡」 등에도 영향을 미쳤지요.

산수도(김시)
김시(1524~1593)는 조선 중기의 화가로 과거에 응하지 않고 서화에만 전념했다. 조선 중기는 정치적으로 불안한 시기였기 때문에 자연 속에서 은둔하며 지내는 생활과 관련 있는 그림이 많이 창작되었다.

가사에 담은 '우리말의 아름다움'
- 정철의 「속미인곡」

　「상춘곡」과는 반대로 임금에 대한 충성심과 절절한 그리움을 노래한 양반 가사 한 편을 감상해 볼까요? 지금부터 우리가 감상할 가사는 정철의 「속미인곡」입니다.

　『송강가사』에 실려 전하는 「속미인곡」은 정철이 지은 「사미인곡」의 속편인 작품입니다. 여러분의 이해를 돕기 위해 「사미인곡」에 관해 간단히 소개할게요.

　「사미인곡」은 겉으로 보기엔 임과 이별한 여성 화자의 목소리를 통해 임에 대한 그리움을 노래한 작품이에요. 하지만 그 속에는 임금에 대한 충성심이 나타나 있지요. 매화, 옷, 달빛, 햇빛 등의 주요 소재를 통해 임에 대한 사랑, 즉 임금에 대한 충심을 잘 표현했어요. 「사미인곡」은 다양한 표현 기법을 사용해 우리말의 아름다움을 잘 살린 작품이어서 가사 문학의 대표작으로 손꼽혀요. 화려하거나 과장된 표현이 섞여 있긴 하지만요.

『송강가사』
정철이 지은 가사와 시조를 모아 엮은 책이다. 상권에는 「관동별곡」, 「사미인곡」, 「속미인곡」 등이 실려 있고, 하권에는 「훈민가」 등이 실려 있다. 뛰어난 작품이 많아 문학사적으로 가치가 높다.

정철(1536~1594)
조선 중기의 문신이자 학자, 시인으로 호는 송강(松江)이다. 서인의 지도자였으며 이이, 성혼 등과 교유했다. 당대 시조·가사 문학의 대가로 인정받고 있다.

「사미인곡」의 속편인 「속미인곡」 역시 가사 문학의 백미로 평가받는 작품입니다. 두 작품의 작가는 정철이에요. 정철은 27세였을 때 과거에 급제해서 좌의정까지 오른 뒤 1585년, 당파 싸움으로 관직에서 물러났어요. 고향인 전남 담양에 내려가 있을 때 「속미인곡」을 창작했지요. 정철은 고향에서 4년간 은거 생활을 하면서 두 작품 외에도 많은 시가를 지었어요.

잠시 정철이라는 인물에 관해 살펴볼까요? 어린 시절, 정철은 유복하게 자랐습니다. 궁궐도 자유자재로 드나들었어요. 그의 큰누이가 인종의 후궁이었거든요. 정철은 훗날 명종이 될 경원대군과도 친하게 지냈답니다. 정철이 과거에 급제하자 명종은 잔치에 쓸 술과 안주를 보내 주기도 했다고 해요.

정철의 유복한 어린 시절은 오래 가지 못했습니다. 그가 10세였던 1545년, 인종이 재위 8개월 만에 사망하자 어린 명종이 왕위에 올랐어요. 명종의 어머니인 문정 왕후가 수렴청정(垂簾聽政, 임금이 어린 나이로 즉위했을 때, 왕대비나 대왕대비가 임금을 도와 정사를 돌보던 일)을 하고 외척 윤원형이 세력을 잡았습니다. 윤원형을 비롯한 무리는 인종의 외척 세력을 제거했어요. 이 사건을 을사사화라고 해요.

을사사화로 정철의 매형인 계림군이 역모 주동자로 몰려 처형당했어요. 정철의 아버지와 큰형은 유배를 갔고요. 정철의 아버지는 1551년에 왕자인 선조의 탄생으로 은사(恩赦, 나라에 경사가 있을 때 죄가 가벼운 죄인을 풀어주던 일)를 받아 풀려났고, 정철의 큰형은 유배 중 사망했습니다. 이후 정철은 아버지를 따라 담양 창평에서 지냈어요.

제대로 된 교육을 받지 못했던 정철은 16세부터 담양에서 송순, 기대승 등에게 가르침을 받았습니다. 그중 송순은 「면앙정가」를 지었는데 가사 문학의 선구자로 유명해요. 정철은 스승의 영향을 받아 한글로 된 가사를 많이 창작했습니다. 이후 그는 박인로, 윤선도와 함께 조선 가사 문학의 3대 거장으로 꼽히지요.

앞에서 소개한 「사미인곡」, 「속미인곡」에 「관동별곡」까지 합치면 정철의 대표 3부작이 완성됩니다. 우리에게 「구운몽」으로 잘 알려진 서포 김만중은 정철의 이 세 작품을 가리켜 "예로부터 우리나라의 참된 문장은 이 세 편뿐이다."라고 극찬했어요.

덧붙이자면 김만중은 정철의 대표적인 세 작품 가운데 「속미인곡」이 최고라고 치켜세웠습니다. 아마도 다른 두 작품에 비해 「속미인곡」의 순우리말 표현이 더 뛰어났기 때문일 거예요. 표현이 소박하면서도 진실해 임을 향한 간절한 마음이 잘 드러나기도 했고요.

「속미인곡」에는 특이하게도 두 명의 화자가 등장합니다. '갑녀'와 '을녀'라는 두 선녀가 대화를 나누지요. 갑녀는 을녀에게 백옥경(궁궐)을 떠난 이유를 물었습니다. 을녀는 임과 이별한 사연을 이야기했지요. 갑녀는 중간중간 짧게 작품에 개입하며 을녀가 이야기를 계속할 수 있게 도와주거나 을녀를 위로하는 역할을 맡았습니다. 그러니 이 작품을 중점적으로 끌고 가는 건 을녀의 이야기겠지요?

을녀는 갑녀의 질문에 대답하면서 신세를 한탄했습니다. 을녀는 사랑하는 임과 헤어진 이유를 자신의 죄와 조물주의 탓이라고 생각했어요. 그러면서 갑녀에게 다음과 같이 하소연했지요.

송강정(전남 담양)
당쟁에 휘말려 정계에서 물러난 정철은 담양 창평의 성산으로 가 초막을 짓고 은거 생활을 했다. 그 자리에 후손들이 정자를 세우고 송강정이라고 이름 붙였다.

님다히 쇼식(消息)을 아므려나 아쟈 ᄒ니 오놀도 거의로다. 닉일이나 사롬 올가. 내 ᄆ음 둘 듸 업다. 어드러로 가쟛 말고. 잡거니 밀거니 놉픈 뫼히 올라가니 구롬은ᄏ니와 안개ᄂᆞᆫ 므스 일고. 산쳔(山川)이 어둡거니 일월(日月)을 엇디 보며 지쳑(咫尺)을 모르거든 쳔리(千里)ᄅᆞᆯ ᄇ라보랴. ᄎ하리 믈ᄀᆞ의 가 ᄇᆡ 길히나 보랴 ᄒ니 ᄇᆞ람이야 믈결이야 어둥졍 된뎌이고. 샤공은 어듸 가고 븬 ᄇᆡ만 걸렷ᄂᆞᆫ고. 강텬(江天)의 혼쟈 셔셔 디ᄂᆞᆫ 힉롤 구버보니 님다히 쇼식(消息)이 더옥 아득ᄒ뎌이고.

〈현대어 풀이〉

임 계신 곳의 소식을 어떻게든 알려고 하다가 오늘도 저물었구나. 내일은 임의 소식을 전해줄 사람이 올까. 내 마음을 둘 곳이 없다. 어디로 가야 한다는 말인가. (나무를) 잡거나 밀면서 높은 산에 올라가니 구름과 안개는 무슨 일 때문에 이렇게 짙은가. 산천이 어두우니 해와 달을 어떻게 바라보며, 가까운 거리도 볼 수 없는데 먼 곳은 또 어떻게 바라볼 수 있을까. 차라리 물가에 가서 뱃길이나 보려고 내려가니 바람과 물결이 어수선하구나. 뱃사공은 어디 가고 빈 배만 남아 있는가. 강 앞에 홀로 서서 지는 해를 바라본다. 임이 계신 곳에서는 소식이 들려오지 않는구나.

-정철, 「속미인곡」에서

을녀는 임을 그리워하는 마음을 달래기 위해 높은 산에 올랐습니다. 하지만 구름과 안개가 잔뜩 끼어서 해와 달을 보기가 힘들었어요. 여기서 '해와 달'은 임, 즉 임금을 상징합니다. 을녀가 보고자 하는 '해와 달'을 가리고 있는 '구름과 안개'는 을녀와 임의 사랑을 방해하는 장애물이지요. 방해물 때문에 해와 달을 바라보지 못한 을녀는 물가로 향했습니다.

하지만 물가도 호락호락하지 않았지요. 이번에는 '바람과 물결'이 을녀가 임에게 가는 것을 가로막았습니다. 야속하게도 을녀의 마음을 알아주는 존재가 없네요. 혼자 물가에 서서 지는 해를 바라보는 을녀의 심정이 얼마나 착잡하고 외로웠을까요?

「속미인곡」은 임과 이별한 여인의 처절한 심정을 노래한 사랑가 형식의 '충신연주지사(忠臣戀主之詞)'예요. 풀이해 보면 충성스러운 신하가 임금을 사모하는 노래라는 뜻입니다. 정철은 임금을 향한 자신의 충성심을 노래하기 위해 임을 그리워하는 여인의 목소리를 빌려왔어요.

충신연주지사의 시작점이 되는 작품은 우리가 앞에서 이미 감상했던 정서의 「정과정」이에요.

정과정 유적지(부산 수영구)
고려 의종 때 정서가 오이밭을 일구며 유배 생활을 하던 중, 「정과정」을 지은 곳으로 알려져 있다. 「정과정」은 유일하게 작자를 알 수 있는 고려 가요이기 때문에 문학사적 · 역사적 가치가 높은 작품이다.

정서는 유배지에서 자신의 결백함과 임금에 대한 충성심을 담아 「정과정」을 지었어요. 고려 가요인 「정과정」을 시작으로 조선 시대에도 많은 사대부가 정철처럼 임금에 대한 충성심과 그리움을 가사, 시조, 한시 등으로 다양하게 표현했답니다.

조선 시대 사대부의 노래는 충신연주지사가 대부분이라고 말했지요? 이와 반대로 고려 가요는 '남녀상열지사(男女相悅之詞)'가 많아요. 남녀 간의 사랑을 읊은 노래라는 뜻이에요. 조선 시대와는 사뭇 다르지요. 유교 사상이 나라를 지배했던 조선 시대에는 애정 관계를 솔직하게 노래한 고려 가요를 못마땅하게 생각했어요. 그렇기 때문에 조선 시대에 이르러 많은 고려 가요의 내용이 수정되거나 아예 전해지지 않은 작품도 있을 거라는 견해가 있답니다.

정송강사(충북 진천)
정철을 기리는 사당으로 그의 유물이 보관되어 있고, 그를 기리는 내용의 비석이 근처에 세워져 있다.

이 한(恨)을 어떻게 다스릴꼬
- 허난설헌의 「규원가」

여러분은 '조선 시대 여성' 하면 누가 가장 먼저 떠오르나요? 우리나라 5만 원권 지폐의 모델이자 현모양처의 상징인 신사임당이 생각날 수도 있고, 빨래터에서 빨래하거나 방 안에서 바느질하는 아낙네들의 모습이 생각날 수도 있겠지요.

당시 조선은 유교적인 윤리를 강조해 여성들에게 훨씬 더 가혹한 사회였습니다. 여성들은 친형제 사이더라도 '남녀칠세부동석(男女七歲不同席, 유교의 옛 가르침에서 7세만 되면 남녀가 한자리에 같이 앉지 아니한다는 뜻으로, 남녀를 엄격하게 구별해야 함을 이르는 말)'의 원칙을 지켜야 했어요. 밖을 드나들면서 자유롭게 활동할 수도 없었지요. 어린 나이에 결혼해 시부모를 모시면서 중노동에 시달려야 했고, 과부가 되면 3년간 재혼하지 못했으며 설령 3년이 지나더라도 사회 통념상 재혼이 불가능했어요.

신사임당(1504~1551)
조선 중기의 문인이자 유학자이며 화가, 작가, 시인이기도 하다. 성리학자 이이, 화가 이매창의 어머니이다. 본명은 신인선(申仁善)이라고 알려졌으며 사임당은 그녀가 머물던 집의 이름이다.

게다가 조선 시대에는 '열녀효부(烈女孝婦, 남편에게 정성을 다하며 시부모를 잘 섬기는 여인)'의 여성상을 선호했기에 여성들은 최소한의 배움만 받았을 뿐 다른 학문을 배울 기회조차 얻지 못했지요.

당시 많은 제약을 받으며 살던 여성들은 자신의 감정조차도 조심스럽고 소극적으로 표출할 수밖에 없었어요. 그나마 여성들에게 허락됐던 감정 표출 방법 가운데 하나가 바로 한글로 시가를 창작하는 것이었답니다.

지금부터 여러분과 함께 감상할 작품은 허난설헌이 창작한 「규원가」입니다. 『고금가곡』에 실려 전해지는 이 작품은 대표적인 규방 가사이자 현재 전해지는 규방 가사 가운데 가장 오래된 작품이에요. '규방 가사(閨房歌辭)'란 조선 시대에 부녀자가 짓거나 읊은 가사 작품을 통틀어 이르는 말입니다. 부녀자가 거처하는 방이 '규방'이었거든요. 규방 가사는 여인들이 시집에서 지켜야 할 몸가짐과 예절에 대해 다룬 내용이 많았어요.

작품의 제목에 담긴 의미부터 살펴볼까요? '규원가(閨怨歌)'는 '규방 부녀자가 원망하는 노래'라는 뜻입니다. 제목만 봐도 한 여인이 무언가를 원망하는 내용이라는 것을 추측할 수 있지요.

「규원가」의 화자는 늙은 여인입니다. 화자는 텅 빈 방 안에서 과거를 떠올리고 있어요. 화자의 남편은 장안의 건달이었습니다. 그를 만난 화자는 살얼음을 밟듯이 조심스럽게 세월을 보냈지요. 세월이 한참 흐른 후 화자의 젊음과 아름다움이 사라지자 남편은 화자의 곁을 떠났어요.

이때부터 화자의 괴로운 나날이 시작되었습니다. 화자는 이미 인연이 끊어진 남편을 계속해서 그리워했지요. 계절이 바뀌어도 화자의 서글픈 심정은 가라앉지 않았어요.

『고금가곡』
편찬자와 편찬 시기를 정확하게 알 수 없는 시가집으로 가사, 시조, 편찬자의 자작
시조 등이 실려 있다. 사진은 「규원가」의 내용을 발췌해 쓴 서예 작품이다.

화자는 시름을 떨치기 위해 몸부림쳤습니다. 혼자 거문고를 타면서 외로움과 한을 달래 보기도 하고, 아래 인용된 부분처럼 꿈속에서나마 현실의 괴로움을 떨치려고도 했지요. 하지만 남편에 대한 원망은 쉽게 사라지지 않았어요.

출하리 잠을 드러 쉼의나 보려 ᄒ니, 바람의 디ᄂ 닢과 풀 속에 우ᄂ 즘생,
무스 일 원수로서 잠조차 깨오ᄂ다. 천상(天上)의 견우직녀(牽牛織女) 은하수
(銀河水) 막혀셔도, 칠월 칠석(七月七夕) 일년 일도(一年一度) 실기(失期)치 아
니거든, 우리 님 가신 후는 무슨 약수(弱水) 가렷관디, 오거나 가거나 소식(消
息)조차 ᄯᅳ쳣ᄂᆞᆫ고. 난간(欄干)의 비겨 셔셔 님 가신 디 바라보니, 초로(草露)ᄂ
맷쳐 잇고 모운(暮雲)이 디나갈 제, 죽림(竹林) 푸른 고디 새소리 더욱 섧다.
세상의 서룬 사람 수업다 ᄒ려니와, 박명(薄命)ᄒᆞᆫ 홍안(紅顔)이야 날 가ᄐᆞ니
ᄯᅩ 이실가. 아마도 이 님의 지위로 살 동 말 동 ᄒᆞ여라.

〈현대어 풀이〉

차라리 잠이 들어 꿈에서나 임을 보려고 했더니 바람에 지는 잎과 풀 속에서 우는 벌레는 무슨 일로 원수처럼 나의 잠마저 깨우는고? 하늘의 견우직녀는 은하수가 막혔어도 칠월 칠석날 일 년에 한 번씩 때를 어기지 않고 만나는데, 우리 임 가신 후에는 무슨 장애물이 놓였길래 오고 가는 소식마저 그쳤는고? 난간에 기대어 서서 임 가신 데를 바라보니, 이슬은 풀잎 위에 맺혀 있고 저녁 구름이 지나갈 때 대숲 우거진 곳에 새소리가 더욱 서럽다. 세상에 서러운 사람이 많다고 하지만, 운명이 기구한 나 같은 여자가 또 있을까? 아마도 임의 탓인 듯하니 살기가 힘들구나.

-허난설헌, 「규원가」에서

「규원가」는 '기-승-전-결'의 4단 구성으로 이루어진 작품입니다. 소개한 부분은 '결'에 해당해요. 화자는 꿈에서나마 임을 보려고 하지만 '바람에 지는 잎과 풀 속에서 우는 벌레'가 화자의 잠을 깨우며 방해했습니다.

허난설헌(1563~1589)
조선 중기에 활동한 시인, 작가, 화가이다. 본명은 허초희(許楚姬)이고 호는 난설헌(蘭雪軒)이다. 섬세한 필치와 애상적 시풍으로 자신만의 시 세계를 만들어갔다.

화자는 일 년에 한 번씩 만나는 견우직녀와 자신의 처지를 비교하며 새소리에 서러운 감정을 담아 표현하고 있지요. 즉, 화자는 자신의 슬픈 운명을 한탄하고 있어요.

작품을 감상하다 보니 바로 앞에서 살펴보았던 「속미인곡」이 떠오르지 않나요? 두 작품은 비슷한 점이 꽤 있습니다. 두 작품 모두 임에게 버림받은 채 임을 그리워하는 화자의 정서가 잘 나타나 있어요. 또한, 화자는 꿈에서나마 임을 만나 보려고 하지만 무언가에 의해 번번이 방해받았습니다. 「속미인곡」에서는 '구름과 안개'였고, 「규원가」에서는 '바람에 지는 잎과 풀 속에서 우는 벌레'였지요.

두 작품의 차이점은 무엇일까요? 「속미인곡」의 화자는 임과 이별한 원인이 모두 자신의 탓이라고 생각합니다. 「규원가」의 화자는 임에게도 책임이 있다는 생각으로 임을 원망하며 비난하고 있어요. 소극적이고 수용적인 「속미인곡」의 화자와는 다르게 「규원가」의 화자는 좀 더 직접적으로 임에 대한 정서를 드러냈지요.

이쯤 되니 「규원가」를 창작한 허난설헌이라는 인물이 조금씩 궁금해지기 시작합니다. 「규원가」가 허난설헌의 심정을 대변한 작품이니만큼 그녀의 삶을 들여다보는 것도 작품을 감상하는 데 도움이 될 거예요.

허난설헌은 어릴 적에 '신동'이라는 말을 들을 정도로 글재주가 뛰어났다고 합니다. 8세 때 이미 한시를 창작했으니까요. 하지만 결혼 생활에서는 그 재능이 걸림돌이 되었지요.

허난설헌은 15세 무렵에 김성립과 결혼했어요. 매번 과거에 낙방했던 김성립은 허난설헌의 재주가 뛰어난 것을 알고 그녀를 피하며 기생집에 드나들었다고 해요. 시를 창작하는 며느리가 마음에 들지 않았던 시어머니는 허난설헌을 심하게 학대하기도 했어요. 허난설헌의 결혼 생활은 순탄치 않았답니다.

이게 끝이 아니에요. 허난설헌은 아버지와 오빠의 객사, 두 자녀의 죽음과 유산이라는 큰 불행을 겪기도 했습니다. 괴로움을 견디기 힘들었던 허난설헌은 자신의 슬픈 심정과 처지를 담은 작품을 창작하기 시작했어요. 하지만 남성들처럼 넓은 공간에서 자유롭게 작품을 뽐낼 수는 없었지요. 허난설헌의 작품이 탄생한 곳은 다름 아닌 규방이었어요. 규방에서 창작된 그녀의 작품 가운데 하나가 남편에 대한 원망과 그리움을 담은 「규원가」입니다.

허난설헌 생가(강원 강릉)
허난설헌은 강원도 강릉에서 동지중추부사를 지낸 허엽과 그의 부인 강릉 김씨 사이에서 태어났다. 그녀의 남동생 허균은 『홍길동전』의 저자로 널리 알려져 있다.

허난설헌은 이후에도 어머니의 죽음과 동생인 허균의 귀양 등 불행한 사건을 연이어 겪으면서 더욱 창작에 매달렸어요. 그녀는 시, 그림 등 뛰어난 작품을 다수 창작했지만 죽기 직전에 자신의 모든 작품을 불태우라는 유언을 남겼어요. 허난설헌이 쓴 시만 해도 방 한 칸에 꽉 찰 만한 분량이었다는데 말이지요.

허균은 누이의 뛰어난 작품이 사라지는 것을 안타깝게 여겼어요. 그래서 그가 누이의 작품을 필사해 놓거나 기억해둔 것을 모아 시문집인 『난설헌집』을 발행했지요. 이런 과정을 통해 허난설헌의 뛰어난 작품들이 현재 우리에게까지 전해질 수 있었답니다.

조선 시대는 봉건적인 유교 사상이 사회를 지배하던 시대였습니다. 사회적 지위나 권리에 있어 남자를 여자보다 우대하고 존중하는 '남존여비(男尊女卑)', 아내는 반드시 남편을 따라야 한다는 '여필종부(女必從夫)' 사상이 강했지요. 그 탓에 허난설헌의 작품들은 좋은 평가를 받을 수 없었습니다. 뛰어난 재능이 있는데도 여성이라는 이유 하나만으로 제대로 활동할 수조차 없었으니 정말 안타까운 일이지요.

허난설헌 시비(경기 광주)
허난설헌의 묘 앞에 있는 시비(詩碑)이다. 그녀가 일찍이 잃은 두 자녀의 무덤도 근처에 같이 있다.

세월이 점점 흐르면서 그녀의 작품들은 인정받기 시작했습니다. 『난설헌집』은 17세기에 중국 명으로 전해져 사신들의 감탄을 불러 일으켰어요. 18세기에는 허난설헌의 시가 일본으로도 퍼져 큰 인기를 끌었답니다. 조선 후기가 되자 사대부들도 허난설헌을 조선의 뛰어난 시인으로 꼽기 시작했어요.

이제 허난설헌은 누구의 아내, 누구의 어머니, 누구의 며느리, 누구의 누이로서가 아니라 '허난설헌' 자체로 인정받고 있어요. 죽은 뒤에야 제대로 평가를 받을 수 있었다는 게 조금 아쉽지만 말이에요. 허난설헌은 누구보다 훌륭한 재주로 빛났던 조선의 문인이었답니다.

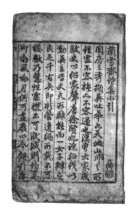

『난설헌집』
허균이 묶은 허난설헌의 유고집으로 중국 명에서 간행되기도 했다. 허균이 반역죄 혐의를 받고 난 뒤, 조선에 있는 『난설헌집』이 모두 불태워진 적이 있었다.

조선이 나라의 기틀을 마련하고 발전한 과정은 어떠했을까?

고려 말, 요동 정벌에 반대해 위화도에서 회군한 이성계는 개경으로 돌아와 정치적 실권을 장악했어요. 이에 신진 사대부는 고려 왕조를 유지하면서 점진적으로 개혁을 추진하자는 온건파와 아예 새로운 왕조를 세워야 한다고 주장하는 급진파로 나뉘었어요. 이성계는 그중 급진파와 힘을 모아 반대 세력을 제거하고 1392년에 왕위에 올랐습니다.

태조 이성계는 고조선을 계승한다는 의미로 나라 이름을 조선이라 정한 뒤 한양을 수도로 삼았어요. 국가 이념으로는 성리학이 제시되었지요. 조선의 개국 공신인 정도전은 『조선경국전』이라는 법전을 편찬하며 유교적 정치 체제를 장려했어요. 이후 태종은 사병을 없애고 군사권을 장악하는 등 강력한 왕권을 바탕으로 나라의 기초를 다졌어요. 세금을 징수하고 군역을 부과하기 위해 호패법을 실시하기도 했고요.

조선은 세종 때 이르러 다양한 분야에서 발전을 이루었어요. 세종은 학문 연구 기관인 집현전을 설치했고, 우리 고유의 글자인 훈민정음을 창제해 1446년에 반포했습니다. 앙부일구, 측우기, 자격루 등을 제작해 실용적인 과학 기술도 발전시켰고요. 세종은 재상(옛날 조정에서 임금을 보필하던 최고 책임자)의 권위를 높이고, 경연도 자주 열었어요. 경연은 왕과 신하들이 함께 유학의 경전이나 사서에 대해 논하는 제도예요. 토론 도중 왕의 잘못이 있으면 신하들이 고칠 것을 제안하기도 했지요. 그만큼 세종은 국왕과 신하 사이의 조화를 중시했답니다.

백성들에게 효(孝)를 가르치기 위해 우리나라와 중국의 충신·효자·열녀 이야기를 모아 『삼강행실도』를 편찬한 것도 이 시기였어요. 또한, 세종은 여진족이 국경을 침입하자 평안도와 함경도 지역에 각각 4군 6진을 설치하도록 했고, 쓰시마섬의 왜구를 토벌하기도 했어요.

이후 단종이 즉위하면서 재상이 정국을 주도하자 수양 대군(훗날 세조)은 불만을 품고 계유정난을 일으켰습니다. 수양 대군은 어린 단종을 보좌하던 김종서, 황보인 등을 제거하고 실권을 장악했어요. 단종은 폐위되어 강원도 영월로 유배갔지요. 성

삼문, 박팽년 등 사육신(死六臣)이 단종 복위를 시도했지만 발각되어 목숨을 잃었어요. 김시습, 이맹전 등 생육신(生六臣)은 벼슬자리에 나아가지 않으며 간접적으로 세조를 비판했고요.

왕위에 오른 세조는 왕권을 강화하고자 집현전과 경연을 폐지했어요. 나라의 기본 법전인 『경국대전』도 편찬하기 시작했는데, 성종 때 이르러서야 완성할 수 있었지요. 『경국대전』을 통해 조선은 유교 사상에 기반한 통치 체제를 마련했습니다.

15세기 후반, 사림 세력이 정계에 등장했어요. 당시에는 세조가 왕이 되는 데 공을 세운 훈구 세력이 정권을 장악하고 있었어요. 성종은 훈구 세력을 견제하기 위해 김종직을 비롯한 사림 세력을 등용했습니다. 사림 세력은 적극적으로 활동하며 왕 또는 훈구 세력과 갈등을 빚었어요. 이로 인해 무오사화부터 갑자사화, 기묘사화, 을사사화까지 총 네 차례의 사화(士禍, 조선 시대에 선비들이 정치적인 이유로 화를 당했던 일)가 일어났습니다.

사화가 발생하는 동안 조선 사회의 정치 기강은 문란해졌어요. 사화로 큰 타격을 입은 사림 세력은 지방으로 물러가 서원과 향약(조선 시대 향촌 사회의 자치 규약)을 중심으로 꾸준히 세력을 확대해 나갔어요. 향약에는 유교적 가르침은 물론 어려운 사람을 돕는 조항까지 실려 있어 향촌 사회의 안정에 크게 기여했습니다.

조선 전기의 문화·예술 면에서는 당시 양반들의 중요한 가치였던 검소함, 청렴함이 잘 반영되었어요. 특히 백자는 깨끗하고 고고한 선비 정신을 상징해 인기가 많았습니다. 회화에서도 선비들의 정신세계가 투영된 사군자화(四君子畵, 문인의 고결함을 상징하는 네 가지 소재인 매화, 난초, 국화, 대나무를 그린 그림)가 유행했어요. 꿈에서 본 세상을 토대로 그린 안견의 몽유도원도라는 작품도 이때 등장했지요. 또한, 국가 체제를 수립하는 과정에서 국가 의례와 관련된 음악도 정비되었습니다.

조선은 건국 이후 200여 년간 큰 전란 없이 평화를 누렸어요. 하지만 16세기 들어 임진왜란과 병자호란이라는 전쟁의 소용돌이에 휘말렸지요. 양 난으로 인해 조선은 국가 기반 전체가 크게 흔들리며 유례없는 위기를 맞았습니다.

조선 후기의 한국 문학

끝을 향해가는 조선 후기의 사회 곳곳에는 혼란스러운 기운들이 도사리고 있었습니다. 하지만 끝이란 또 다른 시작을 예고하는 법이지요. 조선 후기의 문학 속에는 새로운 양식을 꽃피울 씨앗이 숨죽인 채 잠들어 있었어요.

조선은 '양 난'으로 불리는 임진왜란과 병자호란 외에도 끔찍한 전쟁들을 연이어 겪었습니다. 평민들은 고단한 상황을 해결해 주지 못하는 지배 계층의 무력함을 절감했고, 그들에게 불만을 품기 시작했어요. 지식인들 사이에서도 현실 문제에 대한 비판 의식이 급격하게 일어났지요. 이 시기를 살았던 사람들이 느낀 현실 자각과 지배층을 향한 비판 의식은 당시 문학에도 고스란히 반영되었답니다.

특히 시가 문학 이야기를 빼놓을 수 없습니다. 원래 시조는 귀족의 전유물이었는데 평민들 사이에도 확산되며 작품의 내용이 아주 다양해졌어요. 이를 사설시조라고 합니다. 양반의 시조와 달리 삶의 애환이 솔직하고 자유롭게 나타나 있지요. 또한, 가사 문학과 판소리가 발달했습니다. 이 시기 문학의 대표적인 특징을 꼽자면 무엇보다 '소설'이 활짝 꽃핀 시기였다는 점이에요. 특히 18~19세기는 '소설의 시대'라고 불릴 만큼 다양한 소설 작품들이 쏟아져 나왔고 여러 면에서 발전을 이루었거든요.

조선 후기에 발전 단계로 접어든 소설은 여러 계층의 이야기를 반영해 다양한 내용을 다루었는데, 주로 지배층의 무능과 위선을 고발했습니다. 또한, 현실적이고 구체적인 삶의 의미를 추구하는 경향이 강하게 나타났지요. 한글 소설이 널리 유행했다는 점도 특징이에요. 이 무렵에는 중국 소설의 영향을 받아 군담 소설, 염정 소설도 등장했어요. 이외에도 가정 소설, 도덕 소설, 우화 소설 등 여러 유형의 소설이 풍성하게 창작되었지요.

1과 사회적 혼란 속에서 꽃핀 '국문 소설'
고전 소설

"이제는 우리도 말할 수 있다!"

지배층을 향한 비판 의식이 뜨겁게 치솟았을 무렵, '한글'이라는 표현 수단이 생겼어요. 평민, 여성 등의 피지배층은 직접 겪거나 느꼈던 이야기를 한글로 풀어내기 시작했습니다. 덕분에 조선 후기에는 국문으로 쓰인 문학 작품이 많이 탄생했어요. 최초의 한글 소설인 허균의 「홍길동전」을 시작으로 국문 소설은 평민 문학으로 자리 잡았고, 영조~정조 대에 이르러 전성기를 맞이했지요.

국문 소설은 평민층 사이에서 유행했던 만큼 착한 사람은 복을 받고 악한 사람은 벌을 받는다는 권선징악의 주제를 자주 다루었어요. 대부분 행복한 결말로 끝난다는 것도 특징이에요. 대표적인 국문 소설로는 앞서 말한 「홍길동전」을 비롯해 「흥부전」, 「심청전」, 「사씨남정기」, 「장화홍련전」 등이 있습니다.

국문 소설이 유행했다고 해서 한문 소설이 아예 사라졌던 건 아니에요. 당시에는 현실에 가치를 둔 '실학'이라는 새로운 학문이 등장했습니다. 이러한 사회적 흐름에 따라 조선의 대표적인 실학자 박지원은 「허생전」, 「호질」 등 여러 한문 소설을 창작했어요. 양반들의 허례허식을 풍자하는 내용이 주를 이루었답니다. 이처럼 소설은 조선 시대를 지나며 국문, 한문 가릴 것 없이 점점 더 발전해 갔어요.

악한 행동은 뉘우치고 곧 깨닫기를
- 김만중의 「사씨남정기」

　가족들의 생활 공동체를 뜻하는 '가정(家庭)'은 조선 후기에 아주 매력적인 소설 소재였습니다. 지금 우리에게는 다소 생소한 '가정 소설'이라는 갈래가 당시에는 무척 인기였거든요. 한 가정 안에서 일어나는 일들이 그 시절 사람들에게 어떤 재미와 교훈을 주었을까요?

　가정 소설은 주로 본부인과 첩의 갈등이나 계모와 전처가 낳은 자녀 간의 갈등을 다룬 작품이 많았습니다. 여러 등장인물의 '갈등'이 주를 이루므로 이야기가 극적으로 구성되었지요. 당시 독자들에게 꽤 흥미진진한 재미를 선사했을 거예요. 참고로 조선 시대에 소설을 읽는 주요 독자층은 사대부 집안의 부녀자들이었답니다.

　가정 소설의 구성을 살펴보면 다음과 같습니다. 등장인물 가운데 악한 인물은 악행이 탄로 나서 벌을 받거나 참회하고 뉘우쳐 착한 인물이 돼요. 그리고 다시 행복한 삶을 살았다는 결말로 이어집니다. 결말까지 다 읽은 후 독자들이 깨닫는 교훈도 놓치면 안 되겠지요.

　이쯤 되니 당대의 대표적인 가정 소설을 한 편쯤 감상하고 싶어지지요? 지금부터 김만중의 「사씨남정기」를 함께 살펴볼 거예요. 이 작품은 가정 소설이라는 하나의 유형을 제시한 것으로 유명합니다. 또한, 작가인 김만중은 성리학이 지배하던 당시 조선 사회에서 성리학을 비판하거나 한글로 글을 짓는 등 진보적인 모습을 보여 준 인물이기도 했고요. 자, 이제 「사씨남정기」의 내용을 살펴보도록 할게요.

김만중(1637~1692)
조선 중후기의 문신이자 소설가로 홍문관 대제학을 지내기도 했다.
자신이 지은 한글 소설들에서 유교 사상을 비판하고 불교 용어를 거
리낌 없이 사용하는 등 진보적인 모습을 보여 주었다.

중국 명 때, 개국 공신(開國功臣, 나라를 새로 세울 때 큰 공로가 있는 신하)
유기의 손자인 유연수라는 사람이 있었습니다. 15세에 장원 급제를 한
그는 임금에게 직접 한림학사라는 벼슬을 받을 정도로 배움이 뛰어났어
요. 하지만 10년 동안 학업을 갈고 닦은 후에 벼슬에 나아가겠다는 의사
를 밝혔지요. 임금은 유연수를 기특하게 여겼지만 5년 동안만 시간을 주
겠다고 했어요.

그동안 유연수는 사 급사댁의 소저인 사씨를 아내로 맞이했습니다. 사
씨는 덕성이 높으며 학문도 훌륭하다고 널리 알려진 여성이었어요. 두 사
람은 서로를 살뜰히 챙기며 금실 좋게 지냈습니다. 하지만 두 사람 사이
에는 늦게까지 자식이 없었어요. 이를 걱정한 사씨는 남편 유연수에게 첩
을 맞이해 후사(後嗣, 대(代)를 잇는 자식)를 보아야 한다고 청했어요. 지금
같으면 상상도 하지 못할 이야기지요? 그 내용은 다음과 같습니다.

금실이 원앙과 같았으나 유 한림 부부에게는 말 못할 고민이 있었다. 유 한림의 나이가 어느덧 서른에 이르렀는데도 슬하에 자녀가 없어서 앞날이 늘 아득했다. 사 부인은 이를 근심하여 한림에게 호소했다.

"첩의 몸이 허약하고 원기가 일정치 못해 당신과 십여 년을 살았으나 아직까지 일점혈육(一點血肉, 자기가 낳은 단 하나의 자녀)이 없습니다. 첩의 무자(無子)한 죄가 존문(尊門, 남의 가문이나 집을 높여 이르는 말)에 용납하지 못할 것이나 당신이 관대하신 덕분에 지금까지 첩의 체면을 부지해 왔습니다. 이대로 가다가는 유씨 종사가 위태로우니 첩은 개의치 마시고 어진 여인을 데려와 득남 득녀하면 가문의 경사일 뿐 아니라 첩의 죄도 면할 수 있을까 합니다."

-김만중, 「사씨남정기」에서

당시에는 부인이 아들을 낳아 남성 성씨의 대를 잇는 것이 무척 중요했어요. 사씨의 청이 그리 이상하게 들리지 않았을 거라는 말이지요. 물론 사랑하는 남편에게 첩을 들여야 한다고 말하는 것이 쉽지는 않았겠지요. 그럼에도 불구하고 사씨는 남편과 가문을 위해 큰 결단을 내렸어요. 이를 통해 당시 사회에서 중시했던 가치가 무엇이었는지 짐작해 볼 수 있어요.

사씨의 설득 끝에 유연수는 교씨라는 여자를 첩으로 맞았습니다. 하지만 좋은 의도가 항상 좋은 결과로 이어지는 것은 아니에요. 안타깝게도 교씨는 천성이 간악한 인물이었습니다. 사씨와는 정 반대였지요. 교씨는 호시탐탐 사씨의 자리를 노렸고, 온갖 음해와 모략으로 사씨와 유연수 사이를 이간질했습니다.

아들을 낳고 기세등등해진 교씨는 사씨를 몰아내려고 더욱 애를 썼어요. 하지만 사씨는 교씨는 물론이고 교씨가 낳은 아들까지 사랑으로 감쌌습니다. 오해를 받아도 변명하려 들지 않았어요. 교씨가 자신을 시기해 악행을 벌였다는 생각조차 하지 않았지요.

결국 사씨는 교씨의 계략에 당하고 말았습니다. 다른 사람과 통정(通情, 남녀가 정을 통함)했다는 누명에다가 교씨의 아들을 살해하려 했다는 혐의까지 뒤집어쓰고는 쫓겨났어요. 간악한 교씨는 정실(正室, 본처) 자리를 차지했어요. 이후로도 교씨는 부덕한 행실을 일삼았습니다. 문객(門客, 권세 있는 집안에 머무르거나 드나들면서 깊이 교류하는 사람) 동청과 간통하면서 남편인 유연수를 모함해 유배시키기까지 했지요.

여기에서 잊지 말아야 할 사실이 있어요. 바로 권선징악(勸善懲惡), 즉 나쁜 사람은 벌을 받고 선한 사람은 복을 받는다는 가정 소설의 법칙 말이에요.

조정에서는 유연수에 대해 조사한 끝에 그가 누명을 썼다는 사실을 인정해주었어요. 충신 유연수를 참소(讒訴, 나쁜 말과 거짓으로 남을 헐뜯고 없는 죄를 꾸며 윗사람에게 고함)한 동청을 처형해주기도 했지요. 유연수는 교씨에게 속아 진실을 파악하지 못한 채 사씨를 쫓아낸 자신의 태도를 뉘우쳤어요. 그는 고향으로 돌아와 사씨의 행방을 수소문했습니다. 소식을 듣고 돌아온 사씨는 유연수와 만났어요. 유연수는 간악한 교씨를 내치고 사씨를 다시 정실로 맞아들였지요. 두 사람은 평생 복락을 누리면서 살았다고 해요.

우리나라 역사에 관심이 많다면 「사씨남정기」의 내용이 익숙하게 느껴질 수도 있을 거예요. 어떤가요? 누군가 떠오르는 인물이 있나요?

이 소설은 우리가 잘 알고 있는 역사 속 인물인 숙종, 인현 왕후, 희빈 장씨의 이야기를 다뤘어요. 사씨는 인현 왕후를, 유연수는 숙종을, 교씨는 희빈 장씨를 형상화한 인물이지요. 즉, 현명하고 덕성이 깊은 인현 왕후를 폐출(廢黜, 작위나 관직을 떼고 내침)하고 희빈 장씨를 새 왕비로 맞이해서 국가에 피바람을 일으킨 숙종의 잘못을 일깨우기 위해 쓴 소설이랍니다.

「사씨남정기」는 선한 인물인 사씨가 고행 끝에 결국 행복을 찾는 결말을 보여 주면서 악을 벌하고 선을 권하고 있어요. 동시에 일부다처제, 즉 양반 사내가 여러 명의 첩을 거느리는 축첩 제도의 불합리성에 대해서도 비판하고 있지요.

조선 시대 문신이었던 김만중은 왕 앞에서 대놓고 쓴소리를 하지 못했기 때문에 소설이라는 형식을 빌려서 왕이 저지른 잘못을 짚어 주고 싶었던 것이 아닐까요?

희빈 장씨 묘(경기 고양)
희빈 장씨는 조선 제19대 왕 숙종의 빈이자 조선 제20대 왕 경종의 어머니로 본명은 장옥정이다. 그녀는 인현 왕후의 죽음을 기원하는 굿을 한 혐의로 자결을 명 받았다.

실제로 숙종이 「사씨남정기」를 읽고 주인공의 처사에 매우 화를 냈다는 일화가 전해진답니다. 이 작품을 좀 더 깊게 이해하고 싶다면 「인현왕후전」을 함께 읽어 봐도 좋을 거예요.

「사씨남정기」가 당시로서는 대범한 내용을 담았다는 사실을 알겠지요? 그럼 「사씨남정기」를 창작한 작가 김만중은 어떤 인물이었을까요? 김만중은 문과에 급제해 여러 벼슬을 했습니다. 하지만 서인 가문 출신이었기에 임진왜란 이후 일어난 환국(換局, 급작스럽게 정권이 교체되는 국면)의 영향을 심하게 받을 수밖에 없었어요. 김만중은 정치 활동을 했던 27년간 세 차례나 유배 생활을 했지요.

그래서일까요? 김만중의 작품에서는 다른 조선 시대 문인들과 구별되는 특징이 꽤 보입니다. 우선 그는 작품 속에서 유불선(儒佛仙)을 통괄하는 모습을 보여 주었어요. 당시 지배층의 사상은 유학, 즉 주자학이었지요. 김만중은 자신의 글을 통해 주자학의 논리를 비판하는가 하면 불교 용어도 거침없이 사용했습니다. 당시의 주도적인 사상 흐름을 따르지 않고, 여러 영역을 아우르는 생각을 보여 주었지요. 「사씨남정기」에 드러나는 축첩 제도에 대한 비판 역시 같은 맥락에서 이해할 수 있어요.

또한 김만중은 한글로 쓴 문학만이 진정한 국문학이라고 생각했어요. 우리말을 버리고 다른 나라의 말을 사용해 작품을 짓는 것은 앵무새가 사람의 말을 하는 것과 같다고 주장했지요. 김만중의 주장은 주체적인 우리말에 대한 의식을 옹호하고 힘을 실어 주었다는 점에서 의의가 아주 커요.

김만중의 작품에 많은 여성 인물이 등장하는 것도 다른 조선 시대 남성 작가들의 문학 세계와 차이가 나는 독특한 특징이에요. 왜 그럴까요? 그

건 김만중의 가정 상황이 어땠는지 살펴보면 알 수 있어요.

김만중은 태어나기도 전에 아버지를 잃고, 어머니와 단둘이 살았어요. 김만중의 어머니인 해평 윤씨는 궁핍한 살림살이를 꾸려나가면서도 자식 교육을 위해 책을 마련할 때는 돈을 아끼지 않았습니다. 손수 글을 옮겨 책을 만들기도 했고, 직접 글공부를 가르치기도 했지요.

어머니의 헌신과 희생 아래서 자란 김만중은 대단히 효심이 깊은 사람이었다고 해요. 그의 유명한 작품인 「구운몽」도 홀로 계신 어머니가 적적하지 않게 유흥거리로 삼아 읽을 수 있도록 지었다는 이야기가 전해지지요.

김만중은 사대부 가문의 여인으로 헌신하다가 외로이 죽음을 맞이한 어머니에게 깊은 애정을 지니고 있었을 거예요. 김만중이 다른 사대부들보다 여인의 삶에 대해 더욱 많은 고민을 했던 것도 그래서가 아니었을까요? 즉, 김만중은 스스로의 고민과 어머니를 비롯한 당시 여성들의 삶에 대해 느꼈던 안타까운 마음을 「사씨남정기」에 반영한 것이라고 볼 수 있습니다.

『사씨남정기』 딱지본
딱지본은 값이 싸고 휴대하기 간편해 서민들에게 인기가 좋았다. 주로 1910년대에 발간되었고, 오락적이고 대중적인 내용의 소설들을 간행했다.

호랑이가 인간을 호되게 질책하다
- 박지원의 「호질」

"과거 공부나 하는 쩨쩨한 선비는 되지 마라!"

앞에서 언급했듯이 양반들의 전유물이었던 문학작품은 한글 창제 이후 평민들에게까지 퍼졌습니다. 더불어 양반 계층 사이에서도 기존의 학문, 사상, 정치적 무능에 대한 비판 의식이 싹트기 시작했어요. 연암 박지원은 오로지 옛것만을 좇아 현실을 보지 못하는 양반들에게 쩨쩨한 선비는 되지 말라며 위와 같이 호된 일침을 가했지요.

박지원은 훌륭한 문장가이자 실학자로도 널리 알려져 있습니다. 정조 4년인 1780년에 박명원의 수행원으로 청에 다녀와서는 여행기인 『열하일기』를 남겨 훌륭한 문장과 진보적인 사상으로 명성을 떨쳤지요. 그는 옛 사상이 박제되어 있다고 비판하며 청의 앞선 문물과 제도를 받아들이자는 북학론을 주장했어요. 또한, 실제 삶에 기반해 실용성을 중시한 '실학'을 강조했답니다.

박지원(1737~1805)
조선 후기의 문신이자 실학자, 사상가, 소설가이며 호는 연암(燕巖)이다. 청의 신문물에 관심이 많았고 중상주의를 주장했으며 민중들의 실리에 집중해 북학파로 분류된다.

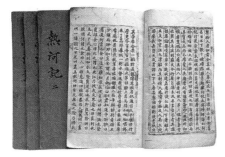

『열하일기』
박지원이 청나라 건륭제의 만수절(칠순 잔치) 축하 사절로 중국 북경(베이징)에 갔을 때 보고 들은 것을 기록한 견문기이다.

『열하일기』에는 박지원의 대표적인 작품으로 꼽히는 「허생전」, 「호질」 등의 단편 소설이 실려 있어요. 이 가운데 우리가 감상할 작품은 「호질」입니다.

'호질(虎叱)'이라는 제목은 '호랑이의 꾸짖음'이라는 뜻입니다. 예로부터 우리나라 문학에서 호랑이는 무서우면서도 신령스러운 존재로 자주 나타났어요. 그렇다면 이 작품에서 호랑이는 누구의 잘못을 꾸짖었을까요? 한마디로 설명하자면 「호질」은 호랑이의 입을 빌려 북곽 선생으로 대표되는 조선 후기 유학자들의 허위, 인간 사회의 위선적인 도덕관 등을 풍자한 작품이랍니다. 이제부터 작품 내용을 함께 살펴볼까요?

옛날 어느 마을에 북곽 선생이라는 선비가 살았습니다. 그는 벼슬에 나아가는 것보다는 책 읽기를 좋아했어요. 직접 교정한 책이 만 권이고, 뜻을 더해서 다시 지은 책이 만 오천 권에 이르렀지요. 사람들은 겉으로 드러난 그의 업적만 보고는 그를 매우 존경했어요.

하지만 겉모습만으로 모든 걸 알 수는 없는 법입니다. 북곽 선생은 동리자라는 과부와 남몰래 만나곤 했어요. 청렴하고 떳떳한 선비였다면 이런 행동을 할 수 있었을까요? 북곽 선생은 당시 도덕관에 명백히 어긋

나는 행동을 했어요.

겉과 속이 달랐던 건 동리자도 마찬가지였습니다. 정숙한 과부이자 열녀로 소문이 나 있었지만 사실 그녀에게는 각각 아버지가 다른 다섯 명의 아들이 있었어요. 이 상황에 딱 맞는 사자성어가 바로 '표리부동(表裏不同)'일 거예요. 사자성어의 뜻처럼 동리자는 겉으로 드러나는 언행과 속으로 지니고 있는 생각이 완전히 다른 인물입니다. 북곽 선생도 그렇고요. 훌륭한 선비로 알려진 북곽 선생과 정숙한 열녀로 알려진 동리자가 밀회하는 대목에서 인간 사회의 위선이 극명하게 드러나요.

동리자의 아들들은 훌륭하다고 소문난 북곽 선생이 자신들의 어머니와 밀회를 할 리가 없다고 생각했습니다. 그들은 동리자와 북곽 선생이 있는 방으로 쳐들어갔어요. 북곽 선생이 아니라 '천년 묵은 여우'가 둔갑해서 동리자를 속이는 거라고 의심했거든요. 놀란 북곽 선생은 서둘러 도망쳤습니다. 행여 누가 자신을 알아볼까 봐 우스운 자세까지 취했어요. 그러다가 북곽 선생은 똥구덩이에 빠졌습니다. 북곽 선생 입장에서는 아주 비참한 상황이었지요. 마침 먹잇감을 찾으러 마을에 내려온 호랑이가 북곽 선생과 마주쳤어요.

북곽 선생은 자신의 더러운 꼴도 잊은 채 호랑이에게 잡아먹힐까 두려워 아첨을 늘어놓았습니다. 선비라고 하면 보통 떠오르는, 청렴하거나 고결한 모습과 달리 위선적이고 비굴한 태도를 보였지요. 호랑이는 코를 찌르는 구린내에 인상을 쓰고 혀를 차며 북곽 선생에게 호된 질책을 가했어요.

"구린내가 나니 가까이 오지 마라! 듣기로 유(儒, 선비)란 족속은 유(諛, 아첨함)하다더니 과연 그렇구나. 너는 평소 세상의 악명을 모두 모아 나에게 덮어씌웠다. 그런데 다급해지자 면전에서 아첨을 하니 누가 곧이듣겠느냐? (중략) 무릇 제 것이 아닌 것을 억지로 가지는 것을 '도(盜)'라 하고, 생(生)을 빼앗고 물(物)을 해치는 것을 '적(賊)'이라 한다. 너희들은 밤낮으로 쏘다니며 팔을 걷어붙이고 눈을 부릅뜬 채 무엇이든 훔치면서도 아무런 부끄러움이 없다. 심지어는 돈을 형(兄)이라 부르기도 한다. 또는 장수가 되기 위해 자신의 처를 죽이기도 하니 이러고도 인륜을 논할 수 있겠느냐?"

-박지원, 「호질」에서

통쾌한 한 방이지요? 호랑이는 북곽 선생의 위선적인 모습, 인간들의 무너진 도덕관, 염치없는 행동 등을 날카롭게 짚어 내며 질책했습니다. 그러고는 그를 잡아먹지 않고 떠나 버렸어요. 먹잇감인데도 그냥 갈 정도로 진저리를 쳤지요. 북곽 선생은 호랑이에게 반론 한번 제기하지 못한 채 절을 하며 비굴하게 목숨을 구걸했어요. 호랑이는 이미 사라졌는데 그것도 모르고 말이에요.

이때 새벽에 일하러 나온 농부가 북곽 선생의 모습을 보고 왜 엎드려 있느냐고 물었습니다. 호랑이가 사라진 것을 눈치 챈 북곽 선생은 또다시 위선적인 선비의 모습으로 되돌아와 허세를 부렸어요.

"성현께서 말씀하시기를, 하늘이 높으니 머리를 숙이지 않을 수 없고, 땅이 두터우니 기지 않을 수 없다고 했느니라."

-박지원, 「호질」에서

박지원은 의인화한 호랑이를 내세워 북곽 선생을 엄하게 꾸짖었습니다. 호랑이는 박지원의 의식 세계를 대변하는 존재 그 자체라고 할 수 있어요. 앞서 말했듯 박지원은 성리학적 이념만을 좇는 사대부의 관념성, 부도덕성, 위선 등을 비판해왔거든요. 즉, 호랑이는 부도덕한 지배층을 바라보는 관찰자의 역할을 충실하게 수행하면서 풍자의 범위까지 한층 넓혀주었지요.

이처럼 인간이 아닌 동물의 입을 빌려 말하는 기법을 '의인화'라고 합니다. 의인화를 사용해 교훈적이고 풍자적인 내용을 다루는 작품은 '우화'라고 하고요. 「호질」은 우화의 기법을 효과적으로 사용해 교훈과 울림을 동시에 준 작품이에요.

박지원은 왜 이런 방법을 썼을까요? 양반들의 위선을 직접적으로 비판하면 됐을 텐데, 어째서 우화의 기법을 사용해 간접적이고 우회적으로 비판했을까요? 당시 조선 사회에는 유교 사상이 깊이 뿌리를 내리고 있었습니다. 지배층의 잘못을 자유롭게 비판할 수 없었지요. 따라서 박지원은 우화의 기법으로 당시 사회를 은근히 비판했어요.

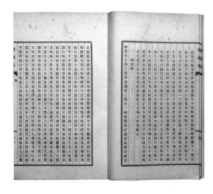

『양반전』
박지원이 지은 한문 소설로 양반들의 무능, 허례,
특권의식을 풍자하는 내용이 담겨 있다.

또한, 우화를 사용하면 비판 효과가 더욱 좋아지기 때문이기도 합니다. 사람들은 「호질」을 읽으며 북곽 선생과 동리자의 위선적인 모습에 웃기도 하고 혀를 차기도 했을 거예요. 결말까지 다 읽고는 북곽 선생이 아직도 정신을 못 차렸다고 생각할 수도 있고요. 그때 북곽 선생과 동리자에게서 낯익은 모습을 발견하고 등줄기가 서늘해지는 걸 느꼈겠지요. 혹은 작품 속에서 희화화된 그들의 모습을 몇 번이고 반복해서 읽으며 통쾌함을 느끼기도 했을 테고요.

자, 어떤가요? 우화를 사용해 현명하게 사회를 비판한 박지원이 새삼 대단하게 느껴지지요?

박규수(1807~1877)
조선 말기 때 활동한 문신으로 박지원의 손자이다. 박규수는 할아버지인 박지원의 영향을 받아 실학에 몰두했고, 이후 흥선 대원군의 쇄국 정책에 반대해 서양 문물의 수입과 문호 개방을 주장하는 개항·개국론을 펼치기도 했다.

'효의 아이콘' 심청의 감동적인 이야기
- 「심청전」

'그동안 입에서 입으로 전해지며 모두가 즐겨 왔던 이야기를 기록해서 소설로 만들면 더 많은 사람이 재미있게 읽을 수 있지 않을까?'

우리 조상 가운데 누군가가 이런 생각을 했던 모양입니다. 덕분에 탄생한 문학 갈래 가운데 하나가 바로 '판소리계 소설'이에요. 조선 후기의 여러 소설 중에서도 조금은 특이한 갈래지요. 판소리계 소설은 말 그대로 그동안 마당에서 공연되던 판소리가 소설 작품으로 재탄생한 것입니다. 소설을 창작하고 즐기는 계층이 점차 늘어나자 그들의 다양한 생각과 삶의 형태를 담은 소설들이 등장하면서 자연스레 나타났지요.

우리 조상 가운데 누가 위와 같은 생각을 했는지는 알 수 없지만, 그가 우리에게 훌륭한 문학적 자산을 남겨 준 선택을 했다는 것만큼은 분명합니다. 소중한 구전 설화가 기록을 통해 지금 우리에게까지 고스란히 전해졌으니 말이에요. 읽는 재미 또한 쏠쏠하니 일거양득(一擧兩得, 한 가지 일을 해 두 가지를 얻음)이 따로 없지요.

판소리계 소설은 독특하고 재미있는 특징들을 가지고 있습니다. 우선 '적층 문학적 성격'을 꼽을 수 있는데요. 말이 좀 어렵나요? '적층(積層)'이란 층층이 쌓인다는 뜻이에요. 즉, 적층 문학이란 시간의 흐름에 따라 쌓여 온 문학을 말해요.

판소리계 소설은 여러 사람의 입을 거치면서 조금씩 달라진 이야기들이 쌓이고 쌓인 소설이에요. 구비(口碑, 대대로 말을 통해 전해져 내려오는 것) 문학이라는 말, 기억나지요? 그러다 보니 판소리계 소설에는 내용이 조금씩 다른 이본(異本, 기본적인 내용은 같으면서도 부분적으로 차이가 있는 책)이 존재한답니다.

판소리계 소설의 특징이 또 있습니다. 입에서 입으로 전해지던 이야기여서 의성어나 의태어 등 구어체 표현이 많다는 점이에요. 소리를 내서 읽으면 무언가 어색한 다른 소설들과는 달리 입말이 생생하게 살아 있다는 특징이 있지요. 중간중간 작가가 개입해서 이야기에 대해 논평을 더하기도 해요. 논평 덕분에 누가 옆에서 이야기를 들려주는 것처럼 사실감이 느껴지지요.

대표적인 판소리계 소설을 꼽자면 「춘향전」, 「흥부전」, 「심청전」, 「토끼전」 등을 들 수 있습니다. 여러분에게도 익숙한 작품이 많지요? 그중 우리가 감상할 작품은 「심청전」이에요.

「심청전」은 판소리 〈심청가〉가 기록으로 정착한 판소리계 소설이에요. 여러분도 잘 알다시피 봉사인 아버지의 눈을 뜨게 하기 위해 공양미 300석을 대가로 인당수에 몸을 던진 효녀 심청의 이야기입니다. 지금부터 「심청전」의 내용을 살펴볼까요?

판소리
우리나라 전통음악 중 하나로 소리꾼이 고수의 장단에 맞춰 이야기를 들려주는 형식으로 구성되어 있다.

옛날 황해도 도화동에 심학규라는 봉사와 곽씨 부인이 살고 있었습니다. 부인은 딸 심청을 낳은 후 일주일 만에 세상을 떠났어요. 심 봉사는 동네 여인들에게 동냥젖을 얻어와 어린 심청을 키웠지요. 어렵게 자란 심청은 효심이 아주 지극해서 가난한 살림에도 삯바느질과 길쌈을 해가며 아버지와 살았어요.

어느 날, 심 봉사는 길을 가다가 물에 빠졌습니다. 지나가던 몽은사 승려가 심 봉사를 구해 주었지요. 승려는 심 봉사에게 공양미 300석을 시주하면 눈을 뜰 수 있다고 말했어요. 시주란 아무런 조건 없이 절이나 승려에게 물건을 베푸는 일이랍니다. 승려의 말을 굳게 믿은 심 봉사는 꼭 시주하겠다고 약속했어요.

하루하루 밥 먹기도 어려운 살림에 300석의 쌀을 구하는 것은 쉽지 않은 일이었습니다. 승려에게 이미 약속을 했으니 시주를 안 할 수도 없는 노릇이었고요. 이 사실을 알게 된 효녀 심청은 아버지를 위해 굳은 결심을 했어요. 남경 상인들의 인당수 제물로 자신의 몸을 팔아 공양미 300석을 마련하기로 했지요.

심청가의 한 장면
사진은 심청가를 창극으로 재구성한 모습을 담은 것이다.

옛날에는 바다에 산 사람을 제물로 삼아 던지면 초월적 존재의 분노가 가라앉아 풍랑이 잦아든다고 믿었거든요. 바닷길을 자주 오가며 무역을 하는 상인들에게는 무엇보다 안전이 중요하기도 했고요.

심청은 아버지가 눈을 뜨기를 기도하며 인당수에 몸을 던졌습니다. 하지만 효심 깊은 주인공이 이렇게 쉽게 죽으면서 허무하게 이야기가 끝날 리는 없겠지요? 인당수에 빠진 심청은 용왕에게 구출되었고 연꽃 속에 들어가 다시 세상으로 나왔습니다.

심청상(인천 옹진)
심청의 효심을 기리기 위해 세운 동상이다.

뱃사람들은 심청이 들어가 있는 커다란 연꽃을 신기하다고 여겼어요. 그래서 연꽃을 좋아한다고 소문난 천자(天子, 하늘의 뜻을 받아 천하를 다스리는 사람을 가리키는 말로 군주 국가의 최고 통치자를 뜻함)에게 바쳤지요. 천자는 연꽃 안에서 나온 아름다운 심청을 보고는 아내로 맞이했습니다. 황후가 된 심청은 심 봉사를 그리워하며 어떻게 하면 아버지를 다시 만날 수 있을까 고민하다가 좋은 수를 하나 떠올렸어요. 맹인들을 위한 잔치를 열기로 했지요.

한편, 심 봉사는 심청을 잃고 뺑덕어미를 새로운 아내로 맞이했습니다. 두 사람은 맹인 잔치가 열린다는 소식을 듣고 길을 떠났어요. 하지만 뺑덕어미는 곽씨 부인이나 심청처럼 선한 인물이 아니었어요. 가는 길에 황 봉사를 만난 뺑덕어미는 마음이 흔들려 심 봉사를 내친 채 도망쳐 버렸지요.

모든 것을 잃어버린 심 봉사는 무릉 태수의 도움을 받아 우여곡절 끝에 맹인 잔치에 참석할 수 있었습니다. 황후가 된 심청을 만나고 나서는 두 눈까지 뜰 수 있었고요. 두 사람이 다시 만난 데다가 심 봉사가 눈까지 떴으니 독자 입장에서도 아쉽지 않은 결말이지요? 하지만 「심청전」은 이대로 끝나지 않았습니다. 뺑덕어미와 황 봉사의 나쁜 행동에 벌을 내리지 않으면 안 되니까요.

"너는 어찌하여 재산을 탕진한 것도 모자라 나를 배신하고 황 봉사에게 붙었느냐?"

뺑덕어미는 뒤늦게 후회하며 목숨만 살려 달라고 빌었다. 부원군(심 봉사)은 뺑덕어미를 옥에 가두고 이번에는 황 봉사를 불러 꾸짖었다.

"너는 어찌하여 남의 아내를 꾀어내었느냐? 마땅히 사형에 처할 일이지만 특별히 귀양을 보내니 원망하지 말라. 세월이 흐른 후에 세상 사람들이 불의한 일을 본받지 않게 하기 위함이니라."

이렇게 나무라니 온 조정의 벼슬아치며 천하 백성들이 부원군의 덕화(德化, 옳지 못한 사람들을 덕행으로 감화함)를 기렸다. 자손이 번성하고 천하에 아무런 어려움도 없으니 심 황후의 덕화가 온 천하에 퍼졌으며 칭송이 끊이지 않았다. 이날 이후 태평성대가 지속되니 온 백성은 곳곳에서 춤추고 노래했으며 부원군은 심 황후와 더불어 오래오래 행복하게 살았다.

－「심청전」에서

하지만 이제는 황후의 아버지, 즉 부원군이 된 심 봉사는 마음을 넓게 가졌습니다. 자신을 버리고 도망간 아내 뺑덕어미와 아내를 꾀어낸 황 봉사를 죽이지 않았거든요. 죄를 뉘우치고 회개하라는 뜻으로 그들을 옥에 가두거나 유배를 보냈지요. 이후 심청과 아버지는 오래오래 복록을 누리며 행복하게 살았다고 합니다. 이렇듯 「심청전」은 '권선징악(勸善懲惡)'과 '인과응보(因果應報)'의 교훈을 분명하게 전달하며 끝이 났지요.

대체로 고전 소설은 「심청전」과 비슷한 방식으로 마무리됩니다. 선인은 악인의 음모와 횡포 때문에 온갖 위기에 직면하지만, 선한 마음을 지니고 살아가다 보니 지복을 누릴 수 있었다는 교훈을 담고 있지요. 여기에서 '선한 마음'이란 당시의 가치관, 도덕관 등을 반영하고 있어요. 「심청전」에서는 효, 희생, 용서 등이 이에 해당한답니다.

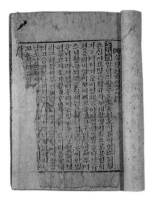

『심청전』
작자 미상, 연대 미상의 대표적인 한국 고전 소설 『심청전』에는
여러 이본이 있지만, 경판본은 단순하게 짜여 있고 완판본은 복
잡하고 장황한 양식으로 구성되어 있다. 사진은 완판본 계열의
『심청전』이다.

「심청전」만의 독특한 특징이 하나 더 있어요. 바로 '죽음'과 '재생'이라
는 모티프를 통해 현실과 초월의 세계가 이어지면서 작품이 전개되고 있
다는 것입니다. 마음씨 고운 희생의 아이콘, 효녀 심청은 '죽음'이라는 고
난을 감수했어요. 통과 의례를 무사히 거쳤으니 그녀는 황후가 되어 부귀
영화를 누리며 살 수 있었지요.

즉, 「심청전」은 아무리 가난하고 어렵게 사는 사람일지라도 누군가를
위해 희생하고 선행을 베풀면 그 보상으로 고귀한 신분을 얻고 행복하게
살 수 있다는 교훈을 주는 작품입니다.

여기에 더해 「심청전」에는 일반 민중의 신분 상승 욕구가 반영되어 있
다는 점도 꼭 기억해 두세요. 「심청전」이 널리 읽히던 조선 후기에는 상
업이 발달해 경제적으로 풍요로운 계층이 등장했고, 전쟁 때문에 극심해
진 재정난을 타개하고자 공명첩이 남발되는 등 신분질서가 흔들리고 있
었습니다. 지배층에 대한 불신도 심해졌고요. 힘들게 살던 심청이 착한
마음씨 덕분에 황후까지 될 수 있었던 것처럼 당시 민중도 자신들의 처지

나 현실이 나아지길 바랐을 거예요. 「심청전」이 많은 사람에게 사랑을 받
으며 널리 읽혔던 것도 그 때문이겠지요.

영화 〈심청전〉(1956)
심청의 이야기를 토대로 만들어진 영화로 이규환이 감독하고 권일청, 이경
희 등이 연기했다. 포스터 앞면에 주요 장면, 광고 문구, 감독과 주연 배우
들의 이름 등이 적혀 있다.

2과

'역사적 사실'과 '개인적 체험'의 교집합
수필

　'수필'이라는 단어를 국어사전에서 찾아보면 '일정한 형식을 따르지 않고 인생이나 자연 또는 일상생활에서의 느낌이나 체험을 생각나는 대로 쓴 산문 형식의 글'이라고 나옵니다. 즉, 수필은 시, 소설, 희곡처럼 창작 문학에 가까우면서도 사물을 관조하고 존재의 의미를 밝히는 등 특이한 부분이 있는 문학 갈래입니다. 그렇다면 조선 후기의 수필 문학은 어떠했을까요?

　조선 초기에는 양반층을 중심으로 한 한문 수필이 많이 창작되었어요. 대표적인 작품으로 박지원의 「열하일기」가 한문 수필에 속한답니다. 그 밖에도 유성룡의 「징비록」, 김만중의 「서포만필」, 이중환의 「택리지」 등을 꼽을 수 있어요.

　조선 후기에 들어서면 수필의 작자층이 민간과 궁중을 가리지 않고 여성으로까지 확대되었습니다. 이들의 작품은 한글로 창작되었기 때문에 한글 수필이라고 불러요. 특히 이 시기에는 궁중 여성들이 쓴 '궁중 수필'이라는 독특한 갈래가 탄생했어요. 대표적인 작품으로 광해군이 영창대군을 모함하고 인목대비를 유폐한 실상을 기록한 「계축일기」, 혜경궁 홍씨가 남편 사도세자의 죽음과 아들 정조의 왕위 등극 같은 궁중 생활을 기록한 「한중록」 등이 있어요. 이처럼 조선 후기는 사회 변동으로 인해 개인의 체험이나 역사적 사실에 대한 기록 욕구가 늘어난 시기였습니다. 작자층이 확대됨에 따라 국문으로 지어진 일기문, 서간문, 기행문 등 다양한 수필이 등장하기도 했지요.

바느질 도구들, 인간의 모순을 논하다
- 「규중칠우쟁론기」

누구나 한 번쯤 이런 상상을 해 보았을 거예요. 어떤 상상이냐고요? 잠이 들면 방 안에 있는 사물들이 깨어나서 서로 대화하는 상상 말이에요. 어린 시절, 늘 침대에서 함께 잠들었던 인형이나 손에서 놓지 않았던 장난감이 움직이며 말하는 상상은 〈토이 스토리〉 같은 영화, 만화, 소설 등여러 작품의 주제가 되었지요.

지금부터 우리가 살펴볼 「규중칠우쟁론기」는 제목이 좀 어렵게 느껴지는 수필입니다. 제목이 난해하니 내용도 재미없을 것 같나요? 조선 시대 판 '토이 스토리'라고 생각하면 조금은 친근하게 느껴질 거예요.

조선 시대 여성들에게 바느질은 부덕(婦德, 부녀자가 지켜야 할 아름다운 덕행), 용모, 말씨, 길쌈(실을 이용해 옷감을 짜는 일) 등과 함께 반드시 갖춰야 할 중요한 덕목이자 재주였습니다. 당시 여성들은 바느질에 사용하는 도구 하나하나를 귀중하게 간직했다고 해요. 바느질에 사용하는 일곱 가지 도구를 친구에 빗대어 '규중칠우(閨中七友)', 즉 '규중 여인의 일곱 가지 친구'라고 불렀다고 하니 어느 정도로 소중하게 여겼는지 짐작이 가지요?

「규중칠우쟁론기」에 등장하는 '규중 여인의 일곱 가지 친구'는 무엇일까요? 바로 규중 여인이 바느질에 사용하는 도구인 자, 바늘, 가위, 실, 골무, 인두, 다리미랍니다. 즉, 이 작품은 일곱 가지 바느질 도구를 의인화해 인간 심리의 변화나 이해관계에 따라 변하는 세태를 우화적으로 풍자한 한글 수필이에요.

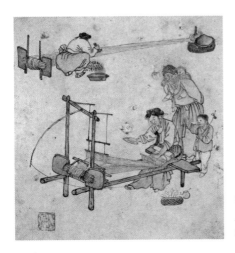

길쌈(김홍도)
사진에서 앞에 있는 여성은 베를 짜고 있고,
뒤에 있는 여성은 실에 풀을 먹이고 있다.

무엇보다 바느질 도구를 각시, 부인, 낭자, 할미 등 구체적 인물로 설정
해 생김새와 쓰임새를 생동감 있게 표현했다는 게 특징이지요. 각 도구는
주인인 여성이 잠든 사이를 틈타 자신의 공이 얼마나 대단한지 뽐내기 시
작했습니다. 잠시 작품의 한 부분을 살펴볼까요?

일일(一日)은 칠우 모여 침선의 공을 의논하더니 척 부인이 긴 허리를 자
히며(재며) 이르되,

"제우(諸友, 여러 벗)는 들으라. 세명지(세명주. 가늘게 무늬 없이 짠 명주), 굵
은 명지 백저포(白紵布, 흰 모시), 세승포(細升布, 가는 베)와 청홍녹라(靑紅綠
羅), 자라(紫羅), 홍단(紅緞)을 다 펼쳐 놓고 남녀의(男女衣)를 마련(마름질. 옷
감을 치수에 맞추어 베고 자르는 일)할 때, 장단광협(長短廣狹, 길고 짧으며, 넓고
좁음)이며 수품제도(手品制度, 솜씨와 격식)를 내가 아니면 어찌 하리오. 그러
므로 의지공(衣之功, 옷을 만드는 공)으로는 내 공이 으뜸이리라.

교두 각시가 양각(兩脚, 두 다리)을 빨리 놀려 달려오면서 이르되,

"척 부인아, 그대가 아무리 마련을 잘한들 베어 내지 아니하면 모양이 제

되(제대로) 되겠느냐. 내 공과 내 덕이니 네 공만 자랑 마라."

-「규중칠우쟁론기」에서

규중칠우 중 하나인 자, 즉 '척 부인'이 자기 공을 자랑하기 시작했네요.

척 부인은 자신이 아니면 남녀의 옷을 마련할 때 옷의 길이와 품을 어떻

게 확인해서 만들 수 있겠느냐며 옷 만드는 공에서는 자기가 으뜸이라고

으스댔습니다. 다른 규중칠우도 가만히 있지는 않았어요. 가위, 즉 '교두

각시'는 아무리 길이를 잘 재어도 자기가 잘라내지 않으면 아무 소용이

없다며 자신의 공이 많다고 했지요.

좁은 방 안에서 오로지 옷 만들기에만 전념해 온 규중칠우는 끊임없이

자기 자랑을 늘어놓았습니다. 규중칠우의 말과 행동은 사람들이 서로 앞

다투어 경쟁하는 모습을 떠올리게 해요. 이 작품을 쓴 사람이 누구인지

밝혀지지 않았지만, 작자는 이러한 부분에 초점을 두어 인간들의 이기심

을 풍자하고 있지요.

모시
모시풀 껍질의 섬유로 짠 옷감으로 저(紵),
저마, 저포라고도 한다. 우리나라의 대표적
인 여름 옷감이다.

한편 규중칠우는 한마음으로 서로를 동정하고 탄식을 내뱉기도 했습니다. 언제 그랬을까요? 바로 인간들을 원망할 때였어요. 이들은 왜 인간들을 원망했을까요? 인간들이 규중칠우를 함부로 다룬다고 여겼기 때문이지요. 규중칠우는 인간들의 의(衣)생활에 도움을 주는 소중한 도구인데 말이에요.

여기에서 「규중칠우쟁론기」만의 독특한 특징을 발견할 수 있어요. 규중칠우가 인간의 속성을 가진 것처럼 나타날 때는 풍자의 대상으로, 인간을 원망하고 서로를 동정할 때는 풍자의 주체로 기능하면서 이야기가 전개되지요.

대체로 고전 문학들은 1인칭으로 전개되는 경우가 많은데, 왜 이 작품은 3인칭으로 쓰였는지 짐작해 볼 수 있답니다. 관찰자 시점을 통해 인간 태도의 단면을 객관적으로 제시해서 독자의 공감을 얻으려는 의도가 있었기 때문이지요. 이러한 점에서는 우리가 앞에서 살펴본 가전체 문학을 닮은 것 같기도 하네요.

「규중칠우쟁론기」에는 두 가지 방향의 풍자가 담겨 있어요. 즉, 자신의 처지를 잊고 자랑만 하거나 불평하고 원망하는 것이 아니라, 자신의 역할에 따라 성실하게 살아가야 비로소 인정받을 수 있다고 교훈을 주는 이야기랍니다.

이 작품에서 주목할 부분이 또 있습니다. 바로 규중칠우의 태도예요. 이들은 서로 자랑을 늘어놓거나 인간들을 원망하더라도 자신들의 생각을 당당하게 표현하고 있습니다. 가만히 생각해 보세요. 조선 시대, 가부장적 질서에 갇혀 생활했던 여성들이 당당하게 자신의 역할을 주장하고 공을 이야기하기가 쉬웠을까요?

그렇지 않았을 것입니다. 당대 많은 여성이 자신을 드러내지 않고 겸손과 순종을 여성의 미덕이라 생각하며 규중에 갇혀 생활했을 테니까요. 조선의 통치 이념이었던 성리학은 좋은 점도 가지고 있지만 오랫동안 고착되다 보니 좋지 않은 점도 생겨났지요. 「규중칠우쟁론기」에서 의인화된 규중칠우를 조선 시대 규방 여성들이라고 본다면 이들이 당당하게 자신을 드러내며 각자의 의견을 주장하는 태도는 아주 독특하다고 볼 수 있어요.

그러므로 「규중칠우쟁론기」는 조선 시대 여성들도 조금씩 의식이 변화하고 있었음을 보여주는 작품이라고 할 수 있어요. 당시 여성들이 조선의 가부장제와 봉건 체제 아래서 철저하게 억압받았다고 이야기했지요? 동시에 여성들은 자신을 인식하고 자신의 가치를 스스로 내세우면서 문학을 통해 남성들만의 세계에 대한 비판 의식을 과감하게 드러냈어요.

장옷 입은 여인(신윤복)
신윤복은 양반들의 생활을 자주 화폭에 담았다. 사진 속 여인은 장옷을 쓰고 있는데, 이는 조선 시대 여성들이 외출할 때 얼굴을 가리기 위해 사용하던 것이다.

여러분을 억압하는 어떤 거대한 힘이 있다고 생각해 보세요. 부당한 억압이 있다면 누구나 불만을 가지고 저항하려 할 것입니다. 동서고금을 불문하고 부당한 억압을 세상에 드러내기 위해서는 꼭 필요한 것이 있어요. 무엇일까요? 바로 생각을 표출할 수 있는 도구랍니다.

그 도구들 중에서 '말'은 금방 사라지고 말지만, '글'은 종이라는 작고 얇은 공간 안에서 기나긴 생명력을 가지고 살아 숨 쉽니다. 조선 후기 사람들은 '한글'이라는 큰 도구를 가지고 있었어요. 한글은 누구나 금방 배울 수 있어 특히 서민과 여성층에서 많이 쓰였습니다. 이들은 한글을 사용해 그동안 마음속에 품어 왔던 생각을 종이라는 공간에 고스란히 남겼어요. 그래서 지금 우리가 당시 사람들이 남긴 다양한 이야기를 접할 수 있는 거예요.

자, 어떤가요? 「규중칠우쟁론기」를 처음 접했을 때 느꼈던 거리감이 이제 조금은 좁혀졌나요?

책 읽는 여인
조선 후기에 등장한 한글 소설은 서민과 부녀자 사이에서 인기가 무척 좋았다. 채제공의 『번암집』에 따르면 부녀자들은 비녀나 팔찌를 팔아 번 돈으로 경쟁하듯 책방에서 책을 빌려 읽었다고 한다.

"너무 기뻐서 울고 싶구나."
- 박지원의 「통곡할 만한 자리」

여러분은 정말 감동적이고 아름다운 장면을 목격했을 때 가슴이 벅차 오르고 눈물이 날 것만 같은 기분을 느껴 본 적이 있나요? 꼭 슬플 때만 눈물이 나는 건 아니니까요. 벅찬 감정이 느껴질 때도 눈물을 뚝뚝 흘릴 수 있지요.

그런데 왜 눈물은 매번 '슬픔'이라는 감정과 연결되는 것처럼 느껴질까요? 여러분은 이런 생각에 의문을 품고 깊이 고민해본 적이 있나요? 조선 후기에 그런 사람이 있었습니다. 이미 우리가 「호질」이라는 작품으로 만났던 연암 박지원이지요.

박지원은 주로 한문 소설을 창작한 작가로 널리 알려져 있지만 다른 종류의 글도 다수 남긴 명필가였습니다. 박제가, 유득공, 홍대용, 이덕무 등 당대의 유명한 실학자들과 토론한 후 글을 남기기도 했고, 압록강 건너 중국의 북경과 열하라는 지역을 여행한 후 그때 느꼈던 감회들을 글로 남기기도 했지요. 이러한 박지원의 글들은 『연암집』에 수록되어 있답니다.

우리가 살펴볼 박지원의 「통곡할 만한 자리」는 소설이 아닌 기행(紀行, 여행하면서 보고 듣고 느낀 바를 기록한 것) 수필이에요. 박지원이 조선에서 출발해 중국 열하로 가서 청 황제를 만나기까지의 과정을 남긴 기록으로 무려 26권이나 된답니다. 이 기록 덕분에 박지원의 글이 널리 알려졌어요. 요샛말로 하면 '베스트셀러 작가' 반열에 들었다고 할 수 있지요.

『연암집』
조선 정조 때의 실학자이자 소설가인 박지원의 시문집이다. 1901년에 김택영이 9권 3책으로 간행했고, 1932년 박영철이 17권 6책으로 발행했다.

박지원은 1780년 북경 사절단의 대표이자 친척 형이었던 박명원을 수행하면서 압록강을 건너 북경과 열하를 여행했습니다. 문장가의 피가 들끓는 그였던지라 단순히 '아, 좋은 여행이었다!'하고 넘기지는 않았어요. 박지원의 섬세한 통찰, 사물과 현상을 색다르게 바라보는 시선은 그가 쓴 유려한 문장에 담겨 훌륭한 작품으로 탄생했습니다. 바로 「통곡할 만한 자리」예요.

이 작품의 원래 제목은 '호곡장론(好哭場論)'입니다. 한자를 풀이한 것이 '통곡할 만한 자리'지요. 소리 높여 슬피 울 만한 자리라니, 도대체 어떤 자리였을까요? 제목부터 궁금증을 자아내네요. 여러분이 더 궁금해하기 전에 제목과 관련한 작품 내용 일부를 먼저 살펴보도록 할게요.

말을 세우고 사방을 돌아보다가 나도 모르게 손을 이마에 대고 말했다.
"좋은 울음터로구나. 한바탕 울어 볼 만하도다!"
정 진사가 의아해하며 물었다.
"아니, 천하의 장관을 보면 감탄을 하게 마련인데 천지간에 이런 넓은 안계(眼界, 눈으로 바라볼 수 있는 범위)를 보고 갑자기 울고 싶다니 그게 무슨 말씀이오?"

"참으로 훌륭한 풍경입니다. 하지만 그게 전부가 아니지요! 천하의 영웅은 잘 울고 미인은 눈물이 많았다지요. 두어 줄기 소리 없는 눈물이 그들의 옷깃을 적셨다고 들었소. 그런데 많은 이가 희로애락애오욕(喜怒哀樂愛惡欲) 중에서 '슬픔[哀]'만이 울음을 자아내는 줄 알고 있지, 칠정(七情)이 모두 울음을 자아내는 줄은 모르고 있소. 기쁨[喜]이 극하면 울게 되고, 노여움[怒]이 극하면 울게 되고, 즐거움[樂]이 극하면 울게 되고, 사랑[愛]이 극하면 울게 되고, 미움[惡]이 극하면 울게 되고, (중략) 사람들은 다양하고 지극한 감정을 겪어 보지도 못한 채 슬픔[哀]에만 울음을 짜 맞춘다오."

-박지원, 「통곡할 만한 자리」에서

열하행궁(중국 허베이성)
중국에서 가장 큰 황실 정원이자 청 때 지어진 별궁이다. 박지원이 박명원과 함께 방문해 청 황제인 건륭제를 알현했던 곳이다.

연행도 중 유리창
병자호란 이후 조선은 청에 정기적으로 사신을 파견했다. 당시 청의 수도가 연경(지금의 베이징)이었기 때문에 이들은 연행사라고 불렸다. 박지원도 이 행렬에 속해 청을 방문했다. 사진은 연행사가 방문했던 베이징 유리창의 번화가를 묘사한 것이다.

이 작품은 수필이라고 앞서 말했지요? 그러므로 '나'는 작가인 박지원을 가리켜요. 박지원은 북경 사절단을 따라 북경으로 가던 도중 드넓은 요동 벌판을 보고는 '한바탕 울어 볼 만한 장소'라고 말했어요. 정 진사는 고개를 갸우뚱하며 그 이유가 무엇인지 궁금해했지요.

여러분도 정 진사와 같은 생각이 들 거예요. 아름다운 풍경을 보았는데 박지원은 왜 울기 좋은 장소라고 생각했을까요? 박지원은 이에 대한 답으로 칠정(七情), 즉 인간의 일곱 가지 감정에 대해 이야기했습니다. 인간이 가지고 있는 감정은 크게 일곱 가지로 구분할 수 있는데 각 감정이 극에 달하면 울음이 나올 수밖에 없다는 주장이었지요.

사람들은 보통 슬플 때만 눈물을 흘린다고 생각합니다. 정 진사도 비슷하게 생각했을 테고요. 하지만 박지원은 매우 독창적인 사고의 소유자였기에 색다르게 생각했어요.

박지원은 이 작품을 통해 '울음'이라는 것이 단순한 감정의 표현만은 아니라는 것을 나타내고 있습니다. 울음은 슬픈 상황이 아닌 다른 감정 상태에서도 터져 나올 수 있고, 답답하고 울적한 마음을 확 풀어지게 하는 역할도 한다고 말했지요. 실컷 울고 나면 오히려 마음이 후련해지는 경우를 여러분도 경험해본 적 있지요?

박지원은 평소 인간의 감정에 대해 고민해보곤 했을 겁니다. 「통곡할 만한 자리」에 담긴 그의 주장은 인간의 감정이 얼마나 복잡한지, 또 눈물이라는 것이 어떤 감정의 효과로 나타나는 것인지 깊이 생각해 본 사람만이 깨달을 수 있는 거예요.

당시 조선에서는 특권 계층이 상업을 독점해 부패가 만연했으며, 양반의 허례허식, 명에 대한 사대주의 등이 판을 쳤습니다. 굉장히 폐쇄적인 사회이기도 했고요. 박지원은 청의 선진적인 문화, 산업, 과학 등에 관심을 가지고 그들의 문화를 수용할 것을 강조했습니다. 실리보다 명분과 대의를 중시하는 사회 분위기도 비판했지요. 박지원은 비록 오랑캐일지라도 배울 점이 있으면 배워야 한다고 주장했거든요.

그러니 중국의 큰 벌판을 마주한 박지원의 감회는 남달랐을 거예요. 마치 아기가 뱃속에서 태어나 세상으로 나오듯, 박지원 역시 조선이라는 땅에서 벗어나 새로운 세상을 접한 기쁨에 한바탕 울음을 터뜨리고 싶었겠지요. 여기에 제시하지는 않았지만, 박지원은 「통곡할 만한 자리」에서 자신의 상태를 막 태어난 아기에 비유했거든요. 갓난아기가 어미의 태에서 나와 한없이 울어대는 것처럼 박지원도 새로 태어난 듯한 기분이 든 나머지 소리 높여 울고 싶다고 느꼈습니다. 이때의 울음은 칠정 가운데 기쁨이 극에 달했을 때 나오는 울음이었을 테고요.

또한, 갓난아기가 태어나자마자 울음을 터뜨리는 일에 대해서도 박지원은 남들과 다른 주장을 펼쳤어요. 당시 사람들은 아기가 태어난 것을 후회해 울면서 자신을 위로한다고 생각했나 봐요. 신분을 막론하고 일단 태어나면 반드시 생로병사의 과정을 겪어야 하니까요.

박지원은 작품 속에서 기존 견해에 반대하며 다음과 같이 말했어요. 아기는 태어나 처음으로 해와 달을 보고, 부모와 친척을 보니 무척 기쁜 상태일 거라고요. 그러니 마음과 생각이 트여 운다는 것이지요. 즉, 갓난아기의 첫울음은 기쁨과 즐거움에서 비롯되었다는 주장입니다. 어떤가요? 정말 독특하고 새로운 관점이지요?

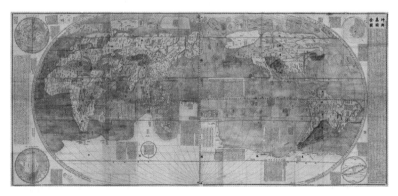

「곤여만국전도(坤輿萬國全圖)」
예수회 신부였던 이탈리아인 마테오 리치가 명의 학자 이지조와 함께 만든 목판 지도이다. 아시아, 유럽, 아프리카, 남북아메리카, 묵와랍니가(오세아니아, 남극)를 나타냈다. 이수광의 『지봉유설』에 따르면 중국에 사신으로 갔던 이광정과 권희가 이 지도를 조선에 처음으로 가져왔다고 기록되어 있다.

지금까지 살펴본 것처럼 「통곡할 만한 자리」는 참신한 발상과 독창성이 돋보이는 작품입니다. 적절한 비유와 사례를 통해 신빙성을 높인 글이기도 해요. 수필임에도 상당히 논리적이고 설득력이 뛰어난 작품이라고 할 수 있지요. 제목인 '호곡장론(好哭場論)'에 '논할 론(論)' 자가 포함된 것도 작품 속에 박지원만의 독특한 논리가 담겨 있기 때문이에요.

기회가 된다면 이 작품의 전문을 찬찬히 읽어 본 후 여러분도 박지원처럼 한번 생각해 보세요. 인간의 감정은 어디에서 출발했을까? 우리는 왜 수많은 감정에 휘말려 살아갈까? 인간의 감정은 오직 일곱 가지뿐일까? 만약 감정이 없다면 우리는 어떻게 될까? 등등……. 다양한 질문을 던질 수 있을 거예요.

여기서 제시한 질문들뿐만 아니라 여러분이 느낀 새로운 감정에 새로운 이름을 붙여 보는 것도 의미 있을 거랍니다. 계속 고민하고 질문하며 생각을 이어나가다 보면 훌륭하고 참신한 주장이 나올 수도 있겠지요.

서민들의 생생한 목소리
판소리 · 민속극

조선 후기에도 '종합 예술'이 있었습니다. 바로 판소리와 민속극이지요. 두 갈래 모두 서민층을 중심으로 퍼져 나갔고, 여러 내용으로 전승되었다는 공통점이 있어요.

판소리는 전문 예술가인 광대가 북을 치는 고수의 장단에 맞추어 이야기하면서 몸짓과 노래를 곁들이는 우리 고유의 민속악이에요. 공연을 바라보는 청중들의 추임새가 들어가기도 하지요. 판소리는 18~19세기를 거치며 크게 성장했는데 주로 서민들의 현실적인 생활을 표현했어요. 극적인 내용이 많고 풍자와 해학이 풍부하다는 특징이 있지요. 대표적인 작품으로 「춘향가」, 「심청가」, 「흥보가」, 「수궁가」, 「적벽가」 등이 있답니다.

민속극은 옛날부터 전해 내려온 연극의 일종으로 음악, 연기, 무용 등 여러 요소가 조화를 이루고 있어요. 서민들이 주로 향유(享有, 어떤 것을 가지거나 누리는 일)했기 때문에 서민들의 언어와 진솔한 삶의 모습을 생생하게 보여 주었지요. 민속극은 입에서 입으로 전해지며 공연 형태로 이루어지다 보니 고정된 대본이 있지는 않아요. 하나의 줄거리를 바탕으로 하되 공연할 때마다 조금씩 살을 덧붙였어요. 민속극의 특징은 넉살로 이야기를 흥겹게 풀어내고 지배층에 대한 비판 의식을 표출했다는 점이에요. 민속극에는 가면극, 인형극, 무당의 놀음굿, 꼭두각시놀음 등이 포함되며 대표적인 작품으로 양반을 조롱하는 내용을 담은 여러 탈춤을 들 수 있답니다.

어깨를 들썩이며 '보고 듣는' 이야기
- 「흥보가」

앞에서 살펴본 「심청전」에 이어 여러분에게 익숙한 이야기 하나를 또 기억 속에서 끄집어내 볼까 합니다. 어릴 적에 읽었던 전래 동화 가운데 「흥부와 놀부」라는 이야기를 기억하고 있나요? 부유하지만 욕심 많고 심술보가 가득한 형 놀부와 가난하지만 심성이 곱고 착한 흥부의 이야기지요.

「흥부와 놀부」 이야기가 입에서 입으로 전해 내려오던 시절에는 지금 우리가 알고 있는 것과는 다소 다른 내용이었을지도 모릅니다. 구전되는 이야기의 특징이지요. 말하는 사람은 다른 사람들에게 이야기를 들려줄 때마다 자신의 생각을 덧붙이기도 하고, 이야기의 내용을 조금씩 바꾸기도 했을 거예요. 하지만 이야기가 기록되면서 큰 줄기의 내용은 고정되었답니다.

우리가 지금부터 감상할 판소리 「흥보가」는 「흥부와 놀부」와 내용이 같아요. 다만 판소리라는 공연 예술의 형식을 띠고 있다는 점이 다르지요.

흥보가의 한 장면
2006년, 세종문화회관에서 열린 명창 안숙선의 판소리 공연 중 일부이다.

판소리에서 '판'은 무대를, '소리'는 노래와 사설(판소리에서 노래를 하는 중간중간에 가락을 붙이지 않고 이야기하듯 늘어놓는 부분)을 의미합니다. 즉 판소리는 무대 위에서 노래하며 사설하는 공연 예술을 통칭하는 말이에요.

참, 어디서는 흥보라고 하고 또 어디서는 흥부라고 하니 헷갈릴 수도 있겠지요? 판소리는 입에서 입으로 전해지다 기록된 갈래이기 때문에 사람들의 입말에 따라 내용이 조금씩 바뀌었다고 앞에서 설명한 것을 떠올려 보세요. 줄거리뿐만 아니라 인물의 이름도 마찬가지예요. 그러니 어느 것이 맞다 틀리다 논할 수는 없답니다.

「흥보가」는 판소리 다섯 마당 가운데 하나로 '박타령'이라고도 합니다. 「박 타는 처녀 설화」와 「방이 설화」가 「흥보가」의 내용과 비슷해서 가장 가까운 근원 설화라고 여겨졌지요. 「박 타는 처녀 설화」는 몽골의 설화로 권선징악, 인과응보가 이야기의 주제입니다. 마음씨 좋은 처녀는 다친 제비를 고쳐 주고 복을 받았지만, 이웃집 처녀는 제비 다리를 일부러 부러뜨린 뒤 치료해 주었기 때문에 벌을 받았다는 이야기예요.

「박 타는 처녀 설화」
『흥부전』의 근원 설화로 보는 견해가 있으나 이와 반대로 고려 시대에 원으로 귀화한 고려 여성들을 통해 한국 설화가 몽골 설화에 영향을 끼쳤다고 보는 견해도 있다. 사진은 수령 옹주의 묘지석인데, 그녀는 고명딸을 원의 공녀로 보낸 뒤 슬픔에 빠져 얼마 있지 않아 사망했다.

「방이 설화」
「흥보가」의 근원 설화로 여겨지지만, 형이 선하고 동생이 악하다는 점에서 「흥보가」와는 약간 차이가 있다. 왼쪽 사진은 「방이 설화」가 수록된 안정복의 「동사강목」이다.

「방이 설화」는 신라 때의 설화로 '금추 설화'라고도 해요. 전체적인 내용은 「박 타는 처녀 설화」와 몹시 비슷하답니다. 가난하지만 착한 형 방이는 금방망이를 얻어 부자가 되었지만, 돈이 많으면서도 인색한 아우는 형을 따라하다가 벌을 받아 코가 길어졌다는 이야기예요. 이 설화 역시 권선징악, 인과응보의 주제를 담고 있지요.

오비삼척(吳鼻三尺), 즉 '내 코가 석 자'라는 속담이 「방이 설화」에서 유래했다는 설도 있답니다. 벌을 받아 코가 길어진 아우는 코를 간수하느라 바빠서 남을 돌아보거나 다른 것에 신경 쓸 여유가 없었거든요.

「흥보가」의 내용도 전체적으로는 「박 타는 처녀 설화」, 「방이 설화」와 비슷합니다. 그럼 이제부터 「흥보가」의 내용을 살펴볼까요?

옛날 어느 고을에 흥보와 놀보 형제가 살았습니다. 동생 흥보는 착하고 심성이 어질었지만 형 놀보는 심성이 고약하고 욕심이 아주 많았어요. 부모님이 돌아가시자 놀보는 유산을 모조리 독차지하고는 흥보 가족을 내쫓았지요.

이야기 초반부터 두 등장인물의 극명한 성격 차이가 보이지요? 선과 악을 대비하는 구성은 다른 고전 소설과 비슷하게 판소리에서도 뚜렷하게 드러나는 특징이랍니다. 이 작품에서는 권선징악과 인과응보의 법칙이 어떻게 드러났을지 궁금하지요? 듣는 사람들 역시 이야기가 어떻게 전개될지 기대감을 가지고 소리꾼의 입을 주목했을 거예요.

집에서 쫓겨난 흥보는 아내와 아이들을 데리고 구걸하며 전국을 떠돌았습니다. 하지만 입에 풀칠조차 하기 힘들어지자 어쩔 수 없이 고향으로 돌아와 놀보를 찾아갔지요. 찢어질 듯 가난한 자신의 처지를 보면 형이 조금이라도 도와주지 않을까 하는 작은 희망을 품고 말이에요. 흥보는 두 손을 간절히 모은 뒤 형에게 살려 달라고 애원했습니다. 흥보를 본 놀부는 어떤 반응을 보였을까요?

[진양(민속 음악에서 쓰는 장단 중 하나로 속도가 무척 느림)]

합장한 뒤 무릎을 꿇고 "비나니다. 비나니다. 형님 앞에 비나니다. 살려 주오. 살려 주오. 불쌍한 동생을 살려 주오. 그저께 하루를 굶은 처자가 어제 점도록 그저 있고 어저께 하루를 문드러미 굶은 처자가 오늘 아침을 그저 있소. 인명은 재천이라, 설마한들 죽사리까마는 여러 끼니를 굶사오면 하릴없이 죽사오니 형님 덕택에 살거지다. 벼가 되거든 한 섬만 주시고 쌀이 되거든 닷 말만 주시고 돈이 되거든 닷 냥만 주옵시고 그도 저도 정 주기가 싫으시면 니명이나 싸래기나 무엇이든 주옵시면 죽게 된 자식을 살리겠소. 과연 내가 원통허오. 분하여서 못 살겠소. 천석꾼 형님을 두고 굶어 죽기가 원통합니다. 제발 살려 주오."

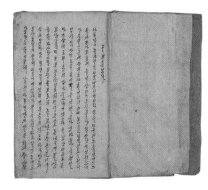

『놀부흥부가』(필사본)
필사자가 누구인지는 밝혀지지 않았지만 19~20
세기에 필사한 것으로 추정된다.

[아니리(판소리에서 노래하는 중간중간에 가락을 붙이지 않고 이야기하듯 말하
는 부분. 사설이라고도 함)]

"오, 니가 바로 그 홍보냐. 네 이놈 심심허던 판에 잘 왔다. 애 마당쇠야, 대
문 걸고 아래 행랑 동편 처마 끝에 지리산에서 박달 홍두깨 헐라고 쳐내온
검목 있느니라. 이리 가지고 나오너라. 이런 놈은 그저 복날 개 잡듯 잡아야
되느니라."

－「홍보가」에서

자존심도 버리고 애원했건만, 홍보의 기대는 산산이 부서졌습니다. 오
히려 매만 맞고 쫓겨났지요. 아무리 생각해도 정말 너무하지요?

어느 날, 홍보는 구렁이의 공격을 받아 다리가 부러진 제비를 발견하
고는 정성껏 치료해 주었습니다. 다리가 나은 제비는 따뜻한 곳으로 날아
갔다가 이듬해 다시 돌아와서 홍보에게 박씨 하나를 선물했지요.

제비가 물어다 준 박씨는 커다란 박으로 잘 자랐습니다. 홍보는 굶주림
을 이기지 못해 박의 속이라도 파내서 먹어야겠다고 생각하고는 박을 켜기

시작했어요. 그런데 박 안에서 금은보화가 쏟아져 나왔어요. 먹을 것과 입을 것을 얼마든지 사고도 남을 정도로 많은 양이었습니다.

욕심 많은 놀보가 이 소식을 듣고 가만히 있을 리가 없었겠지요? 놀보는 제비 다리를 일부러 부러뜨린 뒤 생색을 내며 치료해 주었습니다. 그 제비도 놀보에게 박씨를 물어다 주었지요.

놀보의 박씨도 무럭무럭 자라서 큰 박이 되었습니다. 신이 난 놀보는 서둘러 박을 잘랐어요. 그러자 박 안에서 온갖 괴물과 못된 사람들이 나와서 놀보에게 벌을 주고 재산을 빼앗았지요. 결국 놀보는 패가망신했습니다. 이야기를 듣던 사람들은 이 지점에서 통쾌함을 느끼며 놀보의 처지를 마음껏 비웃었을 거예요. 「홍보가」는 놀보처럼 자신의 곳간을 가득 채워 제 살만 찌우는 양반 계층을 비판하고, 궁핍한 평민들의 마음을 대신 어루만져 주는 이야기니까요.

하지만 「홍보가」는 여기에서 끝나지 않았습니다. 착한 흥보는 놀보의 소식을 듣고 자신의 재산을 나누어 주며 위로했지요. 감동을 받은 놀보는 자신의 잘못을 뉘우치고 흥보에게 사죄했어요. 놀보가 악의 세계에서 선의 세계로 돌아왔네요. 이후 놀보에게는 벌 대신 행복한 결말이 선물처럼 찾아왔지요.

표면적으로 보면 「홍보가」는 형제의 우애를 강조한 윤리적인 이야기입니다. 인과응보와 권선징악이라는 주제를 강조한 교훈적인 이야기이기도 하고요. 하지만 이면을 들여다보면 몰락한 양반 계층과 새롭게 대두한 부유층 간의 갈등을 다룬 작품이라는 것을 알 수 있습니다.

흥보는 몰락한 양반 계층을 나타내고, 놀보는 새롭게 대두한 부유층을 대변해요. 즉, 별다른 생활력 없이 가난하게 지내는 몰락한 양반 흥보와 물질 만능주의의 전형을 보여 주는 신흥 부유층 놀보에 대한 서민들의 비판 의식이 나타났다고 할 수 있습니다. 두 계층 사이에 새롭게 발생한 사회적 갈등도 잘 보여 주었고요.

여러분이 놓치지 말아야 할 점이 또 있습니다. 바로 해학과 풍자예요. 「흥보가」에는 우스운 대목이 꽤 많아서 판소리로 공연할 때 가벼운 재담이 많은 편입니다. 특히 놀보가 박 속에서 나온 괴물에게 당하는 장면에는 해학이 잘 드러나 있어요. 소리꾼의 능청스러운 연기가 중요한 대목이랍니다.

이뿐만 아니라 「흥보가」에는 양반 계층의 한문 어투와 평민의 비속어가 공존하고 있습니다. 전라도 사투리를 바탕으로 생생한 구어체를 사용해서 현장감을 더욱 살렸고요. 동일한 어구를 반복해서 리듬감도 잘 표현했지요.

혹시 여러분에게 「흥보가」 공연을 직접 관람할 기회가 생긴다면 꼭 한 번 보기를 바랍니다. 기억 속에 어렴풋하게만 남아 있던 「흥부와 놀부」 이야기가 더욱 실감 나고 생생하게 다가올 테니까요.

자리 짜기(김홍도)
한 남자가 선비들이 쓰는 사방관을 쓰고 돗자리를 짜고 있는 그림으로, 몰락한 양반의 모습을 엿볼 수 있다.

'신명 나고 즐겁게' 사회를 비판하다
- 「봉산 탈춤」

　얼굴은 사람과 사람이 만날 때 가장 먼저 마주하는, 한 사람의 대표적인 이미지입니다. 얼굴이 어떤 모습을 하고 있는지 혹은 어떤 표정을 짓고 있는지에 따라 그 사람에 대한 느낌이 달라지기도 해요. 우스꽝스러운 표정, 심술이 난 표정, 웃고 있는 표정 등 다양한 표정이 그 사람을 대신 말해 주는 셈이지요.

　만약 얼굴에 '가면'을 쓴다면 어떨까요? 그 사람의 진짜 얼굴과 표정은 보이지 않고 가면이 보여 주는 이미지가 그 사람을 대신하게 되겠지요.

　지금부터 살펴볼 「봉산 탈춤」은 가면, 즉 탈을 쓰고 이야기를 전개하는 연극의 일종입니다. 양반에 대한 조롱과 비판을 주된 내용으로 다루고 있어요. 그러니 공연하는 개개인의 익명성이 아주 중요했지요. 얼굴을 당당히 드러내고 양반들을 욕하다가 지나가는 양반에게 신분을 들켜서 곤혹스러운 상황이 생길 수도 있으니까요.

안동 하회탈
경북 안동시 하회마을에 전해
져 내려오는 우리나라의 민속
탈이다.

또한 탈은 모양새를 통해 등장인물의 성격을 명료하게 보여 주는 역할을 합니다. 인물을 희화화하기 위해 언청이(입술갈림증이 있어서 윗입술이 세로로 찢어진 사람을 낮잡아 이르는 말)의 특징을 드러낸 탈을 사용하거나 여성이라는 것을 드러내기 위해 연지(臙脂, 화장할 때 입술이나 뺨에 찍는 붉은 색깔의 염료)를 찍은 탈을 쓰기도 하지요. 이는 인물의 성격과 사회적 위치를 한 눈에 알아볼 수 있게 표현하면서도 극에 대한 관객의 몰입도와 이해도를 높여 주는 기능을 한답니다.

「봉산 탈춤」은 약 200년 전부터 황해도 일대의 주요 읍이나 장터인 황주, 봉산, 서흥, 평산 등지에서 유행하다가 황해도 전 지역에 퍼진 민속극입니다. 주로 서민이 주도한 공연이었어요. 「봉산 탈춤」은 총 7개의 과장으로 구성되어 있습니다. 각 과장에 어떤 내용이 담겨 있는지 간략하게 소개할게요.

제1과장인 '사상좌춤'에서는 네 명의 상좌가 사방신(四方神)에게 인사하는 의식을 치르며 춤을 춥니다. 상좌란 불교에서 도를 닦는 사람을 뜻하고, 사방신은 동서남북을 지켜준다는 청룡, 백호, 주작, 현무를 의미해요.

봉산 탈춤
황해도 봉산군에서 전승되는 탈춤이다. 굿거리장단을 사용하고 말뚝이, 샌님, 서방님, 도련님, 취발이 등의 탈이 등장한다.

제2과장인 '팔목중춤'에는 여덟 명의 목중이 등장합니다. 이때 '목중'은 새카만 승려라는 뜻의 먹중(黑僧), 즉 불교의 규범을 지키지 않아 쫓겨난 파계승을 의미한다는 설과 자신이 맡은 몫을 다한다는 말에서 왔다는 설이 있어요. 목중들은 신나게 춤추고 법고(法鼓, 절에서 예불할 때 또는 의식을 거행할 때 치는 큰북)를 치면서 외설스러운 대사를 주고받아요. 아무래도 목중은 파계승이라는 뜻에 더 가깝게 느껴지지요?

제3과장인 '사당춤'에서는 여자인 사당들과 남자인 거사들이 흥겨운 노래를 주고받아요. 무리 지어 떠돌아다니면서 공연을 보여 주는 무리인 '사당패'가 여기서 나온 말이랍니다.

남사당놀이
본래 사당은 여자 예능인을 뜻하는 말이었지만 남성 사당이라는 뜻으로 남(男)을 붙여 사용하게 되었다. 우두머리인 꼭두쇠를 비롯해 40명에 가까운 무리로 구성된 유랑 공연단이다.

제4과장인 '노장춤'에서는 노장(늙은 승려)이 소무라는 젊고 화려한 여자의 유혹에 넘어가 춤을 춥니다. 신발 장수는 노장에게 신을 팔려고 짐을 푸는데, 그 안에서 원숭이가 나와 신발 장수의 행동을 흉내내기도 하고요.

제5과장인 '사자춤'에서는 취발이가 사자를 시켜서 목중들을 꾸짖어요. 목중들은 용맹한 사자를 보고 놀라 깨끗하게 도를 닦겠다며 용서를 빌지요. 그런 뒤에는 서로 어울려 한참 춤을 춥니다.

제6과장인 '양반춤'에서는 양반집 하인인 말뚝이가 익살스럽게 양반들을 조롱하며 그들의 무능과 부패를 폭로해요. 말뚝이의 재담에 언어유희가 섞여 있어 듣는 재미가 있는 대목이지요.

마지막으로 제7과장인 '미얄춤'에서는 영감, 영감의 조강지처인 미얄, 영감의 첩인 덜머리집이 나옵니다. 미얄은 난리통에 헤어졌던 영감과 다시 만나지만, 살림살이 문제로 다투다가 영감에게 맞아 죽어요. 남강노인은 죽은 미얄의 원혼을 달래 극락세계로 보내기 위해 무당을 불러 굿을 합니다.

말뚝이 탈
말뚝이는 봉산 탈춤에 나오는 양반집 머슴으로, 양반을 희롱하는 역할을 맡았다. 말뚝이 탈에는 입가에 수염이 그려져 있는 게 특징이다.

총 7개의 과장으로 이루어진 「봉산 탈춤」은 각각 독립적인 내용을 지니고 있어요. 등장하는 인물도 각 과장에 맞게 특성화되어 있고요. 그럼 이제부터 제6과장인 '양반춤'의 내용 일부를 살펴볼까요?

 양반 삼 형제: (말뚝이 뒤를 따라 굿거리장단에 맞추어 점잔을 피우나, 어색하게 춤을 추며 등장. 양반 삼 형제 가운데 맏이는 샌님(生員, 문과의 소과인 초시에 합격한 사람), 둘째는 서방님(書房, 벼슬을 하지 않은 사람), 끝은 도련님(道令)이다. 샌님과 서방님은 흰 창옷에 관을 썼다. 도련님은 남색 쾌자에 복건을 썼다. 샌님과 서방님은 언청이이며(샌님은 언청이가 두 줄, 서방님은 한 줄이다), 부채와 장죽(長竹, 긴 담뱃대) 을 가지고 있고, 도련님은 입이 삐뚤어졌고 부채만 가졌다. 도련님은 일절 대사는 없으며, 형들과 동작을 같이 하면서 형들의 면상을 부채로 때리며 방정맞게 군다.)

 말뚝이: (가운데쯤 나와서) 쉬이. (음악과 춤 멈춘다) 양반 나오신다아! 양반 이라고 하니까 노론(老論), 소론(少論), 호조(戶曹), 병조(兵曹), 옥당(玉堂, 홍문 관의 부제학, 교리, 수찬 따위를 통틀어 이르는 말)을 다 지내고 삼정승(三政丞), 육 판서(六判書)를 다 지낸 퇴로 재상(退老宰相, 벼슬에서 물러난 재상)으로 계신 양반인 줄 아지 마시오. 개잘량('개가죽으로 만든 방석)의 '양' 자에 개다리소반 의 '반' 자 쓰는 양반이 나오신단 말이오.

 양반들: 야아, 이놈, 뭐야아!

-「봉산 탈춤」에서

양반 탈과 두루마기
봉산 탈춤에 나오는 양반 탈과
양반이 입는 두루마기 복장이다.

제6과장에 양반집의 하인인 말뚝이와 양반 3형제가 등장했습니다. 그런데 우리가 일반적으로 상상하는 양반의 모습과는 조금 다른 3형제 네요. 글에 묘사된 양반 3형제는 언청이에다 입이 비뚤어졌고 방정맞게 행동하고 있습니다. 양반 3형제가 어리석고 못난 인물들임을 나타내기 위해 일부러 과장되게 묘사했지요.

말뚝이는 양반 3형제를 조롱하며 풍자하는 역할을 맡았습니다. 그는 온갖 입담과 우스꽝스러운 대응으로 양반의 권위를 떨어뜨렸어요. 극 도중에 관객이나 악공과 이야기를 나누며 양반을 놀리기도 했어요.

이뿐만이 아니에요. 말뚝이는 익살스럽고 과장된 몸짓으로 춤추며 양반의 어법을 교묘하게 흉내내어 뜻을 뒤집는 반어(反語), 즉 언어유희를 자유롭게 구사했습니다. 현실과는 반대로 「봉산 탈춤」 속에서는 주인인 양반보다 하인인 말뚝이가 우월한 존재처럼 보여요. 말뚝이는 양반을 희화화해 웃음을 유발하고 양반의 어리석음과 무능함을 폭로하고 있지요.

제6과장은 언어유희가 단연 돋보이는 과장이기도 해요. 그렇다면 언어유희가 잘 드러난 문장을 옆의 글에서 찾아볼까요? 네, 맞습니다. 말뚝

이의 대사 가운데 "개잘량의 '양' 자에 개다리소반의 '반' 자 쓰는 양반이 나오신단 말이오."지요. 즉, 해학성과 풍자는 「봉산 탈춤」 전체를 아우르는 특징입니다.

또한 다른 과장에서도 사회 현상에 대한 비판 정신을 확인할 수 있습니다. 파계승을 풍자해 불교의 관념적인 초월주의를 비판하기도 하고, 서민의 가난한 생활상을 보여 주며 피지배층이 얼마나 궁핍하게 살고 있는지 드러내기도 했어요. 여성에 대한 남성의 부당한 횡포를 보여 주는 등 가부장적인 사회의 모순을 고발하기도 했지요. 이러한 주제 의식은 조선 후기 사회의 혼란, 신분제의 변동, 양반 계층의 몰락, 평민의 의식 성장 등을 반영했다고 볼 수 있어요.

신미년 정주성 공위도
조선 후기, 특히 세도 정치 시기에는 백성들의 고통과 불만이 컸다. 탐관오리의 착취와 지역 차별에 대항해 평안도 북부의 몰락 양반 홍경래가 가난한 농민들과 함께 홍경래의 난을 일으키기도 했다. 왼쪽 그림은 관군이 정주성을 점거한 농민군의 공격에 대비해 나무 울타리 안에 들어가 있는 모습을 표현했다.

제6과장만 감상하면 조금 섭섭하겠지요? 제7과장인 '미얄춤'의 내용 일부도 살펴볼게요. 이제부터 우리가 함께 읽을 부분은 제7과장의 가장 마지막 대목이랍니다.

남강노인: (흰 수염에 갓을 쓰고 담뱃대를 들고 등장) 에헴 ─ 아니 이것들이 무슨 싸움을 하는고? 오래간만에 만나더니 사랑싸움을 하는지 동네가 요란하구나. (쓰러져 있는 미얄을 한참 바라보다가 죽은 것임을 안다) 아이고, 이것이 이것이 웬일이냐? 지독하게도 죽었구나. 동네 사람들 이것 좀 보소. 미얄 할멈이 죽었구료. 아이고, 불쌍하고 가련해라. 영감을 잃고 갖은 고생을 하더니만 그만 죽고 말았구나 ─ 이것을 어찌하노. 기왕 죽었으니 혼이라도 좋은 곳으로 가라고 만신이나 불러 굿이나 해 줄 수밖에 없다. 만신 부르러 갑네……. (중략)

(만신의 굿이 절정에 오르면 출연자 전원이 등장한다. 굿이 끝난 뒤 다 함께 활활 타오르는 불 속으로 가면을 집어넣는다. 그리고 그곳을 향해 세 번 절한다.)

-「봉산 탈춤」에서

미얄 탈(왼)과 덜머리집 탈(오)
봉산 탈춤에 나오는 영감의 조강지처 미얄 탈과 영감의 어린 첩 덜머리집 탈이다.

앞에서 간략히 소개했던 것처럼 제7과장에는 미얄과 영감이 나옵니다. 두 사람은 난리통에 헤어졌다가 다시 만났어요. 그런데 영감은 젊은 첩인 덜머리집을 데리고 나타났어요. 아들이 죽었다는 소식을 듣고는 미얄에게 헤어지자고까지 했습니다. 영감의 첩을 보고 화가 난 미얄도 그러자고 대답하고는 재산을 나누자고 했지요. 이 과정에서 영감은 미얄에게 폭력을 행사했고 미얄은 악을 쓰다가 결국 죽었어요. 당시 가부장적 사회의 문제점을 잘 드러낸 대목이지요. 이후 등장한 남강노인은 죽은 미얄을 발견하고는 불쌍하게 여겼어요. 그는 미얄의 죽은 혼이 좋은 곳에 가기를 바라며 굿을 해 주기로 마음먹었지요.

여기서 잠깐! 제시했던 글의 마지막 부분에 주목해 보세요. 무당의 굿이 절정에 다다르자 모든 출연자가 등장했습니다. 출연자들은 굿이 끝난 후 어떤 행동을 했나요? 다 함께 불 속으로 가면을 집어넣었지요. 가면을 넣은 후에는 그곳을 향해 절도 했고요. 무언가 종교의식 같은 느낌이 들지 않나요?

탈춤 같은 민속극은 본래 하늘에 제를 올리는 제천 의식에서 기원했습니다. 상고 시대를 살았던 우리 조상들의 의식 속에서 신(神)이란 인간들과 가까운 곳에서 교류하며 인간들의 한과 갈등을 풀어 주는 존재였어요. 즉, 해결사의 역할을 맡았습니다. 고구려의 동맹, 동예의 무천 등 하늘을 숭상하는 고대 제천 행사나 무속 신앙의 전통을 통해서도 이러한 관념을 확인할 수 있지요.

고려나 조선 시대에 와서는 관청, 현대에 와서는 경찰과 법원이 사람들 사이의 갈등을 해결해 주지만 아주 오래전에 살았던 사람들은 신에게 의지할 수밖에 없었어요. 물론 예나 지금이나 무속적인 존재는 사회 안에서 나름대로 자리를 차지하고 있지만요.

우리 조상들은 꾸준히 하늘에 제를 드리면서 종교 의례적인 공연을 해 왔어요. 조선 시대에 이르러 평민 의식이 발달함에 따라 종교 의례들도 하나의 놀이이자 공연으로 자리를 잡아갔지요.

무녀신무(신윤복)
신들린 무당이 춤추며 굿하는 모습을 표현한 그림으로, 신윤복의 풍속도 화첩에 수록되어 있다.

4과

일상적이고 현실적인 체험을 녹여 내다
가사

"독자들의 공감을 불러일으키는 것이 중요하다!"

조선 후기, 문학을 누리는 계층이 확대되면서 작가들은 많은 독자가 공감할 수 있는 내용으로 작품을 창작하기 시작했습니다. 가사도 예외는 아니었어요. 이 시기에는 수필과 비슷한 양식의 장편 가사가 등장했고 형식도 자유로워졌습니다. 관념성에서 벗어나 일상 체험을 바탕으로 한 사실적인 내용이 많아졌고요. 그전까지 가사는 사대부들이 주로 창작했는데, 자연 속에서 유유자적하는 강호가도 풍의 내용이 주를 이루었거든요.

조선 후기에 막 들어섰을 때만 해도 가사는 큰 인기를 누리지 못했습니다. 하지만 숙종 이후, 고단한 현실을 문학으로 승화하려는 사람들의 관심이 커지면서 기행 가사, 유배 가사 등이 성행했어요. 자연스럽게 가사 속에 다양한 삶의 모습과 다층적인 이념이 투영되었습니다.

이뿐만 아니라 여성이나 평민도 가사 창작에 참여하면서 규방(부녀자가 머무는 방) 가사, 평민 가사 등이 등장했어요. 특히 여성들은 시집살이의 괴로움, 여성으로서의 도리 등 부녀자들의 생활과 감성을 노래한 가사를 주로 창작했답니다. 천주교가 우리나라에 학문 형식으로 새롭게 들어오자 천주교의 교리를 설명하고 포교하는 내용의 가사도 만들어졌어요.

조선 후기를 대표하는 가사를 소개하자면 우리가 곧 감상할 박인로의 「누항사」, 안조환의 「만언사」 등을 꼽을 수 있답니다.

양반도 예전 같지 않구나
- 박인로의 「누항사」

　'문무겸비(文武兼備)'라는 말이 있습니다. 글솜씨인 '문(文)'과 무예인 '무(武)'를 두루 갖춘 인물을 가리킬 때 사용하지요. 「누항사」를 쓴 박인로가 이 말에 딱 들어맞는 인물이랍니다.

　'박인로'라는 이름을 검색해 보면 대부분 '조선 선조 때의 문인'으로 소개가 되어있습니다. 훌륭한 글을 많이 남겼기 때문에 박인로에 대해 들어본 사람도 조선의 문인이겠거니 하고 생각하는 경우가 많아요. 문인으로 높은 명성을 얻기는 했지만 박인로는 엄연히 '무관'이었습니다. 임진왜란 때 의병으로 활동하기까지 했어요.

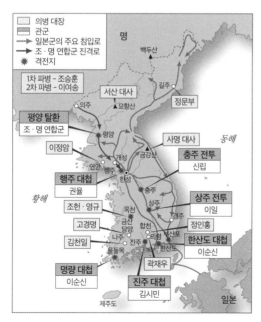

왜군의 침입과 관군 및 의병의 활동
임진왜란 때 의병들은 향토 지리에 익숙하다는 점을 이용해 적은 병력으로도 왜군에 큰 피해를 주었다.

의병 활동 이후 그는 무과에 급제해 수문장(守門將, 각 궁궐이나 성의 문을 지키던 무관)과 선전관(宣傳官, 임금의 명령을 전달하거나 임금을 호위하는 등의 임무를 하던 무관)을 지내며 군비를 증강하는 등 바람직한 관리의 모습을 보여 주기도 했답니다.

박인로는 어릴 때부터 시에 뛰어난 재능이 있었습니다. 늘 종이와 붓을 지니고 다니면서 시를 지을 정도로 시에 대한 애정도 깊었지요. 더욱 놀라운 사실은 박인로가 송강 정철, 고산 윤선도와 더불어 조선 가사 문학의 3대 가인(歌人)으로 불리기까지 했다는 점이에요. 그는 우리가 생각하는 것 이상으로 대단한 천재였나 봅니다.

우리는 박인로의 여러 작품 가운데 「누항사」라는 가사를 살펴볼 거예요. 「누항사」는 박인로가 51세가 되던 1611년에 쓴 작품으로 『노계집』에 실려 있습니다.

어느 날, 친구인 이덕형이 박인로에게 두메산골에서 사는 데 어려움은 없는지 물었어요. 박인로는 말로 대답하는 대신 「누항사」를 지었다고 해요. 이 작품을 통해 그는 '조선 후기 가사 문학의 대가'라는 칭호를 얻었지요.

『노계집』
조선 정조 24년인 1800년에 간행된 박인로의 시문집으로, 가사와 시조 60여 수가 수록되어 있다.

자, 박인로에 대해 어느 정도 정보를 얻었으니 이제부터 본격적으로 「누항사」의 일부를 감상해 볼까요?

"초경(初更)도 거읜듸 긔 엇지 와 겨신고."

"연년(年年)에 이러ᄒ기 구차(苟且)혼 줄 알건만는, 쇼 업슨 궁가(窮家)애 혜염 만하 왓삽노라."

"공ᄒ니나 갑시나 주염 즉도 ᄒ다마논, 다만 어제 밤의 거넨 집 져 사름이 목 불근 수기치(雉)을 옥지읍(玉脂泣)게 쑤어 니고 간 이근 삼해주(三亥酒)을 취(醉)토록 권(勸)ᄒ거든 이러한 은혜(恩惠)을 어이 아니 갑흘넌고. 내일(來日)로 주마 ᄒ고 큰 언약(言約) ᄒ야거든, 실약(實約)이 미편(未便)ᄒ니 사셜이 어려왜라."

실위(實爲) 그러ᄒ면 혈마 어이홀고. 헌 먼덕 수기 스고 측 업슨 집신에 설피설피 물너 오니 풍채(風采) 저근 형용(形容)애 긔 즈칠 쑨이로다.

〈현대어 풀이〉

"초경(저녁 7시에서 9시 사이)도 거의 지났는데, 무슨 일로 와 계십니까?"

"해마다 이러기가 구차한 줄 알지만, 소 없는 가난한 집에서 걱정이 많아 왔소이다."

"값을 쳐주거나 빌려주면 좋겠지만, 어젯밤에 건넛집 사는 사람이 목이 붉은 수꿩을 구슬 같은 기름이 튀게 구워 내고, 갓 익은 좋은 술을 취하도록 권했는데, 이러한 은혜를 어찌 아니 갚겠는가. 내일 소를 빌려주겠다고 굳게 약속했기에, 약속을 어기기가 편하지 않으니 말씀하기 어렵구려."

사실이 그렇다면 설마 어찌하겠는가. 헌 모자를 숙여 쓰고 축 없는 짚신

신고 맥없이 물러나니, 풍채 작은 내 모습에 개가 짖을 뿐이로다.

–박인로, 「누항사」에서

윗글을 보면 알 수 있듯이 박인로는 사대부의 신분인데도 몸소 농사를

지으려고 했습니다. 그런데 농사일을 할 때 쓸 소가 없어서 이웃에게 소

를 빌리러 갔지요. 이웃은 건넛집 사람에게 대가를 받고 소를 빌려주기로

이미 약속해서 박인로에게는 소를 빌려줄 수 없다고 말했어요. 박인로는

빈손으로 돌아와야 했지요. 이 내용을 통해 사대부인 박인로가 직접 농사

를 지을 만큼, 농사를 지을 때 꼭 필요한 소도 빌려야 할 만큼 가난하다는

사실을 알 수 있습니다.

양반에게 소작료를 바치는 소작농(김윤보)
17세기 이후 조선에서는 대지주가 많은 토지를 소유했던 반면 일반 농민들은 토지를 거의 가지지 못했다.
집안이 몰락하여 소작농으로 전락한 일부 양반층도 존재했다.

의아하지 않나요? 우리가 앞에서 살펴보았던 내용에 따르면 박인로는 임진왜란에 참여해 큰 공을 세운 무신이자 뛰어난 재능을 가진 문인이라고 했지요. 그런데 그는 어째서 이토록 가난하게 살아야 했을까요? 그 이유는 조선 후기의 사회적 혼란에 있습니다. 오랜 전쟁과 해이해진 사회 기강으로 사회의 신분 질서가 무너졌거든요.

박인로의 삶 역시 사회적 혼란에 영향을 받았어요. 부유한 이들은 돈으로 벼슬을 샀지만 가난한 양반은 몰락했지요. 박인로는 양반으로서의 권위도 지키지 못하고, 농민으로 살아갈 현실적인 여건조차 갖추지 못한 채 이중으로 소외당했던 거예요.

그럼에도 불구하고 박인로는 양반으로서 당연히 지켜야 할 것들을 잊지 않으며 살아가겠다고 다짐했습니다. 극심한 가난으로 인해 눈앞의 현실은 캄캄했지만, 자연에서 안빈낙도(安貧樂道)하면서 충효, 신의, 우애 등을 지키며 살아가고자 했어요.

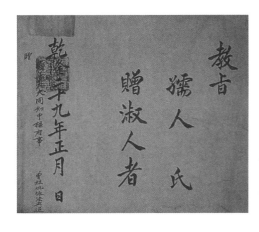

공명첩
양 난으로 큰 타격을 받은 조선 정부는 돈을 받고 명목상의 관직 임명장을 발행해 주며 궁핍한 재정을 메꿨다.

다시 「누항사」에 관한 내용으로 돌아가 볼게요. 작품의 여러 구절 가운데서도 박인로가 소를 빌리는 부분을 특별히 인용한 이유는 흥미로운 요소가 있기 때문입니다. 다른 가사에서는 찾아보기 힘든 것이기도 하지요. 무엇일까요? 바로 인물 간의 대화를 통해 장면을 보여 주었다는 점이에요. 여러분은 서사적인 요소를 가사에 활용했다는 사실에 주목해야 한답니다.

박인로는 무언가를 설명하기 위해 직접적으로 감상을 이야기하지 않았어요. 하나의 장면을 보여 주었을 뿐이지요. '보여주기' 기법을 통해 가난한 처지에 처한 자신의 수모를 간접적으로 드러냈습니다. 자기 연민에 빠져서 삶을 외면하는 것이 아니라 현실 상황을 담담히 바라보는 한 양반의 모습이 떠오르지 않나요? 박인로는 고통스럽고 가난한 삶 속에서도 자기 자신의 정체성을 지키고자 노력했지요.

뭔가 '특이한' 작품이어서일까요? 「누항사」는 우리나라 가사 문학사에서 중요한 전환점을 제시한 작품이라고 평가받습니다. 속세의 욕망에서 벗어나 자연과 더불어 한가롭게 살겠다는 조선 전기 가사의 특징을 이어받았을 뿐만 아니라 사대부임에도 농사를 지어 생계를 꾸려 가야만 하는 현실의 어려움을 사실적으로 표현했기 때문이지요.

「누항사」는 한자를 사용하면서도 화자의 현실적인 삶을 묘사할 때는 한글과 일상 언어를 사용했어요. 형식적인 측면에서도 조선 전기 가사의 엄격한 정형률에서 벗어나 파격적이라고 느껴지는 부분이 많고요. 이처럼 「누항사」은 내용, 표현, 형식 등 여러 측면에서 조선 후기 가사의 특징을 이어받아 자유로운 방식으로 지어졌답니다.

작품의 제목인 '누항사(陋巷詞)'에는 어떤 의미가 담겨 있을까요? '누항(陋巷)'은 『논어(論語, 유교 경전 가운데 하나로 공자와 그의 제자들의 언행을 적은 책)』에 나오는 말인데, 누추하고 좁은 집을 의미해요. 가난한 삶을 원망하지 않고 자연을 친구 삼아 살아가고자 했던 박인로의 마음이 담겨 있지요.

박인로의 글이 알려진 이후, 가사 문학은 산문의 정신을 담아 더욱 활발하게 발전되어 갔습니다. 훗날 많은 사람이 박인로를 '조선 후기 시가 문학의 대가'로 인정했어요. 박인로는 생전에 가난한 삶을 살며 힘들었지만, 그가 지은 작품들은 어떤 재물과도 바꿀 수 없는 소중한 보물 그 자체였습니다.

『논어』
논어의 논(論)은 공자가 제자나 다른 사람들의 질문에 대답하고 토론해준 부분을 말하고, 어(語)는 공자가 제자들에게 전해준 가르침을 말한다.

유배지에서의 '생생한 절규'
- 안조환의 「만언사」

갑자기 원래 살던 곳과 완전히 다른 낯선 곳에 뚝 떨어져서 살아야 한다면 어떤 기분이 들까요? 자신이 원해서 간 곳도 아니라면 분명 굉장히 당혹스럽고 외롭겠지요. 아는 사람 하나 없고 말벗 하나 없는 곳에서 혈혈단신(孑孑單身, 의지할 곳이 없는 외로운 홀몸)으로 살아가야만 하는 상황에 처했으니까요. 이와 비슷한 일을 겪은 사람을 소개해 볼까 합니다. 바로 조선 정조 때 살았던 안조환이라는 사람이에요.

왜 그렇게 되었냐고요? 사실 안조환은 잘못을 저질러서 '추자도'라는 섬으로 유배 가는 벌을 받았거든요. 관직을 수행하다 주색잡기(酒色雜技, 술과 여자와 노름을 아울러 이르는 말)에 빠져 국고를 축냈다고 하니 벌을 받아 마땅하기는 하지요? 당시에는 안조환처럼 잘못을 저질러서 유배를 가기도 했지만 정치 싸움에 얽혀서 억울하게 유배를 가야 했던 사람도 많았답니다.

유배 간 사람들이 기나긴 시간 동안 낯선 타지에서 할 수 있는 거라곤 대체로 글쓰기였어요. 그래서인지 유배지에서 선비들이 남긴 글들이 많이 전해지고 있습니다. 이처럼 유배지를 소재로 하거나 유배지에서 지은 가사의 종류를 '유배 가사'라고 불러요. 당파 싸움에 휘말려서 죄 없이 유배된 억울한 심정을 토로하는 내용이 주를 이루지요. 유배지로 오가는 동안에 보거나 들은 것, 체험한 것, 유배지에서의 생활 양상 등 기행 가사의 성격을 지니는 경우도 많답니다.

청령포(강원 영월)

수양 대군(세조)은 계유정난을 일으켜 조정 대신들을 제거한 뒤 실권을 장악했고, 어린 단종을 물러나게
했다. 이후 단종은 노산군으로 강봉되어 청령포로 유배를 갔다.

지금부터 감상할 안조환의 「만언사」가 바로 유배 가사에 속합니다. 이
작품은 유배 생활의 고통을 생생하게 묘사하면서 자기가 저지른 잘못을
뉘우치는 내용을 담고 있어요. 화자의 처지가 잘 드러난 부분을 먼저 살
펴볼까요?

의복(衣服)을 보니 한숨이 절로 난다

남방염천(南方炎天, 남쪽의 더운 여름) 찌는 날에 빨지 못한 누비바지

땀이 배고 때 오르니 굴뚝 막은 덕석('멍석'의 사투리)인가

덥고 검고 다 버리고 냄새를 어찌하리

어와 내 일이야 가련(可憐)히도 되었구나

손잡고 반기는 집에는 내 아니 가옵더니

등 밀어 내치는 집에는 구차(苟且)히 빌어 있어

옥식진찬(玉食珍饌, 맛이 좋은 온갖 음식) 어디 두고 맥반염장(麥飯鹽藏, 초라한 음식) 무슨 일고

금의화자(錦衣華刺, 아름답게 수를 놓은 비단옷) 어디 두고 현순백결(懸鶉百結, 누덕누덕 기워 짧아진 옷) 되었는고

이 몸이 살았는가 죽어서 귀신(鬼神)인가

뭐하러 살았는지 모양은 귀신이라

한숨 끝에 눈물 나고 눈물 끝에 어이없어

도리어 웃음 나니 미친 사람 되겠구나

-안조환, 「만언사」에서

화자가 처한 상황만 보면 참 딱하게 느껴집니다. 향락을 즐기던 사람이 옷도 제대로 갖춰 입지 못하고, 보리밥에 소금국을 반찬 삼아 소박하게 먹고 있으니 말이에요. 생활의 차이에서 오는 서글픔이 얼마나 컸을까요? 물론 잘못을 했으니 마땅한 벌을 받는 건 당연하지만요.

「만언사」의 다른 부분에서 화자는 유배당한 자신의 처지를 한탄하며 과거를 되짚어 떠올리기도 합니다. 어린 시절에 어머니를 잃은 뒤 10여 년간 외가 살이를 하며 계모를 모신 일까지 말이지요.

추자도 전경(제주)
제주도와 전라남도 사이 제주해협에 있는 군도로 조선 시대에 유배지로 악명 높았던 곳이다.

화자는 혼인한 후 향락에 빠졌지만 마음을 다잡고 공부해 벼슬길에 나아갔어요. 벼슬을 하면서는 국고를 축낸 죄로 유배를 가야 했지요. 이뿐만 아니라 경기도, 충청도, 전라도를 지나 유배지인 추자도에 도착하기까지의 과정도 자세히 서술되어 있어요. 즉, 화자가 겪은 인생사가 작품에 고스란히 적혀 있답니다.

여기서 잠깐! 유배 가사의 특징을 알아볼게요. 대부분의 유배 가사는 연군지정(戀君之情), 즉 임금을 연모하고 변함없이 충성하는 마음을 표현했습니다. 귀양살이는 대체로 정치적인 문제 때문에 발생했어요. 따라서 자신에게는 죄가 없다고 고백하는 동시에 정적(政敵, 정치에서 대립관계에 있는 사람)에 대한 복수심을 이야기하거나 임금을 향한 일편단심을 표현하는 경우가 많았지요.

유배 가사의 일반적인 특징을 고려했을 때 「만언사」는 독특한 작품입니다. 유배 생활에서 체험한 것을 사실적으로 드러내는 데에만 집중하고 있으니까요. 물론 임금에 대한 충성심이 전혀 나타나지 않은 건 아니에요. 작품의 뒷부분을 더 살펴볼까요?

> 낚대를 떨쳐 드니 사면에 잠든 백구(白鷗)
>
> 내 낚대 그림자에 저 잡을 날만 여겨
>
> 다 놀라 날겠구나 백구야 날지 마라
>
> 성상(聖上, 임금)이 버리시니 너를 좇아 예 왔노라
>
> 네 본디 영물(靈物)이라 내 마음 모르는가
>
> 평생에 곱던 님을 천 리(千里)에 이별하고

사랑은커녕 그리움을 견딜손가

수심(愁心)이 첩첩(疊疊)하니 내 마음 둘 데 없어

흥(興) 없는 낚싯대를 일없이 들었으니

고기도 불관(不關, 관계하지 아니함)커든 하물며 너 잡으랴

-안조환, 「만언사」에서

　화자는 임금이 자신을 버렸기 때문에 백구를 좇아 여기까지 왔다고 능청을 부렸습니다. 여기에서 '백구'가 하는 역할에 주목해 볼 필요가 있어요. 백구는 조선 시대 문인들의 작품에 자주 등장하는 소재입니다. 혹시 여러분은 백구가 무엇일 것 같나요? 하얀 강아지를 떠올릴 수도 있겠지만 백구는 갈매기를 말합니다. '구(鷗)'가 갈매기를 뜻하지요. 유배 가사를 쓴 많은 작가는 백구와 벗이 되기를 청하거나 백구를 안심시키는 등의 행동을 했어요.

　「만언사」에서도 마찬가지입니다. 화자가 낚시를 하려는데 백구가 놀라서 날아올랐어요. 화자는 친구가 되고 싶다면서 백구를 안심시키려고 했지요. 이는 임금이 자신을 버렸더라도 임금의 뜻에 순종하는 태도를 의미합니다. 자연과 벗하며 임금의 부름이 다시 있을 때까지 조용히 마음을 다독이겠다는 거예요. 즉, 「만언사」에서 백구는 연군지정을 효과적으로 드러내는 역할을 하지요.

　이해하기 쉽게 정리해볼게요. 「만언사」는 다른 유배 가사들처럼 임금에 대한 충심을 드러내고 있지만, 그보다는 고통스럽게 유배 생활을 하는 화자의 처지와 그로 인한 슬픔이 더 잘 드러난 작품이에요. 안조환이 일

반적인 양반 사대부가 아니라 중인 계급이었기 때문일까요? 「만언사」는 다른 작품에서 흔히 볼 수 있는 양반의 허례허식이나 과장 없이, 있는 그대로의 체험과 감정을 솔직하게 표현한 가사랍니다.

이 작품과 관련한 재미있는 후일담이 있어요. 조선 후기에는 돈을 받고 책을 빌려주는 세책점이 있었습니다. 주로 소설이 인기였지요. 「만언사」는 가사임에도 많은 독자의 관심을 끌었어요. 특히 궁녀들은 화자의 처지를 동정하며 눈물까지 흘렸다고 해요. 당시 임금이던 정조도 이 작품을 읽고 안조환을 유배지에서 돌아올 수 있게 해줬다는 이야기가 있답니다. 정말 놀랍지요?

중인들의 시사 개최 장면
중인은 기술직, 사무직에 종사하는 벼슬아치를 이르는 말이다. 양 난 이후 양반층이 몰락하면서 중인 계층은 관직 진출 제한을 풀어달라고 요구하거나 다 같이 모여 문예 활동을 하는 등 사회적 영향력을 넓혀갔다.

5과 | '문학의 대중화'가 시작되다
시조·한시

　조선 후기는 여러모로 서민 의식이 활짝 꽃핀 시기였습니다. 우선 농업 생산력이 늘어나고 여러 가지 상품 작물이 재배되던 때였어요. 상업이 발달해 상품 화폐 경제도 발전하기 시작했고요. 생활에 여유가 생기자 문화 예술 분야에 참여하려는 서민들의 움직임이 점차 늘어났습니다. 문학에서도 마찬가지였어요.

　우선 시조는 정형성에서 벗어나 산문화되기 시작했습니다. 중·장형 시조는 엇시조와 사설시조로 발전했고, 양반뿐 아니라 평민 사이에서도 유행하면서 빠르게 대중화되었지요. 특히 사설시조는 사대부들의 시조와 반대되는 경향을 보였어요. 기존 규범에 대한 피지배층의 반발을 표출하거나 남녀 간의 파격적인 애정 행위를 재치있게 그렸지요. 그즈음 시조창(時調唱, 정형시에 가락을 붙여 부르는 노래)이라는 공연 예술, 전문 가객과 가객들의 동호회인 가단(歌壇)이 등장하기도 했어요.

　한시도 다양한 형태로 변화했습니다. 민요를 받아들이기도 하고, 국문 시가의 격조를 높인다는 표면상의 이유로 시조나 가사를 한역(漢譯, 한문으로 번역함)하기도 했지요. 중인층이 주도한 한문학 활동은 특별히 '위항(委巷) 문학'이라고 불러요. 사대부의 전유물이었던 한문학을 향유하며 일종의 신분 상승 운동을 벌였다고 볼 수 있지요. 이 시기를 거치며 한문 시가와 국문 시가는 각기 새로운 방향으로 발전할 수 있는 원동력을 주고받았답니다.

자연 속에서도 드러난 '사대부의 자존심'
- 윤선도의 「만흥」

　공부하기 너무 힘들 때, 친구와 크게 다투었을 때, 무엇을 해도 신나지 않고 피곤할 때 여러분은 어떤 생각이 드나요? 그럴 때 자연 속에서 강이나 나무를 바라보며 아무 생각도 하지 않고 쉬거나 스트레스를 풀고 싶다는 생각을 해본 적이 있나요?

　조선의 문신이자 유명한 시인이었던 윤선도 역시 그런 기분을 느꼈나봐요. 윤선도는 정계에서 치열한 당쟁을 겪으며 일생의 대부분을 유배지에서 보냈다고 해요. 그래서인지 불운한 시인이라는 수식어를 가지고 있기도 합니다. 윤선도가 쓴 뛰어난 글들을 보면 그가 얼마나 총명했는지 짐작해 볼 수 있어요. 「어부사시사」라는 작품이 가장 유명하지요. 정치의 소용돌이에 휘말려 유배 가는 일이 잦았던 윤선도는 과연 어떤 삶을 살았을까요? 그의 심정은 또 어땠을까요?

윤선도(1587~1671)
조선 중후기의 문신이자 정치인, 시인, 음악가로 호는 고산(孤山)이다. 정철, 박인로, 송순과 함께 조선 시조 · 시가 문학을 대표하는 작가로 손꼽힌다.

지금부터 우리가 함께 감상할 윤선도의 「만흥」은 『고산유고』에 실려 전해집니다. 「만흥」은 6수로 이루어진 연시조, 그러니까 평시조 여섯 개가 하나의 제목으로 엮인 작품이에요.

윤선도는 병자호란 때 임금을 호위하는 일을 하지 않았다는 이유로 유배를 당했어요. 그는 유배에서 풀려난 뒤 고향으로 돌아가 「만흥」을 창작했지요. 「만흥」은 세속과 떨어져 자연에 묻혀 지내는 한가로운 일상을 유려한 표현으로 노래했어요. 어떤 작품인지 제3수와 제4수를 먼저 감상해 볼까요?

잔 들고 혼자 안자 먼 뫼흘 브라보니
그리던 님이 오다 반가옴이 이러ᄒᆞ랴
말ᄉᆞᆷ도 우움도 아녀도 몯내 됴ᄒᆞᄒᆞ노라

누고셔 삼공(三公)도곤 낫다 ᄒᆞ더니 만승(萬乘)이 이만ᄒᆞ랴
이제 헤여든 소부허유(巢父許由)ㅣ 낙돗더라
아마도 님천한흥(林泉閑興)을 비길 곳이 업세라

〈현대어 풀이〉
술잔을 들고 홀로 앉아 먼 산을 바라보는데
그리워하던 임이 온들 이보다 반갑겠는가.
말도 웃음도 없지만 못내 좋아하노라.

누가 (전원생활이) 정승보다 낫다더니 천자도 이만하겠는가?
이제 생각해 보니 소부와 허유가 영리했구나.

자연 속에서 노니는 한가로움은 비할 곳이 없어라.

-윤선도, 「만흥」에서

세상에 이렇게 한가로운 삶이 있을까요? 화자는 술잔을 들고 먼산을 바라보며 자연을 즐기고 있어요. 사랑하고 그리워하는 연인이 오는 것보다 산을 즐기며 사는 것이 더 좋다고 말했지요. 심지어 화자는 정승에 올라 권세를 얻거나 천자가 된다 해도 전원에서 유유자적 즐기는 삶보다 못할 것이라고 주장했어요. 산속에서 은둔하는 생활이 정말로 편안했나 봅니다. 윤선도는 자주 정쟁에 휘말렸다고 했으니 그럴 만도 하겠네요.

「만흥」에 드러난 화자의 삶은 세 가지 사자성어를 사용해 요약할 수 있습니다. 자연과 인간이 하나가 된 경지인 '물아일체(物我一體)', 조선 시대 선비의 이상으로 여겨졌던 '안빈낙도(安貧樂道)', 편안한 마음으로 제 분수를 지키며 만족한다는 '안분지족(安分知足)'이에요.

제3수에 '물아일체'의 경지가 잘 드러난 구절이 있어요. 산과 화자가 하나가 된 모습을 나타낸 "말슴도 우움도 아녀도 몯내 됴하ᄒᆞ노라"랍니다.

『고산유고』(국립중앙박물관)
조선 정조 15년인 1791년에 간행된 윤선도의 시문집으로, 우리나라 시가 문학을 연구하는 데 귀중한 자료이다.

「산중신곡」
윤선도는 영덕 유배지에서 풀려난 후 보길도로 낙향해 「산중신곡」을 비롯한 여러 작품을 지었다.

즉, 윤선도는 벼슬하지 않고 자연에 묻혀 사는 것이 자신의 분수에 맞는 일이라고 말하고 있습니다.

「만흥」에서 '속세'와 '자연'은 서로 대립하는 공간이에요. 혼란스러운 현실에서 정쟁에 휘말렸던 윤선도에게 '속세'란 괴로움과 좌절감을 느끼게 하는 벼슬길과 크게 다를 바가 없었어요. 윤선도는 속세에서 벗어나 자연 속에 숨고 싶었을 거예요. 그러므로 '자연'은 윤선도가 이상적으로 생각하는 공간을 상징해요.

「만흥」에서 주의 깊게 봐야 할 부분이 또 있습니다. 가장 마지막 부분인 제6수예요. 같이 감상해 보도록 할까요?

강산(江山)이 됴타 혼둘 내 분(分)으로 누얻느냐
님군 은혜(恩惠)롤 이제 더욱 아노이다
아므리 갑고쟈 호야도 히올 일이 업세라

〈현대어 풀이〉
강산이 좋다고 한들, 내가 잘난 덕분이겠느냐.

임금의 은혜를 이제야 더욱 알겠구나.

아무리 갚고자 해도 내가 할 수 있는 일이 없도다.

-윤선도,「만흥」부분

어찌 보면 제6수는 참 재미있는 부분이에요. 임금을 호위하지 않았다는 이유로 유배를 가야 했지만, 시조에서는 임금의 은혜를 말하고 있으니까요. 여러분, 윤선도는 아첨꾼이었을까요? 그래서 마음에도 없는 말을 지어내 시에 썼을까요? 아니면 정말로 임금의 은혜 덕분에 자연을 누릴 수 있었다고 생각했을까요?

윤선도를 비판하기 전에 먼저 고려할 게 있어요. 조선의 사대부가 쓰는 문장에 일정한 관습과 법칙이 있었다는 사실 말이에요. 조선 시대에 사대부들이 창작한 작품을 보면 빠짐없이 임금과의 관계가 드러나 있습니다. 나라를 걱정하거나 임금을 그리워하거나 임금에 대한 은혜와 충성을 노래하는 내용이 주를 이뤄요. 앞에서 감상했던 정철의 「속미인곡」도 그랬지요.

당시 사회상으로 미루어 볼 때, 작품 속에서 임금을 비판한다는 것은 목숨을 내놓지 않는 이상 불가능했어요. 어쩌면 보통 사대부들은 비판 의식을 갖는 것조차 어려웠을 거예요. 임금에 대해 비판적인 생각을 품는다는 것 자체를 몹시 위험하게 바라보았던 시대였으니까요.

윤선도의 「만흥」도 마찬가지입니다. 사대부 시조의 전통에 따라 관습적으로 임금의 은혜를 언급했다고 보아야 해요. 모순이라고 느껴지지 않나요? 임금에게 벌을 받아 유배를 가게 됐어도 임금의 은혜를 잊지 않아야 했으니까요. 이는 성리학이 지배했던 당시 사회의 모순이 문학에 끼친 영향이자 한계점이라고도 해석할 수 있어요.

해남 윤씨 녹우당(전남 해남)
윤선도의 생가로 윤선도의 가문인 해남 윤씨와 연관된 유물들이 보관되어 있다.

농촌과 농민을 바라보는 '따스한 시선'
– 정약용의 「탐진촌요」
———✎

이 인물은 18세기 실학사상을 집대성한 우리나라 최고의 실학자이자 개혁가입니다. 옛 지방 관리들의 잘못된 사례를 들어 백성을 다스리는 도리를 설명한 『목민심서』의 저자이기도 하고요. '다산(茶山)'이라는 호로도 유명하지요. 누구에 관한 설명인지 눈치챘나요? 맞습니다. 바로 정약용이에요.

정약용은 당시 조선의 문제점을 정확하게 파악하고, 조선을 개혁하기 위해 힘쓴 인물입니다. 그 역시 윤선도처럼 아주 오랜 시간 귀양살이를 했어요. 귀양살이는 정약용에게 정치적인 좌절감을 맛보게도 했지만, 그가 최고의 실학자로 자리매김할 수 있도록 밑바탕이 되어주기도 했지요.

정약용(1762~1836)
조선 후기의 문신이자 과학, 공학, 철학, 실학 등 다양한 방면에서 활동한 저술가이다. 호는 다산(茶山)이고, 그가 머무는 집은 여유당(與猶堂)이라고 한다.

『목민심서』
관리의 올바른 마음가짐 및 몸가짐에 대해 기록한 행정지침서이다. 정약용이 전라도 강진에서 19년간 귀양살이를 했을 때 집필하기 시작해 귀양에서 풀려난 1818년에 완성했다.

정약용은 유배지에서 게으르게 지낸 것이 아니라 인내심을 발휘하며 자신을 수양하고 학문을 갈고닦아 대단한 업적을 이루어 냈어요. 앞에서 언급한 『목민심서』를 비롯해 관제 개혁과 부국강병에 관해 논한 『경세유표』, 형벌 일을 맡은 벼슬아치들이 유의할 점에 관한 내용을 담은 『흠흠신서』 등 그가 남긴 저작들은 분야도 다양하고 분량도 어마어마하답니다.

놀라운 점은 이것만이 아니에요. 정약용은 4세에 천자문을 익히고, 7세에 한시를 지었으며, 10세에 자작시를 모아 『삼미집』이라는 문집을 펴냈다고 합니다. 노력도 노력이지만, 타고난 재주도 엄청난 인물이었던 것 같지요? 그는 22세 때 초시에 합격하고 성균관에 입학해 정조에게 크게 인정을 받았어요. 그리고 28세가 되자 대과에 합격해 벼슬자리에 올랐지요.

정약용은 아주 이상적인 관료였습니다. 그 이유 중 하나로 민본(民本) 정신을 꼽을 수 있어요. 그는 어떤 정치도 백성을 근본에 두어야 한다는 생각을 굳게 가지고 있었지요. 그래서 백성의 삶과 관료의 처세에 깊은 관심을 보였답니다. 『여유당전서』에 수록된 「탐진촌요」도 정약용이 탐관오리에게 수탈당하는 농민들의 현실을 안타까워하며 쓴 작품이에요.

「탐진촌요」는 「탐진농가」, 「탐진어가」와 함께 3부작으로 구성된 연작시입니다. 「탐진촌요」는 7언 절구 15수로 이루어져 있는데, 아래 소개할 부분은 7수에 해당해요. 작품 제목에 모두 들어가 있는 '탐진'은 무슨 뜻일까요? 바로 정약용이 귀양살이를 했던 전라남도 강진의 옛 이름입니다. 이곳에서 농민들에게 무슨 일이 있었는지 작품 속으로 들어가 볼까요?

棉布新治雪樣鮮(면포신치설양선)

黃頭來博吏房錢(황두래박이방전)

漏田督稅如星火(누전독세여성화)

三月中旬道發船(삼월중순도발선)

『여유당전서』
왼쪽 사진은 1934~1938년에 신조선사에서 간행한 정약용의 문집이다. 정약용의 대표 저서인 『목민심서』, 『경세유표』, 『흠흠신서』를 비롯해 그의 방대한 업적이 수록되어 있다.

〈현대어 풀이〉

새로 짜낸 무명천이 눈결같이 고왔는데

이방에게 줄 돈이라고 황두가 빼앗아 가네

누전 세금 독촉이 성화같이 급하구나

삼월 중순 세곡선(稅穀船)이 서울로 떠난다고

-정약용, 「탐진촌요」에서

「탐진촌요」의 화자인 농민은 고운 무명천을 새로 짜내서 몹시 기뻤습니다. 하지만 기쁨도 잠시, 지방 관리인 황두가 이방에게 줄 돈이라고 바로 빼앗아 갔지요. 더구나 누전, 즉 토지 대장의 기록에서 빠진 토지의 세금까지 가져가기 위해서 농민을 괴롭혔어요. 나라에 조세로 바치는 곡식을 실은 배가 3월 중순에 서울로 떠난다고 재촉하면서 말이지요.

정약용은 짧은 한시에 탐관오리가 농민들을 수탈하는 모습을 사실적으로 담았습니다. 「탐진촌요」뿐만 아니라 다른 한시에서도 농민들의 고달픈 현실을 노래했지요. 그는 여러 글을 통해 당시 농촌의 어려운 현실을 고발하고, 백성을 위한 정치가 이루어져야 한다고 주장했어요.

즉, 권력자들이 애민 정신을 바탕으로 '낮은 곳에 있는' 백성을 항상 사랑으로 보살펴야 한다는 뜻입니다. 백성들이 일방적으로 수탈당하는 모습을 보며 정약용은 얼마나 분하고 안타깝게 느꼈을까요? 특히나 집권자들이 백성을 위해 올바른 정치를 하지 못하는 점에 가장 큰 안타까움을 느꼈을 거예요.

따라서 정약용이 당시 농민들의 힘든 현실을 한시에 담은 것은 단순히 사실을 있는 그대로 보여 주기 위한 것만은 아니었습니다. 그가 「탐진촌요」를 창작한 목적은 백성의 어려움을 진심으로 염려하고, 백성이 안정적으로 살 수 있도록 돕기 위해서였어요. 이뿐만 아니라 백성을 위한 올바른 정치를 펴야 한다고 주장함으로써 집권자들의 반성을 이끌어 내는 데에도 창작 목적을 두었지요.

「탐진촌요」는 정약용이 주장한 '조선시(朝鮮詩) 정신'이 잘 반영된 작품이라고 할 수 있습니다. 정약용은 "나는 본래 조선 사람 / 조선시 즐겨 쓰리"라고 선언한 바 있어요. 우리가 실제로 살아가는 환경에 바탕을 두지 않으면 시가 아니라는 말이지요. 그만큼 정약용은 현실에 기반을 둔 개혁, 현실을 살아가는 사람들의 삶에 지대한 관심을 두고 있었답니다.

거중기
『화성성역의궤』에 실린 거중기의 모습을 재현한 것이다. 정약용은 수원 화성 건축 당시 도르래를 이용해 거중기를 고안했다. 덕분에 건설 경비가 절약되고 건축 공사의 효율이 높아졌다.

조선은 어떤 변화를 겪고 새롭게 나아갔을까?

조선은 임진왜란과 병자호란을 치르며 큰 변화를 겪었어요. 국토가 황폐해지고 문화재가 파괴되었으며 많은 조선인이 죽거나 일본 또는 청으로 끌려갔지요. 조선 정부는 피해를 복구하고 백성들의 부담을 덜어주기 위해 여러 정책을 펼쳤어요.

조선 후기에는 붕당이 정치 운영의 중심 역할을 했어요. 하지만 붕당 간 경쟁이 치열해지면서 붕당 정치는 점차 변화해 갔지요. 숙종은 왕권을 강화하기 위해 환국을 일으켰는데, 환국(換局)이란 집권 붕당이 바뀌어 정국이 급격하게 변화하는 정치 상황을 말해요. 세 차례의 환국, 즉 경신환국, 기사환국, 갑술환국이 발생한 이후 붕당들은 서로 공존하지 못했고 특정 붕당이 정권을 독점하는 일당전제(一堂全提) 현상이 나타났습니다.

영조와 정조는 붕당 간 대립을 완화하고 왕권을 강화하기 위해 탕평책을 시행했어요. 영조 때는 붕당의 이익을 대변하던 이조 전랑의 권한을 축소했고, 정조 때는 초계문신제를 통해 젊고 학식 있는 관리를 재교육함으로써 왕권 강화를 도모했지요. 또한, 정조는 왕의 친위 부대인 장용영을 설치했습니다. 정치적·군사적 기능을 수행할 수 있도록 수원 화성도 지었고요.

민생 안정을 위해 실시한 제도도 여러 가지 있었습니다. 영조는 군포를 한 필씩만 걷는 균역법을 시행했고, 청계천의 범람을 막는 공사를 진행했어요. 정조는 육의전을 제외한 시전 상인의 금난전권을 폐지했어요. 그 결과 사상(私商, 조선 후기에 국내 및 해외 시장을 연결하며 물품을 사고팔거나 각지에 지점을 두어 상권을 장악한 상인)의 상업 활동이 활발해졌습니다.

하지만 정조가 죽은 뒤 어린 순조가 즉위하고 나서는 몇몇 외척 가문이 나라를 좌지우지하는 세도 정치가 전개되었어요. 이 시기에는 관직을 사고파는 매관매직이 성행했고, 탐관오리가 백성을 극심하게 수탈하면서 삼정(三政, 조선의 중요한 수입원이었던 전세·군포·환곡의 세 가지 수취 제도)이 문란해졌어요. 백성들의 삶은 곤궁해질 수밖에 없었지요.

조선 후기에는 사회, 경제, 문화 분야에서 다양한 변화가 있었습니다. 양 난 이후 노비의 수는 줄어든 반면 양반의 수가 늘어나 양반 중심의 신분제가 동요했어요. 사회 모순에 반발해 농민 봉기가 일어나기도 했고요. 경제적으로는 모내기법이 전국으로 퍼지면서 농업 생산력이 늘었고, 농사에 필요한 노동력은 줄어들었어요. 또한, 상품 화폐 경제가 발달하면서 경제적으로 여유가 생긴 서민들은 문화·예술에 관심을 보였습니다. 한글 소설, 사설시조, 판소리, 탈춤, 민화 등 서민 문화가 발달했지요.

양 난 이후 백성들의 삶이 어려워진 가운데, 서양의 과학 기술이 중국을 통해 조선에 전해졌어요. 이후 학자들은 실용적인 학문의 필요성을 깨닫고 연구를 시작했는데, 이러한 학문적 경향을 실학이라고 합니다. 실학자들은 농업, 상공업 등 다양한 분야에 관심을 가졌어요. 유형원, 이익, 정약용 등은 농업 중심의 개혁을 주장했고, 홍대용, 박지원, 박제가는 상공업 중심의 개혁을 주장했지요. 특히 박지원은 연행사(조선 후기에 청으로 보내던 조선 사신)의 일원으로 청의 수도였던 연경(베이징)에 다녀온 후 그곳에서 경험한 내용을 『열하일기』에 담았습니다.

실학이 발달하면서 자연스럽게 우리나라의 역사, 지리, 국어 등 국학 연구도 활발하게 이루어졌습니다. 안정복은 『동사강목』을 지어 고조선 시대부터 고려 말기까지의 역사를 체계적으로 정리했어요. 유득공은 『발해고』에서 발해가 고구려를 계승해 세워진 나라이자 우리 역사의 한 부분임을 밝혔고요.

국토 연구 분야에서는 이중환의 『택리지』를 들 수 있어요. 『택리지』는 우리나라의 지리 환경뿐만 아니라 각 지역의 경제생활, 풍속 등을 상세히 기록한 책이에요. 김정호는 기존 지도보다 산맥, 하천, 도로망 등의 요소를 보다 정밀하게 표시한 「대동여지도」를 제작했지요.

국어 연구 역시 활발하게 전개되었습니다. 신경준의 『훈민정음운해』와 유희의 『언문지』는 우리말의 음운을 연구한 책이고, 이의봉의 『고금석림』은 우리말과 외국어 어휘를 모아 비교·정리한 책이에요. 이처럼 조선 후기에는 실학을 통해 우리의 전통과 국토에 많은 관심을 가졌으며 다양한 분야에서 적극적인 연구가 이루어졌답니다.

사진 제공처

28쪽 낙산사 건칠관음보살좌상 / 문화재청 국가문화유산포털

31쪽 정토사지 홍법국사탑 / 문화재청 국가문화유산포털

39쪽 구지봉 고인돌 / 문화재청 국가문화유산포털

40쪽 수로왕릉 / 문화재청 국가문화유산포털

44쪽 십장생 / 문화재청 국가문화유산포털

46쪽 『해동역사』 / 국립중앙박물관

49쪽 『무녀도』 / 국립한글박물관

50쪽 「진달래꽃」 / 문화재청 국가문화유산포털

62쪽 내장산 / 문화재청 국가문화유산포털

66쪽 궁남지 / 문화재청 국가문화유산포털

69쪽 미륵사지 석탑 / 문화재청 국가문화유산포털

70쪽 금제사리봉영기 / 국립익산박물관

71쪽 쌍릉 / 문화재청 국가문화유산포털

73쪽 처용탈 / 국립국악원

74쪽 처용암 / 문화재청 국가문화유산포털

75쪽 망해사지 석조 부도 / 1971년_울산 망해사지 석조 부도, 셀수스협동조합, 공유마당, CC BY

82쪽 아미타불 / 국립중앙박물관

85쪽 월명암 목조아미타여래좌상 / 문화재청 국가문화유산포털

88쪽 을지문덕상 / 원통 을지문덕_001, 유주영, 공유마당, CC BY

92쪽 『동국이상국집』 / 국립중앙박물관

93쪽 『을지문덕전』 / 국립한글박물관

97쪽 『동문선』 / 국립중앙박물관

99쪽 월영대 / 문화재청 국가문화유산포털

108쪽 동국통보 / 국립중앙박물관

120쪽 행랑채 / 문화재청 국가문화유산포털

127쪽 문헌서원 / 문화재청 국가문화유산포털

133쪽 고려가요 / 국립민속박물관

135쪽 아리랑 / 코리아넷 - 해외문화홍보원(JEON HAN)

141쪽 두견새 / wikimedia commons(Ron Knight)

142쪽 『고려사』 / 국립중앙박물관

161쪽 사인암 / 문화재청 국가문화유산포털

163쪽 『청구영언』 / 국립한글박물관

165쪽 역동서원 / 문화재청 국가문화유산포털

166쪽 『주역전의대전』 / 문화재청 국가문화유산포털

169쪽 대동강의 모습 / wikimedia commons(Kok Leng Yeo)

176쪽 『목은집』 / 목은집(책1), 이색, 공유마당, CC BY

179쪽 동명왕릉 / wikimedia commons(Kok Leng Yeo)

181쪽 〈풍죽도〉 / 국립중앙박물관

192쪽 금오산 / 문화재청 국가문화유산포털

193쪽 무량사 / wikimedia commons(Cho Hyunjung)

194쪽 『금오신화』 / 김시습기념관

195쪽 『전등신화』 / 국립제주박물관

201쪽 권근 3대 묘소 / 문화재청 국가문화유산포털

211쪽 세종 영릉 / 문화재청 국가문화유산포털

209쪽 일월오봉도 / 한국기행_문화_여행_서울역사기행_ 풍경_087_궁궐, 한국교육방송공사, 공유마당, CC BY

219쪽 김소월 시비 / wikimedia commons(Jtm71)

221쪽 채미정 / wikimedia commons(이차우)

222쪽 길재 / 글로벌세계대백과

226쪽 박연폭포 / wikimedia commons(John Pavelka)

227쪽 숭양서원 / 1971년_북한 숭양서원, 셀수스협동 조합, 공유마당, CC BY

230쪽 이황 / wikimedia commons(Integral)

231쪽 이황의 필적 / 문화재청 국가문화유산포털

233쪽 이황의 시화첩 / 1971년_도산서원 시화첩, 셀수스 협동조합, 공유마당, CC BY

234쪽 청량정사 / 문화재청 국가문화유산포털

237쪽 홍교 / 문화재청 국가문화유산포털

239쪽 『불우헌집』 / 국립중앙박물관

242쪽 〈산수도(김시)〉 / 국립중앙박물관

243쪽 『송강가사』 / 국립한글박물관

245쪽 송강정 / 문화재청 국가문화유산포털

248쪽 정과정 유적지 / 문화재청 국가문화유산포털

249쪽 정송강사 / 문화재청 국가문화유산포털

251쪽 『규원가』 / 국립한글박물관

256쪽 허난설헌 시비 / 문화재청 국가문화유산포털

257쪽 『난설헌집』 / 문화재청 국가문화유산포털

267쪽 희빈 장씨 묘 / wikimedia commons(Korean HistoryWriter)

277쪽 판소리 / wikimedia commons(Steve46814)

278쪽 심청가의 한 장면 / 코리아넷 - 해외문화홍보원

282쪽 『심청전』 / 국립중앙박물관

283쪽 영화 〈심청전(1956)〉 포스터 / 국립민속박물관

287쪽 모시 / 국립민속박물관

292쪽 『연암집』 / 국립중앙박물관

293쪽 열하행궁 / wikimedia commons(Fanghong)

299쪽 흥보가의 한 장면 / wikimedia commons(Brian Negin)

301쪽 『동사강목』 / 국립중앙박물관

303쪽 『놀부흥부가』 / 국립한글박물관

306쪽 하회탈 / wikimedia commons(~Mers)

308쪽 남사당 / 남사당 47, 채지형, 공유마당, CC BY

309쪽 말뚝이 / 국립민속박물관

311쪽 양반탈 / 국립민속박물관

311쪽 두루마기 / 국립민속박물관

313쪽 미얄탈 / 국립민속박물관

313쪽 덜머리집 / 국립민속박물관

318쪽 『노계집』 / 국립중앙박물관

325쪽 청령포 / 1971년_청령포 단종, 셀수스협동조합, 공유마당, CC BY

326쪽 추자도 / 1971년_추자도, 셀수스협동조합, 공유 마당, CC BY

331쪽 윤선도 / wikimedia commons(해남 윤씨 귤정공파 종친회)

335쪽 해남 윤씨 녹우당 / 문화재청 국가문화유산포털

339쪽 『여유당전서』 / 국립중앙박물관